MICHAEL KOGLIN

Seelensplitter

GOLDMANN
Lesen erleben

Buch

Als die junge Polizistin Lina Andersen die Haustür öffnet, steht die Grafikdesignerin Carolin vor ihr. Lina kennt Carolin aus einer Gruppentherapie, die sie aber vor einem Jahr beendet hat. Überrascht bittet die Polizistin Carolin herein, doch diese redet nur wirres Zeug von unheimlichen Verfolgern, die sie töten wollen. Schon in der Therapie war Carolin durch paranoide Züge aufgefallen. Lina schenkt Carolin deshalb keinen Glauben und unternimmt nichts. Außerdem will sie mit der Vergangenheit nichts mehr zu tun haben. Das ist vorbei! Ein für alle Mal.

Kurze Zeit später steht Lina vor Carolins Leiche. Ihr Unterleib wurde durch einen Sprengsatz zerfetzt. Kurz darauf wird eine weitere Frau aus der Therapiegruppe ermordet – ebenfalls auf barbarische Art. Obwohl sie nicht mit den Fällen beauftragt ist, stellt Lina eigene Nachforschungen an. Ist der Mörder ebenfalls ein ehemaliges Mitglied der Gruppe? Allmählich wird Lina klar, dass sie selbst im Fokus der Mordserie steht. Ja, dass sie diese Serie durch ihre Offenheit in der Therapie sogar ausgelöst hat. Und irgendwo im Dunkel ihrer Kindheit liegt die Ursache für die Morde. Nur wo? Die Wahrheit ist so grausam, dass es nicht verwundert, dass Lina sie aus ihrem Gedächtnis gelöscht hatte …

Autor

Michael Koglin wurde 1955 geboren und lebt als freier Journalist und Schriftsteller in Hamburg. Neben Kriminalromanen hat er Kurzgeschichten, Kinder- und Sachbücher sowie zahlreiche Drehbücher und Theaterstücke verfasst. Er wurde mehrfach mit Literaturpreisen ausgezeichnet. Sehr erfolgreich ist seine Serie um den Hamburger Kommissar Mangold, die mit dem Band »Bluttaufe« begonnen hat. »Seelensplitter« ist der erste Band einer neuen Serie, in deren Mittelpunkt die junge Polizistin Lina Andersen steht.

Mehr Informationen zum Autor unter www.michael-koglin.de

Von Michael Koglin außerdem bei Goldmann lieferbar:

Bluttaufe. Thriller
Blutengel. Thriller
Blutteufel. Thriller

Michael Koglin

Seelensplitter

Thriller

GOLDMANN

MIX
Papier aus verantwortungsvollen Quellen
FSC® C014496

Verlagsgruppe Random House FSC-0100
Das FSC®-zertifizierte Papier *München Super* für dieses Buch
liefert Arctic Paper, Mochenwangen GmbH.

1. Auflage
Originalausgabe Dezember 2012

Gestaltung des Umschlags: UNO Werbeagentur, München

Umschlagfoto: © FinePic®, München;
plainpicture/Arcangel
Redaktion: Karin Ballauff
BH · Herstellung: Str.
Satz: IBV Satz- u. Datentechnik GmbH, Berlin
Druck und Bindung: GGP Media GmbH, Pößneck
Printed in Germany
ISBN: 978-3-442-47817-0

www.goldmann-verlag.de

1

Es macht einen Haufen Arbeit, nicht aufzufallen.

Die Gardinen waschen, das Wohnzimmer aufräumen, das Geschirr spülen, Blumen gießen, lüften, freundlich die Nachbarn grüßen. Die Dinge im Griff haben.

»Warum, verflucht noch mal, hab ich die Dinge nicht im Griff?«, sagt Lina und blickt zum Tisch, auf dem sich die Fast-Food-Verpackungen der letzten Tage stapeln.

Warum gerät sie in Panik, wenn es an der Tür klingelt? Nur wegen des Geschirrs? Weil sie jederzeit damit rechnet, dass jemand ihr Geheimnis entdeckt und sie dann nicht mehr in Ruhe lässt?

Sie ist einfach nicht gut genug vorbereitet. Nicht auf Besuch, nicht auf das Leben. Nicht darauf, wie man die verdammten Flecken auf der Tischdecke wegbekommt. Wie man dafür sorgt, dass sich der Staub gar nicht erst zu kleinen Kugeln zusammendreht, die andere Menschen »Wollmäuse« nennen. Nicht vorbereitet auf Gespräche, in denen das Wort »Wollmäuse« vorkommt.

Dabei hatte sie es schon mehrere Wochen geschafft. Hintereinander.

Sven war gern gekommen. Hatte sie besucht, und alles war normal. Was man eben »normal« nennen kann bei einer Frau, die mit dreißig nicht verheiratet ist und es auch nie war, die keinen Kinderwagen zu den Coffeeshops schiebt, die sich in ihrem Job wohlfühlt. Weil sie dort nicht auffällt. Soweit eine Polizistin mit brünetten, schulterlangen Haaren und hohen Wangenknochen das »Auffallen« eben verhindern kann.

Nicht übermäßig schminken. Den Leuten nicht zu lange in die Augen sehen. Professionell sein. Den Kollegen mit einem Lächeln das Berichteschreiben abnehmen. Verständnisvoll sein, sich mit nickendem Kopf interessieren. Zuhören. Und sich raushalten. Unbedingt raushalten.

Auch aus Svens Eheleben.

Nicken, sich den Kinderstress anhören. Noten, Mobbing, Drogen. Und dann die Ehefrau. Die ihren Mann nicht versteht. Nicken, aber die Gespräche auf andere Themen bringen. Abende mit Sven. Reingeschoben. Ganz nach Dienstplan.

»Heute Abend passt es.«

Nicken.

Wenn sie nicht auffallen will, muss sie das Normale auch in der Nachbarschaft lernen.

»Wie geht es Ihrer Frau, Herr Klein?« – »Ja, vielen Dank, dass Sie das Paket entgegengenommen … was für ein schlimmes Wetter …« – »Nein, ich habe noch nicht den Richtigen gefunden, aber ich halte die Augen offen. Sie haben nicht zufällig einen Sohn, der … ja, war nur ein Scherz.«

So schwer ist das doch nicht. Sie muss es jedenfalls versuchen.

Menschen lassen einander nicht in Ruhe. Sind einfach nicht dafür gemacht.

Die Höhlen haben in den letzten hunderttausend Jahren Türen bekommen. Und Fenster. Und die Menschen haben sich daran gewöhnt, sie zu öffnen und zu schließen. Und weil Fenster und Türen nicht mehr ausreichten, benutzten sie den Computer. Brüllten es in die Welt hinaus. Komm her und sei mein Freund, und ich erzähle dir, was du nicht wissen willst. Und als Gegenleistung darfst du mir deinen Scheiß erzählen.

Und dann kommen die Fragen.

Sie hat nur vier Fragen, aber genau auf die findet sie keine Antwort: Wie hatte das passieren können? Und schleppt man bis in alle Ewigkeit die Seele eines Menschen mit sich herum, für dessen Tod man verantwortlich ist? Dann das Blut. Woher kommt das Blut, das in ihren Träumen unter der Tür hindurchquillt? Und was sind das für Geräusche, die sie hört?

Lina holt einen Müllbeutel aus der Küche und wirft Verpackungen und Essensreste hinein. Burgerkartons, Aluschalen vom Thai-Imbiss unten im Haus, Papptüte mit Resten vom Chop Suey, Plastikschale mit einem Rest Krautsalat, Chipstüte. Eins nach dem anderen.

Sie muss darauf achten, sich vernünftig zu ernähren. Obst zum Beispiel. Auf dem Wochenmarkt einkaufen. Warum nicht mal kochen? Hat sie doch gelernt. Ja, es gab sogar mal eine Zeit, da hat es ihr Spaß gemacht.

Und spazieren gehen. Wie ein normaler Mensch eben. Ohne sich dauernd umzusehen.

Sie hat nur wenige Möbel in die Wohnung gestellt. Ein breites Regal, eine bequeme, sandfarbene Couch und ein Sessel, in den man sich verkriechen kann. Keine Bilder oder Fotos, und auf dem Beistelltisch ein paar eckige Figuren, die sie in einem Kunsttrödel gefunden hat. Menschen mit zusammengeschweißten würfelartigen Körpern mit eckigen Köpfen.

Unten auf der Straße fährt ein Bus vorbei und lässt die

Fensterscheiben vibrieren. Langsam setzt der Feierabendverkehr ein. Gut so. Bewegung ist immer gut.

Lina zieht die Gardine zur Seite und sieht hinunter auf die vierspurige Straße.

Ein Junge schiebt seinen in einem ratternden Einkaufswagen sitzenden Kumpel über den Bürgersteig. Aus der U-Bahn-Station streben Männer und Frauen in Businesskleidung in ihren Feierabend. Einige legen einen Zwischenstopp im Supermarkt ein. Stadtauswärts Stop-and-go.

Lina blickt auf die Uhr. In einer Stunde muss sie sich auf den Weg zur Wache machen. Nachtschicht. Mit Alex.

Seit zwei Wochen fahren sie zusammen. In den ersten Tagen war es nicht ganz leicht, seinen Redeschwall zu bremsen, aber inzwischen akzeptiert er, dass sie sich nicht über Politik, Familiengeschichten und schon gar nicht über die Kollegen oder ihr Privatleben unterhalten will.

Privatleben! Was soll das sein? Seitdem sie sich von Sven Emmert getrennt hat … Egal.

Beim Bäcker gegenüber bildet sich eine Schlange, die bis vor die Tür reicht. Angeblich wird da ohne Treibmittel und nach alten Rezepturen gebacken. Treibmittel!

Was treibt sie eigentlich an? Ein normales Leben führen. Nicht auffallen. Sicher sein. Und ein bisschen Anerkennung in dem Job, den sie sich ausgesucht hat.

Es klingelt an der Tür. Lina fährt zusammen und zerrt mit einem Ruck die Gardine zu.

Wer kann das sein? Eine Nachbarin mit einem Paket? Ein verspäteter Zusteller? Sie schaut auf die Straße, doch dort steht kein Wagen, der einem Paketdienst zuzuordnen wäre.

Alex?, denkt sie. Der wird doch wohl nicht auf die Idee kommen, sie zu Hause abzuholen? Wie auch immer, das heftige Zuziehen der Gardine ist möglicherweise auch im Hausflur zu hören gewesen. Tür öffnen. Menschen, die nicht auffallen wollen, öffnen die Tür, wenn es klingelt.

Lina erkennt sie sofort. Sie wirkt verstört, gehetzt, hält sich merkwürdig gebückt, und auf ihrem Gesicht breiten sich hektische Flecken aus.

»Carolin?«

»Du musst aufpassen!«

»Was ist passiert?«

Carolin starrt sie mit weit aufgerissenen Augen an. Sie sagt nichts. Ihr Gesicht ist geschwollen, die feinen Züge kaum noch zu erkennen.

Sie schwankt jetzt leicht und wischt sich eine nasse Haarsträhne aus dem Gesicht.

»Willst du nicht hereinkommen?«

Carolin sagt nichts, sie hebt nur den Arm, um sich am Türrahmen abzustützen. Ihre Fingernägel sind abgekaut, ihre Finger übersät mit kleinen, teils verschorften Schnitten.

Als würde Linas Frage sie erst jetzt erreichen, schüttelt sie den Kopf, und ihr Gesicht verzerrt sich zu einem Grinsen.

»Sieh dich vor, Lina Andersen. Die Monster sind erwacht.«

»Um Gottes willen … komm doch rein.«

Carolin macht eine Handbewegung zur Tür der Nachbarin und in den Flur.

»Sie schleichen ums Haus, Lina. Sie sind da. Ich höre sie tuscheln. Wispern. Sie wispern. Das ist irre, was?«

Sie nickt bekräftigend und zieht die Schultern hoch.

»Du glaubst mir nicht, oder? Aber jetzt kann mir niemand mehr vorwerfen, ich hätte dich nicht gewarnt.«

»Wie wär's mit einem Kaffee oder …«

»Du kriegst mich nicht in deine Wohnung«, sagt Carolin und kichert nervös. »Ganz bestimmt nicht.«

Dann stellt sie sich auf die Zehenspitzen und späht über Linas Schulter hinweg in die Wohnung hinein.

»Es ist niemand da«, beteuert Lina.

Auch ich könnte jetzt vor einer fremden Tür stehen und Geister beschwören, denkt Lina, und ich bin jeden Tag näher dran.

Möglich, dass die Monster wirklich da sind. Und möglich auch, dass sie selbst nur ein paar Monate braucht, um sie zu sehen. Zu erleben, wie die Monster ihr zuwinken.

»Du bist doch Polizistin«, sagt Carolin und fügt ein gemurmeltes »schöne Polizistin …« hinzu.

»Ich mag nicht mit dir im Flur …«

»Verstehe«, sagt Carolin.

»Also komm schon rein.«

Dabei will sie gar nicht, dass Carolin ihre Wohnung betritt. Sie muss sich vorbereiten. Ihre Uniform anziehen und sich das Gesicht aus Normalität überstülpen. Nicht auffallen. Nichts Besonderes sein.

Gott sei Dank, sie schüttelt den Kopf, denkt Lina.

Wortlos macht Carolin auf dem Absatz kehrt und stürzt grußlos die Stufen hinunter.

Im Dienst sind *diese Dinge* klar *einzuordnen*. Paranoia befällt die Alkoholiker und die Demenzkranken. Und die Einsamen. Bereits acht Mal waren sie gerufen worden, weil der Fernsehapparat den Anrufer beobachtete, weil Frauen, Ehemänner oder Vergewaltiger in Gebüschen lauerten, Töchter mit Messern hinter ihren Vätern her waren oder weil Hackgeräusche durch die Wand drangen.

»Seit Wochen geht das so. Fremde junge Männer gehen da rein und kommen nie wieder raus. Die machen Wurst.«

Lina mag die Demenzkranken, die sich auf ihrer Reise ins Vergessen freuen, wenn sie ihre Blicke auf ihre Uniform heften können. Etwas, an das sie sich meist erinnern, während Kinder und Enkel, soweit vorhanden, oft bereits Fremde geworden sind. Und Lina hört ihnen zu. Sehr zum Leidwesen ihrer Kollegen, die gewöhnlich aus dem Fenster sehen, während sie sich mit ihnen unterhält und versucht, ihnen ein Gefühl von Vertrautheit und Sicherheit zu geben. Die meisten ihrer Kollegen halten das für gefährlich.

»Der Notruf ist nicht die Telefonseelsorge«, hatte Lüders erst letzte Woche im Wagen geraunt. »Wenn du deren beste Freundin sein willst, werden sie schon morgen wieder einen Fremden in der Wohnung melden, weil es mit den Polizisten so nett war.«

Linas letzter »Kunde« hat vor zwei Tagen einen Haufen Essensreste in eine Plastiktüte geworfen, sie ihnen in die Hand gedrückt und ihren Kollegen Alex aufgefordert, den Inhalt in einem Labor untersuchen zu lassen. Die Supermarktkette vergifte gezielt Menschen, die zu viel wüssten.

So ganz Unrecht hat der Mann ja nicht.

Eine andere ältere »Kundin« hatte auf ein Schild »Ich rede nicht mit euch« geschrieben und es auf einen Stuhl vor den Fernseher gesetzt. Auch daran war eigentlich nichts auszusetzen. Gerufen worden waren sie von einer Nachbarin, weil die Lautstärke des Fernsehers bis zum Anschlag aufgedreht war und die Nachbarin gehört hatte, dass die alte Frau gegen die Stimmen anschrie.

Aber Carolin? Soweit Lina weiß, gibt es keine Alkoholprobleme, keine schwere psychische Erkrankung. Doch es gibt einen Tanz auf der Borderline. Selbstverletzungen. Das Gefühl, nichts wert zu sein. Endlich etwas wert sein zu wollen. Darum hat Carolin an der Therapie teilgenommen.

Die Therapie. Da ist es raus, das Wort. Setzt sich wieder fest in ihren Gedanken. Du bist krank, Lina. Du bist nicht normal. Pass auf. Bring dich nicht um. Öffne dich, damit alle hineinsehen können. Damit du selber hineinsehen kannst. Aber verbirg, was du getan hast!

Lina geht ans Fenster, kann Carolin jedoch nirgends mehr sehen.

Hoffentlich irrt sie jetzt nicht durch die Gegend. Hoffentlich lässt sie die Finger von Alkohol und Tabletten. Warum habe ich sie nicht in die psychiatrische Notambulanz gebracht?, denkt sie. Weil ich noch nicht im Dienst bin, noch keine Uniform trage. Weil ich mich da raushalten sollte.

Lina beschließt, sich am nächsten Tag darum zu kümmern.

Sie geht ins Bad, duscht, zieht eine gebügelte Bluse aus dem Schrank, nimmt die Uniform vom Kleiderbügel. Sie zieht sich nicht mehr im Umkleideraum der Wache um, seitdem eine Kollegin begehrliche Blicke auf ihre Brüste geworfen hat.

Lina stellt sich vor den Spiegel und zieht ein wenig Kajal über das Lid, tupft Make-up ins Gesicht, verreibt es mit den Fingerspitzen und bindet ihre Haare zu einem Pferdeschwanz zusammen.

Sie findet ihr Gesicht etwas zu rundlich, zu sanft. Harte Kinnkonturen, die Nase ein wenig energischer, das wäre … aber das Leben ist nun mal kein Wunschkonzert.

In der Schule hatte sie es gefreut, dass ihre Mitschüler sie nur verstohlen taxierten und sich nicht trauten, sie anzusprechen. Eine Zeit lang hatte sie sich damals unnahbar gefühlt, unbesiegbar. Hatte vergessen, was sich da immer wieder in ihrer Magengrube zu verkriechen schien.

Jetzt weiß sie, wie es geht, unbesiegbar zu sein: Sich einfach nicht dem Kampf zu stellen. Mitzulaufen. Nichts Besonderes zu sein, keine besonderen Leistungen vorzuweisen.

Lina füllt Kaffee in die Espressokanne, gibt drei Kardamomkapseln hinzu und stellt sie auf den Herd.

Ihr Alltagsritual, das den Dienst einläutet.

Die Maschine stößt fauchend den Dampf durch das Sieb.

Lina trinkt gerade den ersten Schluck, als es wieder an der Tür klingelt.

»Carolin, ich kann nichts für dich tun«, sagt sie, nimmt noch einen Schluck und eilt dann doch zur Tür, um sie zu öffnen.

»Es tut mir leid, aber ich muss…«

»Arbeit, ich weiß.«

»Alex?«

»Ich habe Licht gesehen.«

»Ich finde den Weg zur Wache sehr gut allein«, sagt sie etwas schärfer.

Sein »Kommt nicht wieder vor« kommentiert sie nicht weiter.

Alex ist ein angenehmer Kollege, doch wenn man so viel Zeit miteinander verbringt, ist es klug, rechtzeitig die Grenzen abzustecken. Nur nicht zu viel Privates reinbringen, das führt zu nichts.

Eine Stunde später sind sie unterwegs zum ersten Einsatzort. Unfall mit Fahrerflucht. Keine Personenschäden. Routinebericht. Das Fahrzeug des Geschädigten wurde geschnitten und dann touchiert, leider hat er nur einen Teil des Nummernschildes erkennen können.

Sie beruhigen den aufgeregten Mann, machen sich Notizen für den Bericht, fotografieren und fahren zurück zur Wache. Die Kollegen warten schon mit den üblichen blöden Scherzen.

Gegen halb elf läuft die erste Meldung über nächtliche Ruhestörung ein.

»Sind früh dran«, sagt der Wachhabende vom Dienst. »Zwei Nachbarn haben unabhängig voneinander angerufen. Gepolter in der Wohnung, dann ein lauter Knall. Einer hat von einer Explosion gesprochen. Von Rauch war aber nicht die Rede.«

Dann reicht er Lina den Zettel mit Name und Adresse über den Tisch. Kostja Behrmann.

Zehn Minuten später stehen Lina und Alex vor der nur angelehnten Wohnungstür. Kein Licht in der Wohnung. Keine Geräusche.

Alex ruft laut: »Hallo, hier ist die Polizei!« Als niemand antwortet, betritt er die Wohnung. Lina leuchtet hinter ihm mit der Taschenlampe den Flur aus, als sie Alex' Schrei hört.

»Mein Gott!«

»Was ist?«, fragt Lina alarmiert und eilt zu ihm. Das Licht der Taschenlampe fällt in sein entsetztes Gesicht. Er steht im Türrahmen des hinteren Zimmers und stützt sich ab.

»Was ist?«, wiederholt Lina.

»Geh besser nicht ins Schlafzimmer«, sagte Alex. »Die Spiegel, die Wände … da ist alles … voller Blut und … es ist grauenhaft!«

»Eine Explosion?«, fragt Lina.

Der Lichtstrahl zuckt durch den Flur. Da ist irgendetwas, das hier nicht hingehört, denkt sie und wendet ihren Blick von ihrem blassen und immer noch mit entsetzt aufgerissenen Augen dastehenden Kollegen ab.

Der zitternde Lichtkegel wandert über die Garderobe, an der ein tropfnasser Mantel und ein Schal hängen. Daneben ein wolkenförmiges Schlüsselbrett. Ein Flur wie unzählige andere, eine lieblos eingerichtete Schleuse, in der man den Arbeitstag abschütteln und an den Haken hängen will.

Sie richtet ihre Lampe auf das Foto über dem Schlüsselbrett und braucht ein paar Sekunden, um zu begreifen, was sie sieht.

» Um Himmels willen!«, sagt Alex, der hinter ihr steht und sich räuspern muss, um weitersprechen zu können. »Scheiße, Lina, auf dem Foto … das bist ja du!«

ES ist hinter ihr im Schrank. Brennt mit seinen Augen Kreise in ihre Haut. Leuchtende Kreise. Sie stechen. Riechen nach verbranntem Fleisch.

Gut so. So kann sie es niemals vergessen. Wird sich auf ewig daran erinnern. Ihr ganzes Leben lang. Sie schließt die Augen, ballt die rechte Faust und nimmt es sich ganz fest vor. Die aufglimmenden und brennenden Kreise in ihrem Rücken werden ihr dabei helfen. Ganz bestimmt.

Die Zeichen sind ein Schatz, denkt sie. Mein Schatz.

Es gibt Schätze, die werden in den Rücken geschnitten. So ist das eben.

Ihr Rücken ist eine Fackel. Wenn alle schlafen und träumen, leuchtet sie durch die Nacht. Die Fackel auf ihrem Rücken macht, dass die dunklen Dinge da draußen einen Schatten bekommen. Schatten, in denen man sich verbergen kann.

Nur das Warten ist nicht schön. Auch ES muss geduldig sein.

Sie sitzt auf dem Bett und kämmt ihre Puppe.

»Willst du Zöpfe?«, fragt sie.

Die Puppe sieht sie lächelnd an.

»Willst du? Na?«

Sie schlägt den Kopf der Puppe auf die Bettkante.

»Rede schon, du Vieh. Oder soll ich sie dir ausreißen? Göre!«

Sie hört ES atmen. Und die Kreise auf ihrem Rücken glimmen auf.

Schritte auf dem Flur, vorsichtig wird die Türklinke heruntergedrückt. Jetzt darf sie nicht hinsehen. Weiterkämmen.

Er steht in der Tür.

»Na, meine Prinzessin.«

Nicht hochsehen. Weiterkämmen.

»Welchen Finger willst du heute?«

»Ach, egal.«

»Kleines, ich nehme den Zeigefinger, der ist nicht so groß, ja?«

»Darf ich ihn nass machen? Es tut dann nicht so weh.«

»Ja, mach ihn mit der Zunge nass«, sagt der Schwarze Ritter. »Das mag ich.«

»Und sehen die Zwerge wieder durch das Schlüsselloch?«

»Oh ja, sie sehen uns zu.«

Und da war noch jemand, der ihnen zusah. Aber das verriet sie nicht. Sonst hörten die Kreise auf ihrem Rücken auf zu brennen. Und das durfte auf keinen Fall passieren.

»Zieh jetzt dein Prinzessinnenkleid an«, sagt er und hält ihr den Finger vor den Mund.

Jetzt tut er es, denkt sie. Und ES wird wieder wütend werden.

2

Alex macht einen halbherzigen Versuch, sie zurückzuhalten, doch Lina drückt sich an ihm vorbei und betritt das Schlafzimmer. Sie hält sich die Hand vor den Mund.

Die Spiegelfront des Schranks ist von Blutspritzern übersät. Das geflochtene Rattanbett ist auf einer Seite zusammengebrochen, der Laminatfußboden ist ebenfalls voller Blut. Neben dem Bett ein Nachttisch mit Lesebrille und verschnörkelter Lampe, daneben ein Buch über indianische Sternzeichen. Kein Aschenbecher, keine leeren Alkoholflaschen. Lina geht von der Seite näher an das Bett heran, aufs Schlimmste gefasst. Auch wenn sie es bereits ahnt – sie muss wissen, wer die oder der Tote ist.

Ein weißer Frauenarm hängt über der Bettkante. Der blutgetränkten Bettdecke nach müssen die Verletzungen am Körper erheblich sein.

Lina schiebt eine Haarsträhne der Frau beiseite. Trotz der Gefahr, Spuren zu verwischen: polizeiliches Standardvorgehen. Prüfen von Vitalfunktionen. Niemand von der Spurensicherung wird ihr einen Vorwurf machen. Zu ihrer Überraschung ist das Gesicht ganz und gar unverletzt.

Ihr Herz beginnt zu rasen, und ihr wird auf der Stelle übel. Doch hier gibt es keine Möglichkeit sich hinzusetzen.

Carolin. Verflucht Carolin!, hämmert es gegen die Innenseite ihres Schädels. Verflucht, wie kommt Carolin in diese Wohnung?

»Es tut mir leid, es tut mir so leid!«, presst sie hervor. Sie hatte Carolin gehen lassen, einfach so.

Lina weicht einen Schritt zurück und zwingt sich,

langsam auszuatmen. Sie spürt, dass ihr Tränen über die Wangen laufen, und wischt sie mit dem Handrücken weg.

Das Zimmer sieht fast so aus, als wenn Carolin tatsächlich von Monstern zerrissen worden wäre. Aber wie kommt Blut an den Spiegel, wenn der Körper zugedeckt ist?

Carolins Gesichtsausdruck wirkt seltsam friedlich. Keine Spur mehr von der Gehetztheit, die Stunden zuvor in ihr Gesicht eingegraben war.

Mit sich selber im Reinen, zufrieden und mit einem Lächeln im Gesicht gestorben …? Unsinn. Nichts als Wunschdenken. Das Hirn spielt verrückt, wenn man unvermittelt einen Toten sieht. Der Tod ist und bleibt unfassbar.

Nach ein paar Jahren habe man sich daran gewöhnt, hatte ein Ausbilder der Polizeischule sie beruhigt. Nur mit dem Geruch bleibe es schwierig. Es ging damals um alte und kranke Menschen, die versterben, ohne dass jemand es mitbekommt. Um Leichenfunde, nachdem Nachbarn schließlich doch die Polizei alarmieren, weil Briefkästen überquellen oder weil es im Treppenhaus seltsam riecht.

Lina ist bisher davon verschont geblieben. Diese ist die erste Leiche seit Beginn ihrer Dienstzeit. Doch hier riecht es nicht nach Verwesung, sondern nach einem Raumduft. Jasmin. Stäbchen, die in einer Aromaflasche stecken, stehen auf dem Fensterbrett. Auch die Luft ist nicht abgestanden.

Lina tritt einen Schritt zurück. Sie darf jetzt keinen Fehler machen. Tatort sichern. Nur das Allernötigste berühren, die Lage der Leiche nicht verändern, keine Faserspuren hinterlassen, keine eventuell vorhandenen Fingerabdrücke verwischen. Das Tatortbild ist für die Kollegen von der Mordkommission der entscheidende erste Hinweis.

Auf Selbstmord oder Fremdverschulden, bei Mord auf die Handschrift des Täters.

Sich zurückziehen und abwarten. Regeln beachten. Regeln helfen, Distanz zu wahren. Aber wie um alles in der Welt soll sie Distanz wahren? Sie kennt die Tote, Carolin ist nur kurze Zeit vorher bei ihr gewesen und hat sie gewarnt.

Sie hätte sie in ein Krankenhaus bringen müssen. Nicht professionell, wie sie sich verhalten hat. Und menschlich …

Verflucht, wie soll sie das erklären? Und dann ihr Foto im Flur! Während Alex an der Wohnungstür steht und in sein Funkgerät spricht, geht sie in die Küche und setzt sich an den Tisch. Einfach das Bild von der Wand nehmen, einstecken und verschwinden …?

Nein! Sie darf auf keinen Fall den Eindruck erwecken, dass sie etwas verbergen will. Sie kennt Carolin. Und sie wird das nicht verschweigen.

Lina sieht sich um. Die Küche ist aufgeräumt. Saubere Topflappen, eine Postkarte von der Mona Lisa mit einer Stecknadel an die Wand gepinnt, Wärmplatte der Kaffeemaschine sauber gewischt. Daneben Fotos, Schnappschüsse lachender Gesichter.

Das ist die Küche einer Frau, denkt Lina, sie passt nicht zu dem Männernamen an der Wohnungstür. Seit wann hat Carolin hier gewohnt? Und warum zeigt weder das Klingelschild noch der Briefkasten ihren Namen?

Ja, sie hat Carolin gekannt. Ein bisschen zumindest. Vor mehr als einem Jahr ist sie ihr bei dem Therapeuten Severin Carlheim zum ersten Mal begegnet. In seinem Wartezimmer mit den golden glänzenden Wänden, einer goldenen Schale und mit Sesseln, deren Lehnen ebenfalls golden schimmerten.

Carolins Blick erinnerte Lina an den einer Maus, die man mit Gewalt in grelles Neonlicht gezerrt hatte. Verschreckt sah sie sich in dem Wartezimmer um, und ihre nervösen Bewegungen verrieten, dass sie drauf und dran war zu gehen. Sie wirkte verängstigt, was wohl der Grund dafür war, warum Lina sie aufmunternd angelächelt hatte.

»Protzig, was?«, sagte Lina.

Carolin musste lächeln.

Sie kamen ein wenig ins Gespräch, Carolin war auch zum ersten Mal hier und sagte, dass sie sich das alles ansehen wolle und keine Ahnung habe, ob es das Richtige für sie sei. Sie wippte auf ihrem Stuhl herum. Dann entschuldigte sie sich, dass ihr das alles doch irgendwie auf die Blase geschlagen sei, und griff nach ihrer Tasche, um damit auf dem Klo zu verschwinden. Lina hörte ein Geräusch, das ihr vertraut war. Kleine Schnapsflaschen, die gegeneinanderstießen. Die Handtasche konnte noch so vollgepackt sein, die verdammten Flaschen stießen trotzdem immer gegeneinander. In den letzten Monaten ihrer »Trinkphase«, wie Lina sie nennt, hatte sie die Wodkafläschchen in leere Zigarettenschachteln gestopft.

Bei der ersten Gruppensitzung hatte sie Carolin wiedergesehen. Mit einer tiefen Stirnfalte und auf den Boden gerichtetem Blick hatte sie die ersten Minuten in der Runde über sich ergehen lassen und die anderen nicht einmal angesehen.

Die scheue Carolin.

Sie hatte einen Job, war Alkoholikerin und hatte einen festen Freund namens Patrick. Der sie, wie sie in der dritten Stunde zugab, nach Strich und Faden betrog. Sie litt unter Verlustängsten und Panikattacken. So wie eigentlich alle in der Runde.

Und nun liegt sie tot in dieser Wohnung.

Auf Hooge hatten sie sich näher kennen gelernt. Die Gruppe war gemeinsam auf die Hallig gereist, auf eine Insel mitten im Meer ohne die Chance zu entkommen.

»Mal sehen, wie wir damit klarkommen«, hatte Severin Carlheim gesagt.

Sie hatten im berühmten Königspesel übernachtet. Carolin hatte nachts geweint und gestanden, dass sie es einfach nicht aushalte, ohne Patrick zu sein.

Lina hatte sich ihrer schließlich angenommen. Sie war mit ihr nach draußen und hinunter zum Anleger gegangen. Sie hatten sich nebeneinander auf den Pier gehockt und übers Meer geschaut und auf die Nachbarinseln am Horizont, die im Morgengrauen zunehmend an Kontur gewannen.

»Ich kann nicht allein sein«, sagte Carolin. »Ist das denn wirklich so schlimm?«

»Ich weiß nicht«, sagte Lina.

»Ich kann nächtelang warten, wenn er nicht da ist«, sagte Carolin. »Aber hier gibt es nichts zu warten. Hier kann niemand kommen. Hier sind wir wirklich allein.«

Lina schwieg. Sie wollte nicht schon wieder die Rolle der immer alles Verstehenden einnehmen. Nicht in dieser Therapiegruppe. Hier ging es endlich einmal um sie, um den Teil, den zu zeigen sie nicht bereit war.

Carolin wühlte in ihrer Anoraktasche und holte einen Fotoapparat hervor. Sie setzte ihn auf einen Poller, drückte den Selbstauslöser, kam zurück und legte Lina den Arm um die Schultern.

An jenem Morgen war das Foto entstanden, das hier im Flur der Wohnung eines gewissen Kostja Behrmann hängt und das Fragen aufwerfen wird. Eine blöde Idee war diese Therapie, denkt Lina. Weil sie ihr nicht geholfen hat und sie dabei zu viel Nähe zugelassen hat, und sie sieht auf die Kaffeemaschine, die sie auf keinen Fall anrühren darf. Vielleicht kann Alex, der sicher immer noch an der Wohnungstür steht, irgendwo Coffee to go besorgen. Wer weiß, wann die Kollegen von der Mordkommission eintrudeln. Innerhalb eines Zeitfensters von maximal einer halben Stunde. So hatte sie es auf der Polizeischule gelernt. Bis dahin ist ihre Dienstanweisung eindeutig: Tatort sichern, nicht von hier weggehen, nichts anfassen, die Personalien eventueller Zeugen aufnehmen.

Lina streift sich Gummihandschuhe über und blättert in einer Fernsehzeitschrift, die auf dem Fensterbrett liegt. Carolin hat ein paar Sendungen mit dem Kugelschreiber markiert. Eine Castingshow, zwei Hollywoodfilme und zwei Primetime-Schmonzetten. Das passt nicht recht zu der aufgewühlten Verfassung, in der Carolin noch vor wenigen Stunden bei Lina aufgetaucht ist.

Knapp zehn Minuten später poltern die Kollegen unüberhörbar durchs Treppenhaus. Rascheln der Overalls, die sie sich vor der Wohnungstür überziehen. Sie hört Alex' Stimme, er erstattet zur Einweisung der Kollegen kurz Bericht. Annahme des Notrufs, Anfahrtszeit, erster Eindruck, erste Sicherungsmaßnahmen.

»Irgendwas Besonderes? Geruch? Leute im Treppenhaus? Was war mit dem Licht? Was haben Sie angefasst?«

Lina erkennt die Stimme sofort und sackt auf ihrem Stuhl zusammen. Nicht Sven! Sie wird genug Schwierigkeiten haben, genug unangenehme Fragen beantworten müssen – und jetzt auch noch Sven! Sie sieht bereits seinen hämischen Ausdruck, wenn sie damit herausrückt, dass sie sich einer Therapie unterzogen hat.

Noch ist sie allein in der Küche. Sie geht zur Tür und öffnet sie einen Spalt. Drei Meter entfernt ist das Zimmer, in dem Carolins Leiche liegt.

Hauptkommissar Sven Emmert betritt gerade mit einer Videokamera das Schlafzimmer. Dann kommt er wieder heraus, und der Rundgang beginnt erneut, wobei seine drei Kollegen sich im Gänsemarsch dicht hinter ihm halten. Nur einen ersten Eindruck verschaffen, keine Spuren verfälschen, die Kriminaltechniker haben den Vortritt.

Das Ganze dauert ungefähr fünf Minuten, dann verlassen sie das Zimmer. Die inzwischen auf vier Mann angewachsene Truppe aus Rechtsmedizinern und Kriminaltechnikern macht sich in Overalls und mit ihren Köfferchen an die Arbeit. Spurenschildchen aufstellen, Fotos machen, erster Blick auf die Leiche, Fingerabdrücke sicherstellen.

Lina setzt sich wieder an den Tisch und nickt Sven Emmert zu, als der die Küche betritt. Von seiner üblichen Überheblichkeit bemerkt sie überraschenderweise nichts.

»Lina, dein Kollege hat mir gesagt, dass du hier bist. Es tut mir leid.«

Lina nickt und sieht durchs Fenster in den Hinterhof. Zwei Kinder schlagen mit Stöcken gegen ein Vogelhäuschen.

»Eine Freundin?«, fragt Sven

»Eine flüchtige Bekannte.«

»Und sie heißt?«

»Carolin Scharnhövt.«

»Und sie hat was gemacht?«

»Ich glaube Grafikdesign.«

»Komm schon, du musst ein bisschen mitmachen. Was heißt, ich glaube?«

»Ich kenne … ich kannte sie nur oberflächlich.«

»Und dann hängt dein Foto an der Wand?«

Klar, dass Alex ihn gleich darauf hinweisen musste, damit kein falscher Eindruck entsteht. Er will sie damit entlasten, Klarheit schaffen. Nichts wäre schlimmer, als wenn das erst im Nachhinein auffallen würde.

»Komm Lina, das hier ist ein berufliches Ding. Lass es uns professionell angehen. Wir bringen jetzt nichts durcheinander, einverstanden?«

Lina nickt.

»Also, woher kennst du sie?«

»Aus einem Selbsterfahrungsworkshop.«

»Was soll das sein? Eine Gesprächsgruppe?«

»So was in der Art.«

»Darüber müssen wir uns später unterhalten. Du hast doch nicht unter das Bettlaken gesehen? Oder das Laken über den Körper gezogen?«

Lina schüttelt den Kopf.

In diesem Augenblick betritt einer der Kriminaltechniker die Küche und hält Emmert eine Plastiktüte entgegen, in der sich ein fleischfarbener Ring und eine Batterie befinden.

»Was soll das sein?«

»Der Deckel von einem Batteriefach mit eingebautem Geschwindigkeitsschalter.«

»Was für ein verkackter Geschwindigkeitsschalter? Autorennbahn oder was? Die Frau hat sich doch nicht mit einem Spielzeug umgebracht!«

Der Kollege von der Spurensicherung zögert, blickt auf die Plastiktüte in seiner Hand und dann auf Lina.

»Ich fürchte doch«, sagt er.

Emmert wendet sich ihm zu.

»Was soll das? Rätselraten?«

»Könnten wir das vielleicht drüben …«

»Können wir nicht«, sagt Emmert. »Was für ein Spielzeug?«

Der Gerichtsmediziner räuspert sich.

»Sextoys. Ein Dildo, also ein Vibrator. Er muss mit einem explosiven Stoff gefüllt gewesen sein. Dem Geruch nach tippe ich auf normales Schwarzpulver. Es hat ihr den Unterleib zerrissen.«

Das Rote fließt über meinen Bauch.

Und jetzt sind sie alle in meinem Zimmer versammelt. Machen einen Höllenlärm. Der General mit nur einem Auge sieht auf sein Schlachtfeld und ruft: »Hurra!« Die Schokoladeneier ziehen sich einen Eisenpanzer an und fliegen durch das Zimmer.

Da, ein Treffer! Und der Feind zermatscht. Wir besiegen euch. Denn wir haben nichts zu verlieren.

»Der Feind darf nicht entkommen«, sagt der General und sieht seine Soldaten an. »Die Lage ist ernst, aber wir werden den Sieg davontragen.«

Der Schwarze Ritter flüstert in ihr Ohr: »Wir sind anders, mein Mädchen, verstehst du? Anders. Anders.«

Das Rote lacht. Und was sagt der Weiße Drache im Schrank? Nichts. Noch nicht. Später wird er schimpfen und die Salbe aus dem Versteck holen. Sie eincremen, und es wird kühl sein auf der Haut. Immer nur für ein paar Minuten, aber wenn der Weiße Drache pustet, ist es ein kühler Wind, der die Schmerzen mit fortnimmt.

»Wie der Wind vom Meer«, sagt der Weiße Drache. »Der alles wegfegt. Hinaus aufs Meer, wo es untergeht. Auf den Grund des Meeres zu den versunkenen Schiffen.«

Die Armee rückt vor. Zwei Abteilungen an die Flanke! Jetzt nicht nachgeben.

Jeden Abend liest der Weiße Drache vor. Von den Schlümpfen, die Waffen unter ihren Hüten tragen. Nachts rücken sie aus und kämpfen gegen das Böse. Und gegen das Rote.

Ein paar Minuten noch, dann wird sich der Schwarze Ritter auf das Rote legen. Wird in das Rote einstechen und laut aufschreien. Aber sie tun sich nicht weh. Das hat er gesagt. Es ist Liebe.

»Wir sind anders, verstehst du? Anders.«

Das Rote ist nackt. Bekomme ich auch solche Brüste? Ich will das nicht.

Der Weiße Drache sagt: »Das bestimmt die Natur. Da kann man nichts machen.«

3

Zeit gewinnen. Lina muss überlegen, was sie als Nächstes tut. Sie braucht eine Strategie. Wie kommt sie aus dieser Situation wieder heraus?

Es ist ihr unmöglich, Sven Einzelheiten über die Therapie zu erzählen. Schließlich ist er der Auslöser dafür gewesen. Und natürlich der Moment, in dem sie fast überfahren worden wäre. In dem ihr schlagartig klar geworden war, dass es so nicht weiterging. Dass sie so nicht mehr leben konnte. Dieses schwarze Loch, das sich immer dann vor ihr auftut, wenn sie nach Bildern aus ihrer Kindheit sucht.

»Lina, du musst schon mit mir reden. Was war das für

eine Selbsterfahrungsgruppe?«, fragt Sven und reißt sie aus ihren Gedanken.

»Nichts Besonderes. Es ging um Kreativität, um Selbstbewusstsein. Es hat nichts hiermit zu tun.«

»Nur Frauen?«

»Ein schwuler Mann war auch dabei. Aber diesen Tunten, wie du sie nennst, würdest du sowieso keinen Mord zutrauen, richtig?«

Sven verdreht die Augen und trommelt auf den Tisch.

»Gut, geh jetzt nach Hause, wir machen das später«, sagt er. »Du brauchst Abstand.«

»Ich bin mitten in der Schicht ...«

»Ich kläre das mit deinem Dienststellenleiter.«

Da ist es wieder. Das Sven-Gefühl. Sven, der Nette, Sven, der Beschützer, Sven, das Arschloch.

Keinen Kampf jetzt, denn sie muss Zeit gewinnen. Eine Geschichte muss her, die er schluckt. Die trotzdem die Ermittlungen nicht behindert.

Sie verlässt die Wohnung, kommt im Treppenhaus an den Kollegen vorbei, die sie nur stumm ansehen. Jeder scheint zu wissen, wie die Frau da oben ums Leben gekommen ist, und jeder hofft, dass er nicht in das Zimmer muss.

Aber was ist mit den Monstern, von denen Carolin gesprochen hat? Monster, die erwacht sind. Hört sich nach Kindheit an. Aber wessen Kindheit? Carolins? Und was hat sie damit zu tun? Warum ist Carolin nach all den Monaten ausgerechnet zu ihr gekommen? Weil sie wusste, dass sie Polizistin ist? In ihrer Vergangenheit gibt es keine Monster, die überlebt haben. Nur ein großes schwarzes Loch, das alles verschluckt. Besonders den Spaß am Leben.

Eine halbe Stunde später schiebt Lina einen Einkaufswagen durch den Supermarkt. Lebensmittel sind wichtig, wenn man sich in seine Wohnung zurückziehen will. Sie richtet sich auf mehrere Tage ein.

Nachdem sie die Einkäufe in ihrer Küche verstaut hat, öffnet sie eine Limonade und setzt sich in den weißen Ledersessel.

Sie braucht eine Strategie, darf nicht in Panik geraten. Unter allen Umständen muss sie ihre Fassade aufrechterhalten. Darf nicht in den Ermittlungsscheinwerfer ihrer Kollegen geraten.

»Die Monster sind erwacht.«

Wird sie nicht selber schon von einem Monster beobachtet? Es steht als Wächter vor dem schwarzen Loch, in dem sich ihre Kindheit verbirgt. Sie ist ihm begegnet. Damals, als das winzige Puzzlestück einer Erinnerung aus dem Loch herauswollte.

Ein Fest in einem Schrebergarten. Sie trägt ein weißes Sommerkleid mit rosa Blütenblättern darauf und sitzt auf einer Schaukel. Sie tut so, als würde sie nur schaukeln. Doch sie saugt jedes Wort auf, das am Kaffeetisch über sie gesprochen wird. Sie beobachtet die Personen am Tisch aufmerksam aus den Augenwinkeln.

»Ein entzückendes Mädchen«, sagt die ältere Frau.

»Wirklich niedlich. Und so vorsichtig«, erwidert die andere Frau, die nun ihre Mama ist.

»Fast zu schüchtern.«

»Das gibt sich mit der Zeit. Sie muss sich erst eingewöhnen.«

»Isst sie denn normal?«

»Ja, sie schlingt das Essen fast in sich hinein.«

»Aber sie ist spindeldürr, da muss Fleisch auf die Knochen.«

Das Monster hört ebenfalls zu. Steht seitlich am Tisch, in der Hand ein halbgefülltes Glas. Hört zu. Verzieht keine Miene.

Irgendwann, als sie Schwung auf der Schaukel holt und ihn einen Augenblick ansieht, lächelt er ihr zu. So wie jemand lächelt, der plötzlich genau weiß, was er zu tun hat. Der sich auf den Augenblick freut, in dem das Opfer erkennt, dass es zum Opfer geworden ist.

Gedankenverloren lässt Lina den Blick über ihre paar Bücher und CDs im Regal gleiten. Alles schnell in ein paar Kisten zu verstauen.

Bis jetzt gibt es keinen Hinweis darauf, dass es mehr ist als eine bloße Verkettung von Zufällen. Wenn sie jetzt nur nicht hysterisch wird, kann auch nichts passieren.

Lina geht in die Küche, wäscht das Geschirr ab und stellt zwei volle Müllbeutel vor die Tür. Im Vorratsschrank findet sie hinter einer Packung Kakao eine Flasche Syrah. Sie schenkt sich ein großes Weinglas ein und leert es in einem Zug. Als sie die Flasche wieder hinter der Kakaopackung im Schrank verstaut, klingelt das Telefon.

»Sven hier. Deine Geschichte mit der flüchtigen Bekanntschaft mit Carolin Scharnhövt kann so nicht stimmen.«

»Warum?«

»Weil wir etwas gefunden haben. Du musst vorher schon mal in ihrer Wohnung gewesen sein.«

»Warum sollte ich dich belügen?«

»Genau deshalb verstehe ich es ja nicht.«

»Ich war noch nie zuvor dort. Ich bin Carolin vor etwa einem Jahr begegnet. Ich weiß weder, mit wem sie zusammen war, noch, was sie sonst so gemacht hat.«

»Selbsterfahrungsgruppe«, sagt Sven mit ironischem Unterton.

»Was willst du, Sven? Willst du mich mit Gewalt in was reinziehen? Was soll das alles?«

»Wir haben auf der Rückseite des Fotos eine Nachricht gefunden.«

»Eine Nachricht? Was für eine Nachricht?«

»Sag du es mir.«

»Sven, wenn du …«

Svens Emmerts Stimme wird schärfer. »Ich hab hier eine Frauenleiche, deren Unterleib von einem explodierten Dildo zerfetzt wurde. Ich muss alles über Beziehungen, Job und Freunde des Opfers wissen. Das ist meine Arbeit.«

»Ich kann dir nicht helfen. Es war nur eine flüchtige Bekanntschaft.«

»Weißt du nicht was von Problemen mit einem Exmann? Irgendein verschmähter Liebhaber? Oder ein Stalker?«

»Ich sage doch, ich habe sie kaum gekannt.«

»Fein, dann erklär mir mal die Nachricht, die deine flüchtige Bekannte Carolin auf die Rückseite des Fotos geschrieben hat.«

»Keine Ahnung … was steht denn da?«

»Da steht: Auf Wiedersehen, Lina. Glaub ihnen nicht.«

Lina schluckt, ihr Blutdruck schießt in die Höhe, und sie hört ihren trommelnden Herzschlag.

»Das kann doch nicht sein!«

»Ich will, dass du im Präsidium vorbeikommst. Wir müssen uns über Carolin unterhalten. Ich will ein bisschen mehr hören über die Selbsterfahrungsgruppe.«

Lina verspricht, sich bald zu melden.

»Morgen«, sagt Sven.

Lina schwankt leicht, als sie in die Küche geht und den Schlüssel für den Dachboden vom Brett nimmt. Mit einer Taschenlampe ausgerüstet steigt sie die Stufen hinauf, öffnet die Tür zum Boden und wühlt sich durch das Chaos aus Kartons, Kisten, alten Teppichen und Blumentöpfen. Der meiste Müll stammt von der Vormieterin, deren Erben Lina darum gebeten haben, den Dachboden zu entrümpeln. Sie war einverstanden und hatte es sich kurz nach ihrem Einzug für ein freies Wochenende vorgenommen. In einem Feng-Shui-Ratgeber hatte sie mal gelesen, es sei nicht gut, wenn sich Gerümpel auf dem Dachboden, also über dem eigenen Kopf ansammle. Aber sie hatte das Ausmisten immer wieder verschoben und stattdessen neuen Müll dazugestopft.

Ein muffiger und leicht säuerlicher Geruch nach schimmelnden Teppichen liegt in der Luft.

Sie räumt zwei alte Balkonstühle aus dem Weg, schiebt den Pappkarton mit ihrem alten Computer beiseite und wuchtet zwei Kisten mit esoterischen Büchern und CDs auf einen Stapel mit Vinylplatten, die sie eigentlich über eBay an Sammler verkaufen wollte.

Hinter einem Karton, in dem sie Unterlagen von der Polizeischule verstaut hat, wird sie schließlich fündig.

Mit einem Weckring umwickelt liegen da die Notizen, die sie sich in den ersten Wochen der Therapie gemacht hat. Weniger um sich zu erinnern, als um den Verlauf unter Kontrolle zu behalten. Um nachlesen zu können, was sie gesagt hat.

Lina spürt ein Würgen im Hals und ist kurz davor, sich zu übergeben. Sie setzt sich auf ein Brokatkissen, das aus der Jugendzeit ihrer Vormieterin stammen muss, und blättert die Seiten durch.

Obenauf liegen Fotos, die Carolin auf Hooge aufgenommen und ihr nach einer Sitzung zugesteckt hat.

Die Teilnehmer der Therapiegruppe spazieren am Strand entlang, wehende Haare. Man sitzt auf dem Rasen und trinkt aus Flaschen. Man sitzt an einem großen Tisch im Königspesel, spielt Karten und hat sichtlich Spaß.

Nur nachts kommt das große Heulen. Davon gibt es allerdings keine Fotos.

Ein Gruppenbild im Garten der Pension, in der Mitte die schüchterne Carolin. Obwohl sie lächelt, liegt Schwere in ihrem Ausdruck.

Lina nimmt sich den Karton, verlässt den muffigen Dachboden und geht wieder hinunter in ihre Wohnung.

Panikattacken waren schließlich der Auslöser, es mit einer Therapie zu versuchen. Knapp zwei Jahre ist das jetzt her. Drei Mal hatte sie den Notarzt kommen lassen, zwei Mal war sie wegen hohen Blutdrucks in die Notaufnahme des Krankenhauses geschafft worden.

Die Panikattacken begannen schon morgens nach dem Aufwachen mit einem dumpfen Gefühl im Kopf, einem schmerzhaften Druck auf der Brust und zugleich unerträglichem Herzrasen.

Ihr Hausarzt hatte sie untersucht, ihr Nitrospray verschrieben, das die Adern weitet und den Blutdruck senkt, und ihr dringend eine Psychotherapie angeraten. Ansonsten könne sie ihren Beruf vermutlich nicht weiter ausüben. »Denn was ist, wenn Sie Ihre Waffe ziehen müssen und hyperventilieren?«, hatte er gefragt.

»Ich bin völlig klar im Kopf«, hatte sie erwidert.

»Es gibt jedenfalls keine erkennbaren körperlichen Ursachen«, hatte er gemeint und ihr die Adresse eines Therapeuten in die Hand gedrückt. »Der Mann ist Spezialist für Angststörungen.«

Im Wartezimmer hatte sie Carolin kennen gelernt und nach ein paar Wochen mit Einzelsitzungen die anderen Teilnehmer der Gruppe.

Lina erinnert sich an die ersten Gespräche mit dem sehr ruhig wirkenden Dr. Severin Carlheim. »Alles nur Gerede«, hatte sie einmal provozierend zu ihm gesagt. Der Therapeut hatte milde lächelnd geantwortet: »Darum geht's. Um das Gerede in unserem Kopf.«

»Ich erzähle Ihnen von der roten Flüssigkeit, die früher in meinen Träumen regelmäßig unter der Tür durchgeflossen ist, und Sie sagen dann: Ha, ein Sinnbild für die Menstruation, für die Angst, zur Frau zu werden oder so.«

»Was ich sage, ist vollkommen egal. Haben Sie so einen Traum gehabt?«

»Immer denselben. Ich bin in einem völlig kitschigen Barockzimmer. Es riecht nach Babycreme, und unter der Tür fließt das Blut durch.«

Carlheim machte sich eine Notiz, während sie sich von der Liege aufrichtete.

»Es sind Sinnbilder, verschlüsselte Botschaften«, sagte Lina.

»Auf keinen Fall bin ich der Übersetzer oder Traumdeuter. Sie müssen es sich anschauen. Sie sind die Expertin.«

»Und dann verliere ich die Angst davor? Patientin geheilt und fertig?«

»Ich weiß es nicht«, sagte Carlheim. »Manchmal brauchen wir die Angst, um uns zu schützen. Aber wenn die Angst ein Eigenleben führt, engt sie unser Leben ein.«

»Was heißt das?«

»Nehmen wir an, Sie haben sich an einem Ofen verbrannt. Dann werden Sie in Zukunft alle Öfen sehr vorsichtig anfassen. Wenn Sie aber plötzlich Angst davor haben, Möbel zu berühren …«

»Möbel machen mir keine Angst, und mit meinem eingeengten Leben komme ich ganz gut klar.«

Der Therapeut hatte gelacht. »Nur der Bluthochdruck, der Sie in Panik aus den Träumen reißt, ist wohl nicht so schön.«

»Dafür muss es doch Tabletten geben.«

»Sie können hier Ihr Leben ein wenig … nun, sagen wir: weiten. Platz schaffen, Sperrmüll abfahren. Und das Beste …«

»Jetzt kommen Sie mit dem beschwingten, tollen Leben, das auf mich wartet, oder?«

»Nein, das Beste ist: Das bezahlt die Krankenkasse«, sagte Carlheim.

Drei Wochen später fand die erste Gruppensitzung statt.

Raushalten und nicht weiter auffallen. Sie musste unter Kontrolle behalten, wie viel sie vor den anderen von sich preisgab. Es gab Dinge, mit denen sie allein zurechtkommen musste. Besonders mit dem einen *Ding*.

Carlheim hatte in dem weitläufigen Therapieraum acht Stühle in einem Kreis aufgestellt.

Lina erinnert sich an die erste Sitzung. Sie war als Erste erschienen. Das stellte sie mit Entsetzen fest. Nun würden alle denken, dass sie diese blöden Gruppengespräche mit lauter gelangweilten oder gestressten Frauen gar nicht abwarten konnte …

Lina musterte die Wände, an denen afrikanische Masken, zwei Scherenschnitte aus Silberfolie, die ebenfalls Masken nachempfunden waren, und seltsame Bogen, Pfeile und Speere hingen. Nicht unbedingt das, was sie unter einer friedlichen Atmosphäre verstand.

Der gläserne Schreibtisch Carlheims war penibel aufgeräumt. Lediglich ein Notizblock, ein Stifthalter und zwei ähnlich aussehende Steine in der Größe kleiner Hühnereier lagen darauf. Auf ihre Frage hin hatte Carlheim sie als männliche und weibliche Boji-Steine bezeichnet. Über dem Schreibtisch hingen Schwarzweißfotos, die Sigmund Freud mit einigen seiner Schüler zeigten.

Gleich nach Lina kam Astrid Karsow, die sie taxierte, noch bevor sie sich einen Stuhl zurechtschob und Platz nahm. Den leicht zusammengekniffenen Augen nach war sie offenbar etwas kurzsichtig.

»Hallo«, sagte sie dann freundlich und sah sich im Raum um. Astrid war ziemlich groß und kräftig, ein burschikoser Typ. Sie machte einen selbstsicheren Eindruck.

Als Nächste betrat Carolin den Raum. Als sie Lina erkannte, lächelte sie und setzte sich sofort neben sie, als wäre es das Selbstverständlichste der Welt.

Zusammen mit Severin Carlheim kam schließlich der Rest der Gruppe herein, Christina Hansen, Pia Landt, Stefanie Staller, Isabel von Dyke und Paul Ender.

Besonders unsicher wirkte Paul Ender, der mit seinen dezent lackierten Fingernägeln und dem Make-up keinen Zweifel daran ließ, welchem Geschlecht er zugeneigt war.

Auch Christina Hansen signalisierte mit aufdringlichem Parfum, einer extravaganten Frisur und einer gewagten Strumpfhose, dass sie vom männlichen Geschlecht nicht übersehen werden wollte. Sie wirkte wegen des üppig aufgetragenen Make-ups wie eine Puppe.

Isabel von Dyke hatte ihr Outfit ihrem Namen angepasst: edle Gucci-Handtasche, teure Schuhe, teure Jacke. Ihrem leicht spöttischen Gesichtsausdruck nach zu urteilen, schien auch für sie dies hier der vollkommen falsche Ort zu sein. Ihre üppigen braunen Haare fielen in leichten Wellen über die Schulter. Einzelne Haarsträhnen drehten sich mehr als andere, und sie wirkte, als wäre sie gerade von einem Strandspaziergang zurückgekommen. Ihr Gesicht mit der feinen Nase und dem etwas zu großen Mund, in dem sich eine Reihe makelloser Zähne verbarg, erinnerte Lina ein wenig an Julia Roberts.

Pia Landt trug eine große dunkelrandige Brille und hatte ihr Haar streng nach hinten gekämmt. Sie zog sofort einen Notizblock aus einer ledernen Mappe, wohl um zu signalisieren, dass sie hier als Intellektuelle ernst genommen werden wollte. Anders Stefanie Staller, bei der die Flecken auf ihrer zerfransten Jeansjacke, ungepflegte Fingernägel und die derben Schuhe darauf hindeuteten, dass sie festen Willens war, während der Sitzungen die kreative Front zu eröffnen. Ihre eher kurzen Haare waren mit Gel in Form gebracht.

Lina fragte sich, ob diese Gruppe eine ganz normale Mischung war, wie man sie in jeder psychotherapeutischen Praxis fand. Eine Erkenntnis allerdings hatte sie dem Therapeuten seit ihrem ersten Termin mit ihm zu verdanken: Wenn die Angst alle diese Frauen angefallen hatte, dann war sie nicht wählerisch. Die Angst nahm sich, was sie kriegen konnte.

»Ich weiß nicht, was ich hier soll«, eröffnete Carolin die Runde.

»Ich schon«, sagte Astrid fast triumphierend und schob den Ärmel ihres Pullovers hoch. Ihr Unterarm zeigte frische und leicht verschorfte Einschnitte.

»Ich schneide gerne an mir rum«, sagte sie und hielt

ihren Arm in die Höhe, als wäre er die Eintrittskarte in diese Runde. Sie machte eine Pause, als erwartete sie ein Lob, und wandte sich dann mit einem ironischen Lächeln an den Therapeuten.

»Nicht wahr, Doktor? So sehen sie aus, die Monsterbisse.«

So hatte es begonnen.

4

Sven ist am Telefon. Seine Stimme klingt sehr sicher.

»Carolin wurde tatsächlich mit einem Dildo in die Luft gesprengt. Wobei sie selber das Ding ja in Gang gesetzt haben muss…«

Lina zieht ihre Uniformjacke vom Bügel und sagt: »Ja.«

»Ja? Was ja?«

»Wie bringt man jemanden mit einem Vibrator um? Da muss man sich doch auskennen. Ein Bombenbauer, der es auf Carolin abgesehen hat?«

»So wie es aussieht, gab es nach dem Einschalten des Dildos eine kleine Verzögerung. Das Schwarzpulver war in einer Kapsel und wurde wohl erst durch den sich erwärmenden Motor zur Zündung gebracht. Kinderleicht herzustellen. Das sieht nicht nach einer Profiarbeit aus. Was ist jetzt? Gibt es nichts, was du mir erzählen willst?«

Sven ist gereizt. Doch auf keinen Fall will sie ihn zu nah an sich heranlassen. Zeit gewinnen. Ihm nicht zu deutlich ihre Ablehnung zeigen.

»Habt ihr denn so was wie einen Verdächtigen? Oder eine Spur?«

»Das darf ich dir nicht sagen. Hör zu, wir sollten…«

»Tut mir leid, Sven, aber ich muss jetzt zum Dienst.«

Ohne Svens Antwort abzuwarten, legt sie auf.

Irgendwie wird ihr das alles im Moment zu dicht. Sie braucht Abstand. Zumindest bei ihren Kollegen muss sie weiter funktionieren. Ihre Arbeit erledigen, Schwierigkeiten aus dem Weg gehen.

Eine Stunde später sitzt sie mit Alex im Streifenwagen und fährt stadteinwärts.

»Was über die Tote gehört?«, fragt er und beißt in einen Schokoriegel. Immerhin hat er nicht »deine Freundin« gesagt.

Lina schüttelt den Kopf und fragt, was in dieser Nacht anliegt.

»Ein Fußballspiel, das übliche Besäufnis, Ruhestörung und dann die Prügeleien«, sagt Alex. »Wir spielen mit in der Champions League.«

»Hast du dir eigentlich so dein Leben vorgestellt? Ich meine, so als uniformierter Sheriff?«

Alex antwortet nicht. Nicht so wichtig. Hauptsache, sie sprechen nicht weiter über die tote Carolin. Fehlte noch, dass sie hier im Streifenwagen verhört wird.

»Ich sehe mich als Odysseus«, sagt Alex in ihr Schweigen hinein. »Eigentlich will ich nur nach Hause zu meiner Frau, aber die Einsatzwinde treiben mich über das Asphaltmeer.«

Es knackt im Funkgerät. Die Einsatzzentrale schickt sie zu einer Kneipe, in der es eine Schlägerei gab, die seltsamerweise schon vor Anpfiff des Spiels für zerschlagenes Inventar gesorgt hat.

Lina bestätigt, während Alex das Blaulicht einschaltet.

»Siehst du? Die Sirenen rufen uns. Zeus' Befehle kommen

durch den Äther des Funks. Würde mich nicht wundern, wenn wir gleich auf den einen oder anderen Zyklopen treffen. Aber Sirenen haben wir auch.«

Er schaltet das Martinshorn ein und gibt Gas.

»Hauptsache, wir stehen nicht gleich zwischen den Fronten, wenn es um die Eroberung von Troja geht«, erwidert Lina und vermerkt die Einsatzfahrt in ihrem Notizbuch.

Als Alex den Wagen vor der Kneipe zum Stehen bringt, werden sie schon von mehr oder weniger angetrunkenen Gästen erwartet. Ein Mann begutachtet sein zerrissenes Hemd und betupft mit einem Taschentuch eine blutende Stirnwunde. Eine ältere Frau hat ihre Hand auf seine Schulter gelegt und redet beruhigend auf ihn ein.

»Haben Sie uns gerufen?«, fragt Lina.

Der rund Vierzigjährige, dem ein blauer Fanschal um den Hals baumelt, nickt stumm und ist offensichtlich enttäuscht, dass mit Lina ihm ausgerechnet eine Frau zu Hilfe eilt.

»Was ist passiert?«, fragt Alex.

»Ich mach den Chinesen kalt!«, sagt der Fußballfan und blickt düster auf das blutverschmierte Taschentuch.

»Bevor Sie das tun, hätten wir noch ein paar Fragen an den Mann«, sagt Lina.

Deeskalation. Jedem das Gefühl geben, dass man sich um ihn kümmert. Die Situation beruhigen. Autorität zeigen. Notfalls mit ein paar Handschellen.

»Fragen? Ihr sperrt das Arschloch ein, oder ich mach ihn kalt. So einfach ist das.«

»Wo ist er denn?«

»Weg«, sagt die Frau mit belegter Stimme. »Ist einfach getürmt. Ein verfluchter Feigling.«

Lina zieht ihr Funkgerät hervor, um die Zentrale zu informieren.

»In welche Richtung ist er denn verschwunden?«

»Da lang«, sagt die Frau und zeigt auf die Kneipe.

Ein Mann, der ein paar Meter entfernt steht und die Situation beobachtet, nickt.

»Der ist noch da drin. Sitzt da und trinkt Bier«, erklärt er.

»Dann werd ich ihn mal herausbitten«, sagt Lina und weist Alex an, auf den Verletzten Acht zu geben.

»Seien Sie bloß vorsichtig«, sagt der etwas weiter weg stehende Mann und mustert Lina skeptisch von Kopf bis Fuß.

Kurz vor der Eingangstür dreht sie sich noch einmal und fragt den Fußballfan: »Brauchen Sie einen Arzt?«

»Ich lasse das später begutachten«, antwortet der, wobei er das Wort »begutachten« ausspricht, als würde er vor dem Amtsarzt stehen. Dann bittet er die Frau neben sich nachzusehen, ob in der Wunde Glassplitter stecken.

Lina betritt die Kneipe. Sie muss sich erst an das Dämmerlicht gewöhnen. Auf dem überdimensionalen Flatscreen stehen die Mannschaften einander gegenüber. Die Nationalhymnen werden abgespielt. Der Wirt deutet stumm und unbeteiligt auf einen jungen Chinesen, der vor einer Flasche Limonade am Tresen sitzt. Ein zierlicher etwa 30-jähriger Mann, der eher den Eindruck erweckt, als könnte er keiner Fliege etwas zuleide tun.

Hier scheint sich niemand über die vorausgegangenen Kampfhandlungen aufgeregt zu haben. Das Spiel beginnt gleich, da will keiner was wegen einer Zeugenbefragung verpassen, denkt Lina.

Verletzt scheint der junge Mann nicht zu sein, im Gegensatz zu seinem Kontrahenten, der gut und gern 30 Kilo schwerer sein dürfte. Auch seine Kleidung ist nicht weiter derangiert. Sie geht einen Schritt auf den Mann zu, der sie anlächelt. Sie hätte in diesem Augenblick nicht sagen können, ob das ein echtes oder ein aufgesetztes Lächeln war.

»Sie hatten eine Meinungsverschiedenheit mit dem Herrn da draußen?«

»Ich fürchte ja.«

Gewähltes Deutsch, nicht betrunken, denkt Lina.

»Worum ging's denn?«

»Die Mannschaftsaufstellung. Wir sind da nicht zusammengekommen.«

»Können Sie das nicht bitte draußen regeln?«, sagt der Wirt, nickt Richtung Bildschirm und zieht dabei ein Gesicht, als würde er gleich zu weinen beginnen.

Plötzlich weiten sich seine Augen. Der Chinese springt vor und reißt Lina zur Seite. Dann kracht es laut scheppernd über ihr. Sie zieht ihre Waffe und richtet sie auf den verdutzten Chinesen, der sie inzwischen losgelassen hat und die Arme in die Höhe hält.

»Sie heben jetzt …«

Doch weiter kommt Lina nicht. Unvermittelt löst sich ein Schuss und schlägt in ein neben der Bar hängendes Fußballtrikot ein.

Von draußen hört man wildes Geschrei. Alex wirft sich auf den in der Kneipentür stehenden Fußballfan, der offenbar beschlossen hat, die Rache selbst in die Hand zu nehmen. Trotzdem schafft der es, bereits den zweiten Aschenbecher in Richtung des Chinesen zu schleudern. Dann wirft Alex ihn zu Boden, setzt sich auf seinen Rücken und fixiert ihn mit Handschellen.

Immer noch auf dem Mann hockend, sieht Alex Lina

beschwörend an und deutet auf die Waffe, die sie immer noch in der Hand hält.

»Scheiße!«, sagt Lina und sieht auf den Chinesen, der die Hände noch immer nach oben hält. Sein Lächeln ist einem verängstigten Ausdruck gewichen. Er lässt die Arme fallen, kratzt sich nervös am Ohr.

»Bitte nicht schießen«, sagt er.

Wie kann … Oh, nein! Sie hat gestern Nacht vergessen, die Sig Sauer wieder zu sichern, nachdem sie vermeintliche Geräusche in ihrer Wohnung gehört und sich auf die Suche gemacht hatte. Gespensterjagd in der eigenen Wohnung. In letzter Zeit kam das öfter vor.

Sie schiebt die Waffe ins Holster, befestigt den Sicherheitsriemen mit einem Druckknopf und hebt, zum Zeichen, dass nun nichts mehr passieren kann, ebenfalls die Hände.

Das wird gewaltigen Ärger geben. Nicht nur, dass sie vorschriftswidrig die Waffe mit nach Hause genommen hat, auch das Abfeuern der Kugel zieht mit Sicherheit eine Untersuchung nach sich. Herumballernde Kolleginnen waren ein gefundenes Fressen für die Interne Ermittlung.

Sie hat das Gefühl, im Chaos zu versinken. Ihre mühsam aufrechterhaltene Fassade bröckelt gefährlich, und ihr vermeintlich stabiles Gerüst schwankt. Wäre Carolin nicht bei ihr aufgetaucht und kurz danach ermordet aufgefunden worden, hätte sie nicht im Traum daran gedacht, die Waffe mit nach Hause zu nehmen.

Erst jetzt nimmt Lina die anderen Kneipengäste wahr. Manche stehen wie angewurzelt da, während die zweite Nationalhymne soeben zu Ende gespielt wurde. Der Wirt taucht hinter dem Tresen auf. Zwei Männer, die neben einem Spielautomaten am Tisch gesessen hatten, liegen in Deckung auf dem Boden. Drei andere stehen leicht gebückt vor einer Tür, die vermutlich in die Küche führt.

Der verletzte Fußballfan dreht den Kopf und blickt überrascht vom Boden auf Lina, während Alex immer noch auf dessen Rücken kniet und sie ebenfalls anstarrt.

Lina nimmt die Situation wie in Zeitlupe wahr. Nur die Stimme des munter plappernden Fußballreporters passt nicht dazu.

»Ich bitte Sie, das war hier doch alles ganz harmlos«, sagt der Chinese.

»Alles in Ordnung«, ruft Lina und wiederholt noch einmal deutlich lauter: »Alles in Ordnung!«

Alex lässt den Mann auf dem Boden liegen und steht auf.

»Meine Schuld«, sagt er. »Ich war am Funkgerät und hab die Personalien des Typen durchgegeben. Ich hör noch, wie die Frau sagt: ›Das darfst du dir nicht gefallen lassen, du bist doch ein Kerl, mach dich mal gerade‹, aber da war es schon zu spät. Der Typ hat sich draußen zwei Aschenbecher geschnappt ...«

»Ruf die Kollegen«, unterbricht Lina ihn. Sie muss das jetzt einigermaßen korrekt zu Ende bringen, wenn sie nicht Gefahr laufen will, sich ab morgen nach einem anderen Beruf umsehen zu müssen.

»Darf ich meinen Ausweis herausholen?«, fragt der Chinese vorsichtig.

Lina bittet ihn vor die Tür auf die Straße, nimmt seine Personalien auf und wartet auf die Kollegen, die zehn Minuten später mit vier Streifenwagen heranrasen. Auch die wegen des Schusswaffengebrauchs alarmierten Kollegen von der Kriminalpolizei treffen ein, befragen sie und schicken sie nach Hause. Ihre Waffe wird in einer Plastiktüte verstaut und kommt laut Aussage des Kollegen in die kriminaltechnische Untersuchung. Routine sei das.

»Widerstand gegen die Staatsgewalt?«, fragt der Kollege in Zivil und deutet auf den beim Wagen stehenden Chinesen.

»Nein«, sagte Lina, »das kam von dem Fußballfan dahinten. Ist ausgerastet, wollte die Sache selbst in die Hand nehmen.«

Lina spürt, wie ihr ein Zittern zunächst in die Hände und dann in den ganzen Körper fährt. Gott sei Dank erst jetzt, denkt sie.

Ein Kollege versichert ihr, alles werde mit dem Dienststellenleiter besprochen, zunächst sei sie beurlaubt, bis die genauen Umstände geklärt sind. Sie müsse dazu im Präsidium weitere Angaben machen.

»Routineverfahren«, wiederholt er und sagt, alle seien fest davon überzeugt, dass sie korrekt gehandelt habe. Sie solle sich mal keine Sorgen machen und wegen des Knalls doch unbedingt den Ohrenarzt aufsuchen.

»Das wird oft unterschätzt«, sagt der Mann.

Mit einem Streifenwagen wird sie nach Hause gefahren, während Alex noch befragt wird.

Na super, denkt Lina. Jetzt habe ich schon zwei Termine im Präsidium, allmählich lohnt es sich.

Zurück in ihrer Wohnung zieht sie die Uniform aus und hängt sie in den Schrank. Bevor sie die Tür schließt, berührt sie das Revers und überlegt, wie lange es wohl dauern wird, bis sie die Jacke wieder anziehen wird. Was für ein Unsinn. Sei froh, wenn du sie überhaupt jemals wieder anziehen darfst. Und wenn ja, dann womöglich nur, um eine schöne Figur bei Baustellenabsicherungen abzugeben.

Sie setzt sich in die Küche, füllt sich ein Glas mit weißem

Portwein und leert es in einem Zug. Sie schenkt sich nach, will gerade trinken, da wird sie vom Türklingeln aus ihren Gedanken gerissen.

Alex, der nach ihr sehen will, bevor er nach Hause zu seiner Frau und den Kindern fährt? Sven, der ihr als Ritter nun Schwert und Schild anbietet, um sich in seiner glänzenden Rüstung als ermittelnder Hauptkommissar wieder in ihr Leben einzufädeln?

Sie leert das Glas zur Hälfte, zieht sich einen Pullover über das T-Shirt und öffnet die Tür.

»Lina!«, sagt die Frau. »Du erinnerst dich doch noch an mich? Ich brauche deine Hilfe.«

»Astrid?«, fragt Lina, und das Glas fällt ihr aus der Hand.

Prinz Eisenherz, nimm dein Singendes Schwert und schlag ihn ab, den Kopf der Hexe. Ich weiß, du hast gerade auf den Nebelinseln zu tun. Aber wenn du zurück auf dem Weg nach Camelot bist, dann komm in meine Burg. Ich erwarte dich und mache dir das beste Essen, das du dir vorstellen kannst.

Ich habe genug versteckt. Selbst die Schokolade habe ich seit drei Wochen nicht angerührt. Einmal war ich kurz davor, und meine Hand hat sich ganz selbstständig gemacht.

Ich habe zur Strafe den Bettpfosten auf meine Hand gestellt. Ich habe geweint, aber nicht sehr laut.

In meinem Versteck habe ich drei Scheiben Toastbrot und ein paar Kekse und einen halben Schokoriegel. Ich habe sie in der Küche gefunden.

Und vielleicht bringst du Merlin den Zauberer mit. Wir werden ihn brauchen. Denn die Feinde, die meine Burg belagern, sind mächtig.

Die Hexe steht am Burggraben und winkt mir mit der Schere zu. Drei Mal hat sie meine Haare schon abgeschnitten. Sie kreischt. Und neben ihr steht der Schwarze Ritter und zeigt mit seinem Finger auf mich.

Zusammen können wir sie besiegen und glücklich sein bis in alle Ewigkeit. Natürlich nur, wenn du mich willst. Willst du mich?

Der Weiße Drache sagt, du hörst jeden Gedanken, der an dich gerichtet ist. Du musst dich nur bitte ein wenig beeilen, denn ich weiß nicht, wie lange ich das Burgtor noch verschließen kann.

5

Und, hast du was Flüssiges im Kühlschrank?«, fragt Astrid. Lina lässt sie in die Wohnung hinein, und Astrid steigt vorsichtig über die Glasscherben.

Astrids blondes Haar ist mit Gel geglättet, was ihre Gesichtskonturen härter erscheinen lässt. Sie sieht müde und erschöpft aus. Außerdem hat sie abgenommen, seit Lina sie das letzte Mal gesehen hat. Wie immer wirkt sie leicht überheblich und tut cooler, als sie eigentlich ist.

»Geht's da lang?«, fragt sie und macht ein paar Schritte auf das Wohnzimmer zu.

Ihr burschikoser Gang passt auch jetzt nicht zu ihrem Äußeren, ihre Wortwahl ebenso wenig. Bei ihrer ersten Begegnung hatte Lina sie für eine Lesbe gehalten, weil sie sich Lesben so wie Astrid vorgestellt hatte. Doch ihr offensives Auftreten sei nichts anderes als ihr persönlicher Schutzwall, ihre Festung. Hatte Astrid jedenfalls in der Therapie erklärt.

»Du bist doch noch bei der Polizei?«, fragt Astrid und wirft sich in Linas Lieblingssessel.

»Wie man's nimmt.«

Astrid ignoriert die Antwort und sieht sich neugierig um.

»*So* haust du also«, sagt sie.

Neugierig begutachtet Astrid das Regal, in dem ungeordnet Bücher stehen, ein paar alte Sammeltassen, die Lina auf dem Flohmarkt erstanden hat, und einige Fingerpuppen. Eine Zeit lang hat Lina sich kleine Dramen ausgedacht und sie sich mit den Fingerpuppen selbst vorgespielt. Es war ein Tipp aus einem drittklassigen Ratgeber und nannte sich »Spielerische Visualisierung«. Vielleicht sollte sie es mal wieder versuchen. Einen Daumenpolizisten hat sie zwar, doch der ist unbewaffnet, und auch eine Frauenleiche fehlt in ihrer Sammlung.

»Also, was ist? Bist du noch bei der Polizei oder nicht?«

»Sicher«, sagt Lina. Sie hat keine Lust, Astrid vom versehentlichen Abfeuern ihrer Waffe zu erzählen. Das geht sie nichts an. Bei Astrid muss man aufpassen. Das weiß Lina, seit sie ihr zum ersten Mal im Wartezimmer von Severin Carlheim begegnet ist.

Astrid ist schlau. Tut so, als würde sie bestimmte Dinge gar nicht wahrnehmen, nur um sie dann im passenden Augenblick vor allen anderen genüsslich auszubreiten. Erspürt in Windeseile die Schwachstelle ihres Gegenübers, um im richtigen Moment mit einem ihrer langen Finger hineinzubohren.

In einem Zug leert Astrid das Glas Portwein, das Lina ihr eingeschenkt hat, und meint anerkennend: »Guter Stoff.«

»Was willst du?«, fragt Lina, die sich kein Glas mitgebracht hat. Astrid soll sich nicht einbilden, dass sie den Abend gemeinsam verbringen, sich betrinken und in Erinnerungen schwelgen.

»Du hast von Carolin gehört? Ich meine, dass sie ... dass sie sich ...?«, fragt Astrid.

Plötzlich rollt ihr eine Träne über die Wange, und Lina weiß nicht, ob es echt ist oder gespielt. So wie damals. Kippt Astrids Stimmung wirklich so unvermittelt, oder setzt sie die Tränen gezielt ein, um dadurch ihr Gegenüber zu entwaffnen? Auch bei Frauen verfehlen Tränen ihre Wirkung nicht.

»Ich hab Carolin gefunden«, sagt Lina knapp und spürt, dass Astrid das längst weiß. Warum sonst sollte sie hier auftauchen?

Astrid richtet sich abrupt im Sessel auf und stößt dabei das Glas um.

»Das ist nicht dein Ernst!«, sagt sie.

»Jetzt spiel mir doch nichts vor. Warum bist du zu mir gekommen?«

»Warum so feindselig?«, erwidert Astrid. »Davon hatte ich keine Ahnung. Hat sie ... also hat sie dich vorher angerufen? Ich meine, bevor sie sich das ... das Ding reingeschoben hat?«

Lina sieht sie schweigend an.

»All das Blut da im Schlafzimmer.«

»Woher weißt du davon?«

Astrid antwortet nicht.

»Was willst du?«, sagt Lina, die jetzt nicht zu viel preisgeben will. Nicht bevor Astrid damit herausgerückt ist, warum sie so urplötzlich bei ihr auftaucht.

»Du hattest nach der Therapie weiter mit Carolin zu tun? Ich meine, ihr habt euch getroffen?«, fragt Lina.

»Sporadisch. Zum Wein. Du weißt, wie das ist. Und einmal sind wir gemeinsam ins Kino gegangen. Hast du noch was von dem Sherry?«

»Weißer Portwein«, erwidert Lina und schüttelt den Kopf. Die Flasche Riesling wird sie auf keinen Fall öffnen. Sie braucht jetzt Ruhe und keine aufgewärmten Geschichten.

»Das muss schrecklich gewesen sein«, sagt Astrid und sieht Lina mitleidig an. »All das Blut.«

»Also, was willst du?«

»Sie ist … sie war immerhin eine gemeinsame Freundin. Mensch Lina, wir haben mit ihr zusammengesessen, gelacht … wir hatten doch Spaß miteinander.«

»Wir haben uns zwei Stunden in der Woche gesehen.«

»Und was ist mit dem Ausflug nach Hooge? Außerdem hab ich sie häufiger gesehen.«

»Stimmt, ihr wart anscheinend gut befreundet«, sagt Lina. »Dann weißt du sicher auch, warum sie in dieser Wohnung gelebt hat? Mit einem fremden Namensschild an der Tür?«

»Ach das«, sagt Astrid und lacht erleichtert. »Das Übliche. Sie ist bei ihrem Typen ausgezogen und wollte nicht erreichbar sein. So einfach.«

»Und was ist das für eine Wohnung?«

»Soweit ich weiß, gehört sie einem ihrer Freunde, einem Kostja irgendwas, der für ein halbes Jahr in irgendeiner Buschkommune in Asien lebt. Selbstfindung und der ganze Mist. Du weißt schon.«

»Du bist tatsächlich gut informiert«, sagt Lina.

»Anscheinend zu gut«, erwidert Astrid und starrt in ihr leeres Glas.

»Zu gut?«

»Lina, da will mich jemand in was reinziehen, und ich weiß nicht warum.«

»Hast du etwas mit Carolins Tod zu tun?«

Astrid sieht sie überrascht an und klemmt sich eine Haarsträhne hinters Ohr. Sie sieht jetzt ehrlich erschrocken aus.

»Um Gottes willen, wie kommst du darauf?«

»Astrid, ich weiß immer noch nicht, warum du eigentlich hier bist. Was willst du?«

»Du hast Carolin gefunden. Ist dir da etwas Besonderes aufgefallen? Ich meine, irgendetwas, das auf Fremdverschulden hindeutet? So nennt ihr Polizisten das doch: ›Fremdverschulden‹.«

»Du wirst wissen, dass ich über Ermittlungen nicht reden darf. Mal abgesehen …«

»Die Leute von der Mordkommission haben mich gefragt, ob ich vor Kurzem in Carolins Wohnung war. Irgendetwas muss es da geben, weshalb sie sich ausgerechnet bei mir melden.«

»Und?«

»Weißt du was darüber?«

»Nein, ich gehöre zum Streifendienst. Mir erzählt man so was nicht.«

»Aber du hast Carolin gefunden. Du warst in der Wohnung.«

»Es ist normal, dass sie Erkundigungen einholen, sich im Umfeld der Toten informieren. Immerhin … nicht gerade ein normaler Tod mit einem explodierenden Dildo in … im Bauch.«

»Und was ist mit diesem Anruf, den ich erhalten habe? Soll ich den etwa ignorieren?«

»Anruf?«

»Kurz danach. Eine verstellte Stimme. Wie in einem Fernsehkrimi, echt pervers«, sagt Astrid.

»Und die hat dir vorgeworfen, dass du Carolin in die Luft gesprengt hast?«

»Nein. Sie hat gesagt, dass du Bescheid wüsstest, Lina.«

»Ich?«, fragte Lina ungläubig. »Bist du sicher?«

»Ja. Deshalb bin ich doch hier, Lina. Ich will damit nichts zu tun haben. Verstehst du? Auch nicht, falls du da Mist gebaut hast.«

Klar hatte sie einen Fehler gemacht. Aber einen anderen, als Astrid meint. Sie hat einen Fehler gemacht, als sie Carolin gehen ließ. Aber das durfte sie Astrid auf keinen Fall sagen. Und auch nicht, dass Carolin von »Monstern« geredet hatte. Genau wie Astrid damals in der Therapie.

»Du solltest mit den Leuten von der Mordkommission reden«, sagt Lina.

»Hab ich doch schon. Sie haben mich gefragt, ob ich zusammen mit Carolin in einer Selbsterfahrungsgruppe gewesen bin. Woher wissen die das so schnell? Das ist doch nicht normal.«

»Und was hast du gesagt?«

»Na, dass es sich um eine medizinisch verordnete Therapie gehandelt hat. Keine Selbsterfahrungsgruppe, kein Hokuspokus.«

»Und da hast du mich erwähnt?«, fragt Lina.

»Warum auch nicht?«

Astrid greift zu einem auf dem Tisch liegenden aufgerissenen Briefumschlag, schreibt ihre Telefonnummer und Adresse darauf und darüber mit einer eigenwilligen verschnörkelten Schrift »Geheim – bitte nicht weitergeben«. Sie schiebt den Umschlag über den Tisch.

»Würde mich nicht wundern, wenn Carlheim …«

»Was hat denn der damit zu tun?«, fragt Lina.

»*Stimmt*, für dich ist er ja ein Heiliger.«

»*Du* hast von Monstern gesprochen«, sagt Lina.

»So?«

»In einer der Sitzungen.«

»Ich weiß nicht mehr«, sagt Astrid.

Lina sieht ihr an, dass sie es sehr wohl noch weiß.

Astrid räuspert sich und sagt: »Monster … Na ja, sie kommen auf uns zu, wenn wir nicht mit ihnen rechnen, unerwartet, und manchmal eben auch aus der Vergangenheit.«

Astrid sieht Lina provozierend an und fixiert dann wieder den freigelegten Boden ihres Glases.

Lina hat nicht die Absicht, jetzt mit Astrid über die Dunkelheit zu sprechen, die über ihrer frühen Kindheit liegt. Sie hat es in den Gruppensitzungen für sich behalten, und sie wird es auch jetzt nicht ausbreiten, nicht vor Astrid, der sie zutraut, Sven Emmert mit Vertraulichkeiten zu füttern, wenn es ihr in den Kram passt.

Also lenkt sie ab und fragt Astrid, ob sie noch in der Behörde arbeite und ob sie wisse, wie es Carlheim gehe.

»Keine Ahnung«, sagt Astrid, die plötzlich völlig desinteressiert wirkt.

Nachdem Lina versprochen hat, sich zu melden, wenn sie etwas Genaueres erfahren sollte, verabschiedet sich Astrid eilig und verlässt die Wohnung.

Als Lina die Tür hinter Astrid geschlossen und ihren Ledersessel zurückerobert hat, versucht sie, sich einen Reim auf diesen Besuch zu machen.

Wahrscheinlich reine Neugierde, denkt sie, obwohl das nicht recht zu Astrids Auftreten passt. Und dann der plötzliche Aufbruch? Wahrscheinlich ist ihr dieser Besuch zu trocken gewesen. Als Quartalstrinkerin, die es monatelang ohne Alkohol aushält, um sich dann mit voller Breitseite abzuschießen. Von solchen Abenden und Nächten hatte Astrid erzählt, und auch von ihrer Aggressivität, die jeder abbekam, der in der Nähe stand, besonders Männer, die in der Betrunkenen leichte Beute sahen.

Menschen, die sich in einer Gruppentherapie begegnen, sollten sich nach Ende der Therapie nie wieder sehen, denkt Lina. So etwas sollte vorher vereinbart werden.

Sie fährt ihr Notebook hoch und sucht nach Mitteilungen der Pressestelle der Polizei.

Nichts zu der Toten, die sich in die Luft gesprengt hat. Auch die örtlichen Zeitungen und Rundfunksender melden nichts auf ihren Online-Portalen. Da eine Frau, die auf eine solch grausame Art umgekommen ist, sicher eine fette Schlagzeile bringt, kann das nur bedeuten, dass die Polizei noch nichts herausgegeben hat. Also woher weiß Astrid von dem Blut im Schlafzimmer? Und von dem explodierten Dildo?

Sollte es diesen ominösen Anrufer mit verstellter Stimme, von dem Astrid gesprochen hat, wirklich geben, so war der- oder diejenige wahrscheinlich am Tatort. Nur so konnte Astrid von dem vielen Blut wissen. Und es würde auch die zugedeckte Leiche erklären. Kann es sein, dass diese Person auch das Foto mit der Nachricht an Lina in den Flur gehängt hatte? Wenn es den Anrufer jedoch nicht gibt, so würde das bedeuteten, dass Astrid in der Wohnung war. Und zwar bevor sie und Alex Carolin gefunden hatten.

Noch etwas lässt Lina keine Ruhe. Gibt es einen Zusammenhang zwischen der Therapie, die sie und Carolin beide besucht haben, und Carolins Tod? Und wie passt zusammen, dass Carolin verschwitzt, gehetzt und in einem völlig desolaten Zustand vor ihrer Wohnungstür stand und wenige Stunden später sauber und gepflegt vom Scheitel bis zur Sohle im Bett lag – als Leiche?

6

Mit der freimütigen Präsentation ihres mit Narben übersäten Armes zog Astrid schon in der ersten Gruppensitzung alle Aufmerksamkeit auf sich. Während Lina noch überlegte, wie sie sich in dieser verordneten Vertrautheit überhaupt verhalten sollte, ergriff Astrid sofort die Initiative. Um noch eins draufzusetzen, zeigte sie auf eine Narbe und sagte: »Das da unten war ein dilettantischer Suizidversuch, und außerdem habe ich handfeste Depressionen, die ich …«

An dieser Stelle unterbrach sie der Therapeut: »Astrid, ich denke, wir sind hier als Menschen, nicht als Krankenakten.«

Astrid nickte schuldbewusst, als sei ihr schon klar, dass sie mal wieder den Clown abgegeben hatte, und wandte sich an Isabel.

»Und wie hast du dir die Runde hier eingebrockt?«, fragte sie mit einem Lächeln.

»Ich hab Halluzinationen«, antwortete Isabel.

»Siehst du Elefanten oder Mäuse?«, wollte Astrid wissen. Ihr war anzusehen, dass sie eine Verbündete gefunden hatte. In einer Therapie müssen manche Dinge eben schnell passieren.

»Farben und Gerüche«, sagte Isabel.

Severin Carlheim ging das entschieden zu schnell. Er bestand auf einer Vorstellungsrunde, in der mindestens Name, Alter und möglichst auch die Interessen genannt werden sollten.

»Wir haben viel Zeit«, sagte er und betonte noch einmal, dass die Teilnahme an der Gruppentherapie zwar dringend angeraten, jedoch absolut freiwillig sei.

Carolin kämpfte mit der Angst, von ihrem Mann verlassen zu werden. Christina Hansen hatte sich wegen einer Kaufsucht zur Behandlung entschlossen. Als wollte sie ihr Verhalten erklären, fügte sie hinzu, dass Ästhetik und gutes Aussehen für sie einen wirklich hohen Stellenwert hätten.

»Jeder Mensch kann etwas aus sich machen.«

»Wenn man's bezahlen kann und sich dabei nicht ruiniert«, konterte Astrid.

Pia Landt rümpfte die Nase und warf ein, dass alle Oberflächlichkeit ihr auf die Nerven ginge. Die geballte Dummheit würde ihr jeden Tag in ihrem Job in der Schule begegnen. Sie hätte Angst, den Herausforderungen nicht gewachsen zu sein. Außer mit Versagensängsten hätte sie mit aus heiterem Himmel kommenden Panikattacken zu kämpfen. »Selbst wenn es mir gut geht. Vielleicht verlange ich von anderen und auch von mir zu viel.«

Stefanie Staller mit den demonstrativen Ölfarbflecken auf ihrem Sweatshirt hatte den Kopf zwischen ihre Schultern gezogen und sah Severin Carlheim an, während sie sprach.

»Die Figuren auf meinen Bildern machen sich selbstständig«, sagte sie, und dass sie das leider manchmal nicht mehr im Griff hätte. Immerhin hätte sie sich noch kein Ohr abgeschnitten, was sie aber sofort machen würde, wenn sie damit solvente Käufer für ihre Bilder finden würde. Was so ein Therapiegerede aber gegen ihren Verfolgungswahn ausrichten könnte, nein, das sei ihr nicht klar. Dabei fixierte sie weiter den Therapeuten, der interessiert zuhörte, keine Miene verzog und sich mit den Fingerspitzen durch den grauen Vollbart fuhr.

Lina schloss sofort den schwulen Paul Ender in ihr Herz, obwohl der außer einem schüchternen »Hallo« noch gar nichts gesagt hatte. Während die anderen Mitglieder der Therapiegruppe sich bemühten, einen möglichst einwandfreien ersten Auftritt hinzulegen, saß er mit aufgeregtem und staunendem Gesicht da.

Ihm war anzusehen, dass er in Gedanken fieberhaft an seiner Eröffnungsrede feilte. Als er an der Reihe war, war er so nervös, dass er nur den Kopf schüttelte, auf die Tischplatte starrte und leise sagte: »Ich trau mich nicht, in der Öffentlichkeit Frauenkleider zu tragen.« Außerdem sei er unfähig zu festen Beziehungen, obwohl ihn häufiger Partnerwechsel anwidere. Andererseits treibe es ihn immer wieder zu gefährlichen anonymen Sexabenteuern, nach denen es ihm dann hundeelend gehe. Abschließend meinte er: »Entschuldigung, aber so ist es nun mal.«

Lina hatte vage über eine nicht verarbeitete Beziehung gesprochen, weil sie hier ja schließlich auch etwas bieten musste, wenn sie keine tiefergehenden Fragen provozieren wollte. Ein Exlover, von dem man nicht lassen kann, passt immer, dachte sie. Außerdem war das nicht einmal gelogen. Die Beziehung mit Sven war zwar nur der Anlass für die Therapie gewesen, aber mit dieser Geschichte konnte sie die Runde ein paar Monate beschäftigen. Sie durfte sich nicht auf den psychologischen Seziertisch legen und weitere Nachfragen einfach nicht zulassen. *Nicht auffallen.* Eine Frau mit normalen Problemen sein.

Eine Strategie, die schon am ersten Abend nicht aufging.

Astrid sah sie nach ihrer Geschichte herausfordernd an und sagte: »Ist das etwa alles?«

»Eigentlich wollte ich mir noch etwas aufheben«, sagte Lina. »Ich wäre fast überfahren worden, und in diesem kurzen Augenblick habe ich etwas sehr Vertrautes gespürt. Aber je mehr ich darüber nachdenke, desto mehr verschwindet es.«

»Todeserfahrung?«, fragte Astrid. »Mal ein Highlight!«

»Ich hatte das Gefühl, mich durch die Augen des Fahrers sehen zu können. Und dass er direkt auf mich zuhält. Dass ich auf mich … Ich weiß, das ist Unsinn.«

Auch dies war nicht gelogen und als Häppchen gerade so groß, dass man sie in Ruhe ließ.

Gleich nach Ende der ersten Sitzung bildeten sich im Flur vor der Praxis Grüppchen. Astrid warf sich Paul Ender an den Hals. Der war über die unerwartete Sympathiebekundung sichtlich überrascht. Mit seiner runden Brille, die ihm das Aussehen eines grauhaarigen John Lennon verlieh, stand er inmitten der Frauen und war froh, die erste Runde unbeschadet überstanden zu haben.

So hatte es begonnen.

Für Lina war das alles fremdes Terrain. Sie würde zwar Svens Gewalt und die Demütigungen nicht vergessen können, aber die Gruppe würde ihr helfen, diese Beziehung endgültig hinter sich zu lassen. Mit jedem Tag ein wenig mehr. Niemand konnte sie zwingen, über *das Andere* zu sprechen.

Doch schon in der zweiten Runde wollte eine Teilnehmerin mehr wissen.

»Erzähl mal was über deine Kindheit«, forderte Isabel sie auf.

»Keine schlechte Idee«, stimmte Severin Carlheim zu.

»Alles bestens«, sagte Lina. »Liebevolle Eltern, haben sich immer gekümmert. Keine Probleme in der Schule. So weit alles normal.«

Dann hob sie die vor ihr liegende Sonnenbrille ein paar Zentimeter hoch, legte sie nach ein paar Sekunden sanft wieder auf den Tisch und sagte: »Im Moment hab ich aber wirklich andere Probleme.«

Wenn die Löwen um dich herum hungrig sind und du nicht willst, dass sie dich fressen, dann musst du sie füttern, dachte Lina. Außerdem tat es ihr gut, über Sven zu sprechen. Und es half, nie mehr die Wohnungstür zu öffnen, wenn er wieder mal Sturm klingelte. Nicht wieder weich werden. Auch wenn sie sich über etliche Monate etwas vorgemacht hatte: Solch ein Liebhaber war keinesfalls der bequemere Weg. Im Gegenteil. Er sorgte dafür, dass die Dinge komplett in Unordnung gerieten und sie Gefahr lief, *das Eine* aus den Augen zu verlieren. Und genau das durfte nicht passieren.

7

Der ermittelnde Hauptkommissar wollte Antworten von ihr, also auf ins Präsidium.

Kein fremdes Revier, sagt sie sich. Red dir das nicht ein. Du könntest im Polizeipräsidium sitzen und bereits Kommissarin sein.

Hätte sie damals nicht das Psychologiestudium abgebrochen und sich gegen alle Ratschläge für den mittleren

Dienst entschieden. Das Wort »hätte« gaukelt dem Hirn vor, dass es anders »hätte« laufen können. Unsinn. Sie *hatte* sich entschieden: für ihren Streifenwagen und ihre Straßen. Da gehörte sie hin. Da konnte sie helfen. Für alles andere kam sie nicht infrage. Für alles andere wäre sie eine Zumutung.

»Aber mit Ihrem Einser-Abitur können Sie auch ohne Studium hier fast alles werden«, hatte der Personalleiter bei ihrem Bewerbungsgespräch gesagt. Sie hatte den Kopf geschüttelt. Auch als sie ihm nach drei Tagen Bedenkzeit wieder gegenübersaß.

»Das ist natürlich auch eine Frage der Besoldung«, hatte der neben dem Personalleiter sitzende Personalrat einen weiteren Versuch gestartet. »Glauben Sie mir, die Aufgaben im gehobenen Dienst sind interessanter.«

Aber Lina wollte durch den Tag und die Nacht fahren. Nicht an einem Schreibtisch in der Enge eines Büros sitzen.

Sie hatte den Entschluss zum Abbruch ihres Studiums im sechsten Semester getroffen. Und das, obwohl zwei Professoren schon versucht hatten, sie für eine Dissertation zu begeistern. Man würde sie nach Kräften fördern, und auch ein Stipendium sei bei ihren Leistungen kein Problem.

Leistungen! Das war nicht ihr Verdienst. Sie ist nie eine Streberin gewesen, hat nie viel lernen müssen. Monatelang hatte sie sogar absichtlich Fehler in ihre Klausuren eingebaut, damit sie nur nicht zu sehr auffiel. Schon die Schule war ihr leichtgefallen. Sie hörte zu, begriff und konnte Erlerntes anwenden. Nichts Besonderes. Trotzdem hatte es zu Neid von Seiten der Mitschüler geführt.

Keine Streberin, kein Studium, kein gehobener Dienst. Und trotzdem ist sie jetzt in genau die Schwierigkeiten geraten, die sie immer vermeiden wollte.

Sie zeigt dem uniformierten Kollegen am Empfangstresen des Polizeipräsidiums ihren Dienstausweis und erklärt, sie habe einen Termin. Der Mann hinter der Glasscheibe sieht missmutig auf eine Liste, telefoniert und sagt dann: »Frau Andersen, Sie werden erwartet. Im Zimmer 424.«

Das Wort »Kollegin« wird bereits hier unten am Eingang gestrichen.

Sie zwängt sich durch die Drehtür und macht dann einen Schritt durch den Metalldetektor. Gegen ihr Handy scheint das Gerät nichts zu haben.

Sie geht zum Fahrstuhl und drückt den Knopf zum vierten Stock. Im zweiten Stock hält der Aufzug an, und zwei Beamte balancieren Teller mit ihrem Mittagessen hinein. Einer von ihnen drückt auf die Sieben. Kartoffelpüree mit Kassler und Erbsen. Mit Folie abgedeckt.

»Wir müssen noch mit der Zielfahndung reden«, sagt der eine Beamte. Er trägt ein Schulterholster mit seiner Dienstwaffe über einem hellblauen Hemd. Ein Gürtel hält die abgewetzte Hose und sein Handy eher schlecht als recht.

Sein Kollege nickt stumm und sieht zur Decke, als würde er da oben nichts Gutes erwarten.

Lina hat sich eine Strategie zurechtgelegt. Nur das Nötigste über die Therapiegruppe. Das Ganze herunterspielen. Möglichst nicht erwähnen, dass Carolin und auch Astrid in ihrer Wohnung waren.

Ich muss mich vorsichtig herantasten, denkt Lina. Astrid ist durchaus zuzutrauen, dass sie Sven gegenüber bereits geplaudert hat. Also den Besuch von Astrid doch lieber zugeben. Mit einer Falschaussage zu beginnen kommt nicht gut an. Wichtig ist: Die Therapie und alle damit einhergehenden Details herunterspielen.

Wenn es gut läuft, erfährt sie, was Sven und seine tapferen Jungs bislang herausgefunden haben. Und wie tief sie selber schon drinhängt.

Nach dem Termin runter in den ersten Stock zur Internen Ermittlung. Befragung und Protokoll zu ihrem Schusswaffengebrauch. Sie möge vorbeikommen, wenn sie oben fertig sei, hat die Sekretärin gesagt.

So arbeitet ein normaler Mensch Probleme ab. Stück für Stück.

Lina steigt aus dem Fahrstuhl und muss unwillkürlich lächeln. Als sie noch mit Sven zusammen war, hat sie immer wieder versprochen, sich seinen Arbeitsplatz anzusehen.

»Vielleicht kommst du auf den Geschmack«, hatte er gesagt. »Irgendwie werden wir dich schon rausbekommen aus der Uniform.«

Eine Zusammenarbeit mit Sven. Das hätte gerade noch gefehlt!

Sie verlässt den Aufzug. Die Flurfenster bilden eine riesige Glasfront, die einen grandiosen Blick auf Hamburg eröffnet.

Unter ihr die Spielzeuglandschaft, über ihr Wolkenfetzen am Himmel, die hinaustreiben Richtung Nordsee. Jetzt im April gewinnt die Sonne an Kraft, und draußen an der frischen Luft kann man das hervorbrechende Grün schon riechen.

Wer weiß schon, wie dieser Tag ausgeht. Die Interne ist aus gutem Grund gefürchtet. Vielleicht verkaufe ich schon nächste Woche Fischbrötchen im Hafen, denkt Lina. Die Chancen stehen fünfzig zu fünfzig.

Während sie den Flur entlanggeht, fallen ihr Offerten von Sicherheitsdiensten ein, die eine »aufgabenorientierte Bezahlung« bieten und »Jobs mit Zukunft« versprechen. Einer ihrer Kollegen erwägt ernsthaft, sich abwerben zu lassen und im Auftrag von Reedereien als Begleitschutz auf Containerschiffen mitzufahren. Das 21. Jahrhundert feiert die Wiederauferstehung der Piraten. Doch die kommen nicht mehr mit Säbeln und Totenkopfflaggen in Galeonen, sondern mit Schnellfeuergewehren und Panzerfäusten in Schnellbooten. Den Umgang mit Macheten haben sie allerdings trotzdem nicht verlernt. Möglichweise ist das Leben auf See viel einfacher. Nächtliche Wachen, und jeder weiß, was einen da im Golf von Aden erwartet.

Lina fröstelt bei der Vorstellung, über Tage, Wochen, Monate mit anderen zusammen auf kleinem Raum eingepfercht zu sein und obendrein den Auftrag zu haben, Menschen zu töten, die bei Entdeckung ihrer Schlauchboote keine Chance haben.

Sie klopft an die Bürotür und tritt ein. Die Sekretärin sieht kurz hoch und deutet mit dem Kugelschreiber auf die Tür neben sich.

»Gehen Sie einfach hinein, Frau Andersen. Der Kollege Emmert wird gleich Zeit für Sie haben.«

Das Büro misst gut und gerne 20 Quadratmeter. Zwei einander gegenüberstehende Schreibtische mit Flachbildschirmen und Drucker. An zwei Wänden ziehen sich Regalreihen entlang, die mit Aktenordnern und Papierstapeln gefüllt sind. In der Ecke steht ein runder Besprechungstisch mit vier Stühlen, darauf eine Vase mit einem vertrockneten Blumenstrauß.

Lina geht auf eine große Stellwand zu, an der Tatortfotos befestigt sind.

Es erleichtert sie fast, ihre Erinnerungen hier auf Papier

gedruckt zu sehen, statt sich gegen die Bilder zu wehren, die ihr ständig durch den Kopf spuken.

Das Schlafzimmer. Die Küche, in der sie gesessen und auf die Kollegen gewartet hat. Die Fotos, die Carolins Leichnam und ihren zerfetzten Unterleib zeigen.

Lina spürt ein Würgen, kann sich jedoch von dem Anblick nicht losreißen. Besonders nicht, da sie in diesem Moment liest, was jemand mit schwarzem Filzstift unter die Bilder geschrieben hat: »Selbsterfahrungsgruppe«, dahinter ein großes Fragezeichen.

Sie hat plötzlich das Gefühl, beobachtet zu werden, und dann sieht sie sie. An einem der Bildschirme klemmt eine Kamera. Sie geht wie beiläufig einen Schritt auf den Bildschirm zu, ohne auffällig hinzusehen, und entdeckt ein kleines rotes Lämpchen. Die Kamera ist eingeschaltet. Spielchen, denkt sie.

Das heißt, man verdächtigt sie. Oder vermutet zumindest, dass sie nicht die ganze Wahrheit gesagt hat. Was ja auch stimmt. Sie muss Sven etwas anbieten. Unbedingt. Wenn die Löwen hungrig sind …

»Hallo, Lina«, sagt Sven, der lautlos den Raum betreten hat. Er geht zu seinem Arbeitsplatz und zieht die Kamera vom Bildschirm.

»Ich wollte wissen, wie du auf die Tafel reagierst.«

Gut, denkt Lina, dann sind zumindest die Fronten geklärt. Das macht es einfacher.

»Wollen wir uns an den Tisch setzen? Magst du einen Kaffee?«

»Sicher.«

Dabei wäre ihr jetzt nach einer Zigarette und einem Schnaps. Sven öffnet die Tür zum Vorraum und bittet die Sekretärin um zwei Tassen Kaffee.

»Lina, um dir gleich zu sagen, was los ist: Wir haben im Grunde noch nichts.«

»Ihr habt eine Leiche.«

»Richtig«, sagt Sven. »Und wir haben dich. Du kanntest die Frau, und ich halte viel von deinen Fähigkeiten, wie du weißt.«

Vielleicht haben sie tatsächlich nichts, wenn er schon jetzt mit Komplimenten kommt, denkt Lina.

»Was ist mit der Leiche?«

Sven zögert.

»Eigentlich darf ich dir das nicht sagen.«

Aha, diese Strategie also. Er baut ein Vertrauensverhältnis auf. Die kleine Polizistin von der Straße darf mitpuzzeln. Wird um Rat gefragt.

»Gibt es denn Zweifel an einem Selbstmord?«

»Lina, ich bitte dich. Niemand bringt sich auf diese Weise um. Außerdem, woher sollte sie wissen, wie man eine derartige Bombe bastelt?«

Die Sekretärin kommt herein und stellt zwei Tassen Kaffee auf den Tisch. Sie wirft Lina einen abschätzenden Blick zu.

Aha, denkt Lina. Svens neue Favoritin, die ihn aus Alltags- und Ehetristesse retten soll.

»Also die Leiche«, sagt Sven und deutet zur Pinnwand. »Da geht's schon los. Wenn ein Explosionskörper die Bauchdecke wegreißt, dann zerfetzt das natürlich auch das Laken. Unsere Tote jedoch ist hübsch zugedeckt. Fast drapiert. Das passt hinten und vorne nicht.«

»Aber es gibt eine Abschiedsnachricht. An mich. So hingehängt, als hätte sie gewusst, dass ich die Wohnung betrete.«

»Sie hat sich außerdem die Pulsadern aufgeschnitten«,

sagt Sven. »Nicht sehr fachmännisch, und daran ist sie auch nicht gestorben.«

»Die Pulsadern aufgeschnitten?«

»Ja. Laut Gerichtsmedizin hat sie sich selber geschnitten. Außerdem haben wir das passende Messer mit ihren Fingerabdrücken unter dem Bett gefunden.«

»Und was ist mit dem Vibrator?«, fragt Lina.

»An dem waren natürlich keine Spuren mehr festzustellen. Einfache Konstruktion. Darin waren zwei ummantelte Sprengkörper eingebaut, die durch einen Elektrozünder zur Explosion gebracht wurden. Wohl gezündet durch die Funken, die im Motorantrieb dieser Dinger entstehen.«

»Carolin war nicht gerade eine begnadete Bastlerin, soviel ich weiß«, sagt Lina.

» So weit sind wir auch schon.«

»Was ist mit ihrem Freund? Ist sie getrennt? Auf dem Schild stand nicht ihr Name. Vielleicht ist der Typ ein Stalker«, mutmaßt Lina.

»Das ist genau der Grund, warum du nicht in den Streifendienst gehörst«, sagt Sven. Lina weiß, dass sie jetzt sehr vorsichtig sein muss.

»Dir ist eben sofort klar, dass ein Dildo als Tatwaffe auf eine Beziehungstat hindeutet. Für diese Tötungsart gibt es übrigens ein amerikanisches Vorbild.«

»Und was ist mit ihrem Freund?«

Sven steht von seinem Stuhl auf und macht ein paar Schritte durch das Büro.

»Lina, ich sagte dir ja schon, dass ich eigentlich nicht mit dir darüber reden darf. Schon gar nicht, weil du wegen des Schusswaffengebrauchs gerade draußen bist.«

»Warum sprichst du dann überhaupt mit mir?«

»Holla?«, sagt Sven und setzt sich wieder an den Tisch.

»Du bist als Erste am Tatort gewesen, du kanntest die Tote, reicht das nicht? Was soll ich sonst machen? Abwarten, bis eine Spur an die Tür klopft und sagt ›Hallo, da bin ich‹?«

Sven schlürft einen Schluck Kaffee aus seiner Tasse und stellt sie zurück auf den Tisch. Er nimmt einen Stift und denkt einen Moment nach, bevor er sich Lina wieder zuwendet.

»Ich will diesen Fall schnell vom Tisch haben, und dazu brauche ich dich. Verstehst du? Ich brauche Hintergründe, Fakten, ein Bild von der Toten. Mit wem hatte sie zu tun, Bekanntschaften, Liebhabereien, sexuelle Neigungen … Wäre schön, wenn du ein bisschen mitarbeiten würdest.«

»Du hast mir immer noch nicht gesagt, was mit ihrem Freund ist.«

»Hat ein wasserdichtes Alibi. Was ist also mit dieser Selbsterfahrungsgruppe?«

Da war sie endlich, die Kardinalfrage. Sein Ziel, auf das er hingearbeitet hatte. Bisher mit keinem Wort erwähnt, nun kam es über den Tisch geflogen: ansatzlos, wie aus dem Off, und es ließ keine großen Umwege mehr zu.

»Was soll damit sein?«

»Komm, Lina. Hat sie darüber gesprochen, dass sie sich verfolgt fühlte? Hatte sie jemanden am Haken? Hatte sie Streit mit ihrem Freund?«

Das weißt du doch alles schon längst, denkt Lina, schließlich hast du mit der Plaudertasche Astrid gesprochen.

»Nicht dass ich wüsste. Normale Probleme halt«, sagt sie, und als sie Svens misstrauischen Blick bemerkt, schiebt sie »Frauenprobleme eben« nach.

Das ist was, worüber du dich lustig machen kannst, denkt Lina, komm schon, spring durch den Ring.

»Frauen reden doch über ihre Probleme, die sie mit Lovern haben, über Männer, die nicht verstehen wollen, dass es vorbei ist. Komm schon, Lina«, sagt Sven.

Wunderbar, die Kuh ist vom Eis!

»Genau«, sagt Lina. »Frauen, die mit Typen wie dir zusammen sind, sprechen sich mit anderen aus. Und weißt du warum?«

Sven grinst sie an. »Um die Typen aus ihren hübschen Köpfen zu bekommen?«, fragt er.

»Nein«, sagt Lina. »Weil es besser ist, über solche Typen zu reden, als mit ihnen zusammen zu sein. War's das jetzt?«

Beim Abschied beschwört Sven sie noch einmal, genau zu überlegen, ob in der Selbsterfahrungsgruppe etwas Besonderes passiert sei, und ihn unbedingt anzurufen, wenn ihr etwas einfällt. Und sie dürfe weder die Stadt verlassen noch Zeitungsinterviews geben.

»Wenn die Journalisten das mit dem explodierten Dildo herausbekommen, ist im Präsidium die Hölle los. Ich sehe schon, wie die werten Zeitungsleserinnen die Batterien rausreißen.«

Lina verzieht keine Miene zu diesem Scherz und verabschiedet sich mit einem Nicken.

Als sich die Tür hinter ihr schließt, jubelt sie innerlich und ballt die Hände zu Fäusten. Sie holt tief Luft, bemüht sich zu ordnen, was sie soeben erfahren hat. Sie nimmt den Aufzug in den zweiten Stock.

Carolin wurde wahrscheinlich umgebracht. Sie hat sich die Pulsadern aufgeschnitten. Jemand hat das Laken über ihre Leiche gelegt. Ihr gepflegtes Äußeres steht im Gegensatz zum Auftreten vor Linas Wohnung. Die Polizei weiß nichts über Carolins Besuch bei Lina. Sie nehmen das Foto mit den an Lina gerichteten Abschiedsworten auf der Rückseite anscheinend nicht besonders ernst. Aufgeschnittene Pulsadern, ein explodierender Vibrator und dann diese seltsame Nachricht auf der Rückseite des Fotos … Wie passt das zusammen?

Lina verlässt den Aufzug und steht vor einer Panzertür. Die Schleuse, denkt sie. Hinter dieser Tür beginnt das exterritoriale Gebiet der Bullen-Polizei. Falsch. Sie steht wieder vor einer Tür, wird von zwei Kameras beäugt, und nichts passiert. Sie wartet ab, weil sie nicht weiß, was sie tun soll. Kein Knopf. Auch der Zugang lässt sich nicht öffnen. Schließlich ertönt ein Summen, und die Tür lässt sich aufdrücken.

In dem sich anschließenden Empfangsraum wartet bereits ein Kollege, der sie skeptisch mustert und dann in sein Büro bittet. Grauer Anzug, geschmackvolle dezente Krawatte und äußerst feingliedrige gepflegte Finger. Nur sein Ausdruck ist gleichgültig. Mit einer flüchtigen Geste dirigiert er sie auf einen Stuhl vor seinem Schreibtisch und stellt sich ihr als Jan Richter vor.

Na, denkt Lina, das kann ja heiter werden.

»Sie wissen, dass Untersuchungen bei Schusswaffengebrauch vorgeschrieben sind?«

Lina nickt.

»Sie haben sich auf eine Notwehrsituation berufen, ist das richtig?«

»Ich wurde von hinten mit einem Aschenbecher beworfen und …«

»Von vorn kam es ebenfalls zu einer Angriffshaltung. Richtig?«

»Nicht ganz, ich habe das als Angriffshaltung gedeutet und …«

»Ist es richtig, dass Sie einen Warnschuss abgegeben haben?«

»Also genau genommen ...«

»So wurde es von zwei Zeugen geschildert. Haben Sie dem etwas hinzuzufügen? War es kein Warnschuss?«

Warum es komplizierter machen als unbedingt nötig? Er will den Fall abschließen, und sie haut niemanden in die Pfanne, weil er die Wahrheit ein wenig frei interpretiert hat. Warnschuss! Klar, warum nicht?

»Nein, nichts hinzuzufügen«, sagt Lina und wartet ab, was jetzt passiert.

»Wir werden das prüfen und bewerten. Bis zum Abschluss der Untersuchung bleiben Sie beurlaubt. Vielen Dank.«

Richter sieht von dem vor ihm liegenden Stück Papier auf und deutet mit einem Blick zur Tür. Kein Handschlag zum Abschied.

Lina kann kaum fassen, dass es so schnell vorbei ist. Sie dachte, sie müsste ihre Geschichte mehrfach wiederholen, und hatte mit Fangfragen gerechnet, aber nicht damit, dass sie kaum Gelegenheit bekommt, sich zu äußern. Sie nimmt den Fahrstuhl hinunter und fragt sich, welcher zweite Augenzeuge gesagt hat, es sei ein Warnschuss gewesen.

Sie steht noch vor der Drehtür nach draußen und fingert in ihrer Handtasche schon nach der Zigarettenpackung, als ihr Name gerufen wird. Sven!

»Lina«, wiederholt er und wedelt mit einem Stück Papier. »Vorläufiger Bericht der Spurensicherung.«

»Und?«

»Die Nachricht an dich auf der Rückseite des Fotos. Carolin Scharnhövt hat den Abschiedsbrief an dich nicht geschrieben. Verstehst du? Eindeutig nicht ihre Handschrift.«

Er zeigt Lina eine Kopie der vermeintlich letzten Worte Carolins.

»›Auf Wiedersehen, Lina. Glaub ihnen nicht.‹ Und? Kennst du die Schrift?«

»Meine ist es nicht, das solltest du eigentlich wissen«, sagt Lina und sieht noch einmal auf das Stück Papier.

Himmel, jetzt nur nichts anmerken lassen, verärgert tun, das Ganze als Angriff werten, gegen den sie sich verteidigen muss. Es ist noch nicht der richtige Augenblick, Sven die Wahrheit zu sagen.

Ja, jetzt hat sie die Schrift erkannt. An dem extravaganten Schnörkel. Genauso sieht das »G« in »Geheim« aus, das Astrid zu ihrer Adresse und Telefonnummer auf den Briefumschlag geschrieben hat, »Geheim – bitte nicht weitergeben«.

Als sie endlich im Freien steht und sich eine Zigarette anzündet, rasen die Gedanken nur so durch ihren Kopf. Welchen Sinn ergibt das alles? Warum schreibt Astrid eine Nachricht auf die Rückseite des Fotos? Wie ist sie überhaupt in die fremde Wohnung gelangt? Wieso wird ein Selbstmord vorgetäuscht und dann nachträglich ein Laken über die Leiche gelegt? Und was hat sie selbst mit alldem zu tun? Warum hat Astrid sie besucht? Wollte sie herausbekommen, ob sie in der Wohnung von Carolin saubere Arbeit geleistet hat? Nur warum um alles in der Welt sollte Astrid Carolin umbringen? Soweit Lina es beurteilen konnte, hatten sich die beiden Frauen gut verstanden.

Lina öffnet ihren Mantel und schlägt den Weg zum Stadtpark ein. Zwei Jogger in Trainingsanzügen der Polizei ziehen an ihr vorbei. Plötzlich hat sie wieder das Gefühl, beobachtet zu werden.

Lina bückt sich nach einer leeren Zigarettenschachtel auf dem Boden und sieht sich dabei unauffällig um. In einiger Entfernung schlendert ein Mann betont gelassen hinter ihr her, bleibt einen Moment stehen und kommt dann langsam auf sie zu.

Was soll das werden?, fragt sich Lina. Stehe ich unter Verdacht? Wer um Himmels willen will mir da etwas anhängen?

8

Geführte Gruppe«, so hatte Dr. Severin Carlheim seine Methode genannt. Genau genommen verbarg sich nicht mehr dahinter als die zusätzlichen Einzelgespräche, die er zwischen den Gruppensitzungen mit den Teilnehmern führte. Auch Lina hatte er zum Gespräch gebeten und ohne Umstände gefragt, warum sie sich in der Gruppe so »reserviert und kontrolliert« verhalte. Schließlich sei dies eine Chance, die sie nutzen könne, indem sie andere mit ihren Erfahrungen konfrontiere.

Therapeutengeschwätz.

»Lina, Sie blenden Ihre Vergangenheit vollkommen aus. Aber genau diese Vergangenheit führt in Ihnen ein Eigenleben. Da geht es um Muster.«

»Ich bin in einer Pflegefamilie aufgewachsen. Man hat sich bemüht. Es ist alles in Ordnung.«

Der Therapeut hatte sie skeptisch angesehen und ihr geraten, genau dies so in der Gruppe zu äußern.

»Sehen Sie sich doch mal an, was dann passiert.«

Wie es aussah, bestand seine Methode darin, die Teilnehmer zu ermuntern, mehr und mehr von sich preiszugeben. Sie brauchte also eine Story, damit man sie in Ruhe ließ.

»Was halten Sie von einem gemeinsamen Ausflug?«, fragte Carlheim, und sie hatte geantwortet: »Warum nicht?«

Bereitschaft zur Mitarbeit zeigen. Dabei sein. Nicht auffallen.

Wenn sie nur nicht immer Svens ironischen Unterton hören würde, mit dem er alles lächerlich machte.

Sven.

Kennen gelernt hatte sie ihn auf der Polizeischule, und es war schon nach der ersten Unterrichtsstunde, in der er über Fahndungstechniken referiert hatte, klar gewesen, dass er sich für sie interessierte.

Er lächelte ihr unverhohlen zu, während er neben der Leinwand stand, auf die sein Beamer eine Ablaufgliederung bei der Erstellung von Phantombildern warf.

»Auch wenn der Eindruck noch frisch ist: Zeugen nie um eine Beschreibung der gesuchten Person bitten. Fragen Sie, welchem Schauspieler oder Politiker sie ähnelt. Das Ganze lässt sich anschließend verfeinern. Und notieren Sie sich jede Formulierung, um sie später korrekt weitergeben zu können.«

Als sie sich in der Pause vor dem Gebäude eine Zigarette ansteckte, trat er auf sie zu und fragte sie nach ihrer Schulbildung. Als sie nicht gleich antwortete, lächelte er und sagte: »Irgendwie passen Sie da nicht rein. Ich meine in die Truppe da drinnen.«

Schön. Das wusste sie selbst. Nicht richtig reinpassen,

daran gewöhnt man sich, hätte sie am liebsten geantwortet, doch über ihre Lippen kam lediglich ein »Aha?«.

Er bohrte weiter, bis sie damit herausrückte, dass sie Abitur gemacht und ein Psychologiestudium abgebrochen hätte.

Er pfiff durch die Zähne, schüttelte den Kopf und sagte: »Was wollen Sie dann im mittleren Dienst?«

Sie redete sich damit heraus, dass für sie der normale Streifendienst eine Herausforderung sei, und hielt sich ansonsten zurück. Aus den Augenwinkeln sah sie, dass sie Blicke der anderen Teilnehmer auf sich zogen und einige anfingen zu tuscheln.

Sven schien das nicht zu interessieren. Er drehte den anderen den Rücken zu und gestand Lina, dass er seine Vorträge für viel zu steif hielt.

»Ich wünschte, ich könnte euch mehr begeistern.«

Natürlich hatte sie widersprochen. Dann sprachen sie über die wachsende Gewaltbereitschaft bei Jugendlichen und die Herausforderungen, die eine Tätigkeit bei der Mordkommission mit sich brachte.

Nur vier Tage später lud er sie zu einem »kleinen Essen« ein. Er wolle einen »letzten Versuch« unternehmen, sie für die Laufbahn bei der Kriminalpolizei zu interessieren.

Noch am selben Abend waren sie im Bett gelandet. Mit atemberaubender Sicherheit hatte Sven sie verführt. Entscheidend war für Lina gewesen, dass er verheiratet war und zwei Kinder hatte. Eine Beziehung auf Distanz, eine Affäre, die Rolle der Geliebten, das war für sie im Moment die einzige Möglichkeit, überhaupt so etwas wie eine Bindung einzugehen. Sich ein oder zwei Mal in der Woche zu treffen, das war auszuhalten. Dieses Arrangement sorgte dafür, dass sie in keine echte »Beziehungsfalle« tappte.

Und er gab sich alle Mühe, weihte sie in die Arbeitsabläufe bei der Mordkommission ein, erzählte von Fällen, die sich für alle Zeit in sein Gehirn gebrannt hatten, und von neuen Ermittlungsmethoden, die langsam auch im Polizeipräsidium Einzug hielten.

Zwei Monate später war alles anders.

Sven tauchte mit einem Blumenstrauß und zwei Flaschen Sekt bei ihr auf und verkündete, er würde sich von seiner Frau trennen.

9

Der Mann hinter ihr beschleunigt jetzt seine Schritte. Ein Schal verbirgt seine Mundpartie, deshalb erkennt sie ihn erst, als er ziemlich nah vor ihr steht.

»Es ist blöd, hinter Ihnen herzulaufen. Es tut mir leid. Aber als ich Sie am Ausgang des Präsidiums gesehen habe …«

»Immerhin werde ich noch nicht oberserviert. Ich meine von den Kollegen.«

»Beschattet klingt irgendwie romantischer«, sagt der Mann, den sie in der Kneipe fast erschossen hätte. »Ich heiße Che Ling, aber das werden Sie bereits in irgendwelchen Protokollen gelesen haben. In der Kneipe hatte ich ja keine Gelegenheit, mich Ihnen vorzustellen.«

»Sie wollen sich bestimmt eine Entschuldigung abholen. Schön: Entschuldigung.«

Che Ling sieht sie mit einem beinahe kindlichen Erstaunen an, streift sich mit einer Handbewegung die dunklen halblangen Haare hinter das Ohr und schüttelt dann den Kopf. »Nein, das verstehen Sie absolut falsch.«

Wortlos gehen sie an Baumreihen vorbei Richtung Stadtpark.

»Ich möchte mich wirklich nicht in Ihre Angelegenheiten einmischen, aber es tut mir eben leid«, sagt der Chinese schließlich.

»Ihnen? Ich habe doch geschossen.«

»Also ich hab das als Warnschuss verstanden. Weil, ich bin vom Hocker gerutscht, und das konnten Sie nur …«

»Vielen Dank, aber das hilft mir nicht weiter. Ich habe einen Fehler gemacht.«

»Allerdings sieht es ganz danach aus, als könnten Sie Hilfe gebrauchen.«

Lina bleibt abrupt stehen und sieht ihn an. Wieder dieses unschuldige Kindergesicht.

»Ich bin kein Stalker«, sagt er. »Und auf Polizistinnen steh ich auch nicht.«

Lina antwortet nicht.

»War 'ne Schnapsidee«, sagt er und macht Anstalten, sich zu verabschieden.

»Wieso sollte ich Hilfe gebrauchen können? Wenn Sie eine Freundin suchen …«

»Nein, nein. Die haben mich in die Mangel genommen, und alle Fragen zielten auf eines ab: Sie wollten eine Aussage, aus der sie Ihnen einen Strick drehen können.«

»Ist sicher das normale Vorgehen, wenn es um unberechtigten Schusswaffengebrauch geht. Das hier ist nicht New York. Sind Sie schon mal verhört worden, Herr … Herr …«

»Ling. Und ja, ich durfte das schon mal üben.«

Sie durchqueren ein kleines Waldstück und stehen am Rand einer Wiese, auf der ein paar Jugendliche versuchen, zwischen die aus Kleidungshaufen markierten Torpfosten zu schießen. Gleich daneben versucht ein Vater unter dem skeptischen Blick seines Sohnes, einen Drachen steigen zu lassen. Der Drachen torkelt gefährlich, der Vater zieht ruckartig an der Leine, beginnt schneller zu laufen, dann lassen seine Kräfte nach, und das rote Ding schießt wie eine außer Kontrolle geratene Rakete auf den Boden.

»Etwas Wind braucht man schon«, sagt Che Ling.

»Also, was wollen Sie von mir?«

»Ich wollte Sie nur warnen. Der ermittelnde Beamte hat mich ein zweites Mal einbestellt… Wollte, dass ich mir meine Aussage noch einmal überlege. Und er hat mir mit Konsequenzen gedroht, falls das nicht die Wahrheit sein sollte.«

»Und dann hat er Ihnen eine Geschichte erzählt, wie es anders gewesen sein könnte?«, fragt Lina bemüht beiläufig.

»Hören Sie, ich will keine Schwierigkeiten.«

»Womit hat er gedroht?«

»Er hat einmal zu oft erwähnt, dass ich vorbestraft bin.«

»Anzeige wegen Falschaussage? Ausweisung?«

Che Ling sieht sie entgeistert an.

»Ausweisung? Vielleicht nach Neuss? Ist mal 'ne Idee und sicher total furchteinflößend.«

Der Vater lässt sich ein paar Meter von ihnen entfernt auf den Rasen fallen und erklärt seinem Sohn, dass der Wind einfach nicht mitspielen will. Den Kleinen scheint das nicht zu überzeugen, denn plötzlich schnappt er sich den Drachen, hält ihn in die Luft und rennt damit über die Wiese. Der Vater sprintet hinterher und versucht zu retten, was zu retten ist, doch der Kleine hat sich mit den Beinen bereits heillos in der Drachenschnur verwickelt und stürzt auf den Rasen.

Schweigend gehen sie in Richtung Planetarium.

Lina kommt es etwas absurd vor, dass sie hier mit einem eigentlich fremden Mann durch den Park schlendert, als würden sie sich schon lange kennen.

»Weshalb vorbestraft?«, fragt sie.

»Zuhälterei und Immobilienbetrug.«

»Und sicher alles Missverständnisse.«

Ling kneift die Lippen zusammen und nickt, als wollte er sagen, okay, vielen Dank für die Schublade.

»Die Zuhälterei«, sagt er. »Da war nichts dran. Da hat mich eine Brasilianerin in die Pfanne gehauen.«

»Und der Immobilienbetrug?«

Deutlich sieht sie ein Lächeln, das über sein Gesicht huscht.

»Das hat Spaß gemacht«, sagt er. Lina könne das ja gern in den Akten nachlesen.

»Ich komme da nicht ran«, sagt sie.

Auf der Grünfläche vor dem Planetarium beharkt sich eine Gruppe junger Männer mit mittelalterlichem Gerät. Die Schwerter, Lanzen und zwei Morgensterne erweisen sich als Hartgummiattrappen, die bei einem Treffer den Gegner dennoch von den Beinen holen.

»Wie funktioniert Immobilienbetrug?«, fragt Lina. »Wohnungen verkaufen, die Ihnen gar nicht gehören?«

»Villen«, erwidert Ling trocken. »Ist vorbei, Pfad der Tugend und so.«

Im Übrigen sei die Methode sehr einfach. Er habe sich leer stehende Villen gesucht, sie in der Zeitung zum Verkauf annonciert und die Interessenten dann zum Besichtigungstermin eingeladen.

»Und das haben die Ihnen abgenommen?«

»Ich hab mich am Telefon als Behördenmitarbeiter ausgegeben, der für die Zwangsversteigerung des Hauses zuständig ist.«

»Und weil es so günstig ist…«

»Klar, alle Immobilien unheimlich preiswert, und dann komme ich mit der Notwendigkeit eines kleinen Vorschusses, den ich bräuchte, um sie in der Interessentenliste nach oben zu hieven.«

»Sie bieten den Leuten an, Sie zu bestechen?«

»Die sind so heiß auf das Geschäft ihres Lebens, die sehen nur den Schnitt, den sie machen…«

»Und wie kommt man *in* die Häuser?«, will Lina wissen.

Che Ling breitet die Einzelheiten aus, und Lina spürt deutlich, dass es ihm tatsächlich Spaß gemacht hat. Leer stehende Villen seien meist nicht sonderlich gut gesichert, da komme man »hintenrum« gut rein, baue ein Ersatzschloss ein und überhaupt: Logistik sei wichtig.

»Wenn man da mit einem seriös wirkenden Wagen am helllichten Tag vorfährt, schöpft kein Mensch Verdacht.«

»Und was genau daran macht Spaß?«

»Ist 'ne ziemlich perfekte Idee. Die Betrogenen können schlecht zur Polizei gehen, weil sie dann zugeben müssten, dass sie sich der Beamtenbestechung schuldig gemacht haben. Da verzichten sie lieber auf ihre 3000 Euro.«

»Scheint dennoch schiefgegangen zu sein«, sagt Lina.

Che Ling nickt düster und sagt, er habe die zwei Jahre in Billwerder abgesessen. Jeden einzelnen Tag. »Die mögen es nicht, wenn sich einer als Beamter ausgibt.«

»Kein Bonus für gute Führung?«

»War 'ne harte Zeit«, sagt Che Ling und nickt. »Hatte alle Hände voll zu tun, meinen Hintern immer schön dicht an der Wand zu halten.«

»Und die Innere Abteilung will mich tatsächlich in die Pfanne hauen? Ist das wahr?«

»Keine Ahnung, wie die Abteilung heißt. Und vorgestellt hat sich der Typ auch nicht. Aber an der Tür stand der Name ›Sven Emmert‹.«

Die Kreise auf meinem Rücken brennen.

Der Schwarze Ritter steht mit seiner Lanze in meinem Zimmer. Er leckt an meinem Gesicht, und es riecht nach Essen.

»Ich bereite dich vor«, sagt er, und er sagt auch, dass es heute nicht wehtun wird.

»Versprochen, versprochen«, sagt er und hält zwei Finger in die Luft.

Aber es tut immer weh.

Der Weiße Drache beobachtet uns, aber er stellt sich dem Kampf nicht. Noch nicht.

Der Weiße Drache sagt: »Die Stunde kommt.«

Der Schwarze Ritter deckt ein Tuch über die Lampe und sagt: »Gleich wird sie kommen, und sie wird nett sein. Sie meint es gut mit dir. Sie liebt dich. Das darfst du nie, nie vergessen.«

»Soll ich dich jetzt wieder anfassen?«

»Es ist ein Spiel, das verstehst du doch?«, sagt der Schwarze Ritter.

Oh ja, ich kenne viele Spiele. Am schönsten ist das Blutspiel, das ich mit dem Weißen Drachen spiele.

Mit den Flecken auf meinem gelben Kleidchen. Es ist das schönste, das ich habe.

»Sieh nur, der Fleck sieht aus wie ein Schäfchen«, sagt der Weiße Drache, und dann finde ich eine Sonne und einen Regentropfen. Und sie alle entstehen aus kleinen Blutflecken.

»Und das ist die Tür zu einem Bauernhof, und wenn man die Tür öffnet, dann muhen die Kühe und blöken die Schafe«, sagt der Weiße Drache. »Und da! Könnte das nicht ein Schaf sein? Ein Schaf auf einer gelben Wiese?«

Doch wenn die Rote kommt, müssen wir das Kleid verstecken. Sie mag das nicht. Sie sagt: »Blut ist unrein.« Blut muss man verstecken. Und der Weiße Drache rollt das Kleid zusammen und schiebt es hinter die Heizung. Darauf kommt sie nie. Die Rote. Sie hat immer Durst, aber sie mag kein Blut. »Das ist unrein«, sagt sie.

»Unreinheit, so etwas gibt es«, sagt der Weiße Drache. Und dass es da draußen noch viel, viel mehr gibt. Und dass ich das schon sehen werde. Eines Tages. Und er wird kommen, dieser Eines Tages. Das hat er mir versprochen.

Er malt mit seinem Zeigefinger auf meinen Bauch.

»Das sind Buchstaben«, sagt er, »rate mal, was das ist.«

Er schreibt EINES TAGES auf meinen Bauch. Ich weiß es genau. Aber es ist ein Geheimnis. Nur ich und der Weiße Drache dürfen es wissen.

10

Von Linas Wohnung aus ist es ganz nah zum Kanal. Ohne diesen Kanal mit den Bänken und Bäumen am Ufer in der Nähe zu wissen, könnte sie hier nicht wohnen.

Es muss fließen, denkt Lina, die auf einer der Bänke Platz genommen hat und den Deckel des Schuhkartons öffnet, in dem sie die Fotos von Hooge und ein paar Notizen gesammelt hat.

Drei Entenpaare ziehen vor ihr auf dem Wasser vorüber. Vor ihrer Bank steht ein Angler, der sich zu ihr umdreht und ihr einen misstrauischen Blick zuwirft. Dann starrt er wieder aufs Wasser, hebt seine Rute an und kontrolliert den Köder.

Auf der anderen Seite dümpelt ein Kindertheaterschiff im Wasser. Eine aufgemalte Pippi Langstrumpf blinzelt herüber, rote Haare, durch die sich die Rostplacken fressen.

Über den Gehweg schieben zwei Mütter ihre Kinderwagen auf ein Café zu, vor dem bereits eine beträchtliche Anzahl von Kinderwagen geparkt ist. Im Geäst eines Baumes turnt eine Meise herum und beäugt Lina neugierig.

Vor ihr das fließende Wasser des Kanals, hinter ihr die fließenden Straßen der Stadt und dazwischen das Leben. Ihr Leben, das von einer Vergangenheit erdrückt wird, die sie nicht versteht. Aus der nur verschwommene Bilder aufsteigen. Wie Luftblasen, die an die Oberfläche eines Moores dringen und zerplatzen.

Sie öffnet den Karton. Seltsamerweise muss sie an Sven denken. Liegt ihm daran, ihr Carolins Tod in die Schuhe zu schieben? Aber warum? Aus Rache? Weil sie ihn so deutlich zurückweist?

Für Sven hatte sie sich aus der Deckung gewagt und war prompt abgestürzt.

Sie ist drauf und dran, den Karton zurück in ihre Wohnung zu tragen, als ein kleiner Junge auf einem Edelstahlroller auf sie zuhält, scharf abbremst und sagt: »Kannst du mal Acht geben?«

Acht geben!

Er stellt sich neben den Angler, zieht einen Schokoriegel aus der Tiefe seiner Hosentasche, wickelt ihn aus und beginnt zu essen, während er die auf dem Wasser hüpfende Pose beobachtet. Offenbar erwartet er keine Sensationen.

Nachdem er seinen Riegel aufgegessen hat, geht er zurück zu Lina, sagt »Danke« und rollt davon, indem er mit dem rechten Fuß ordentlich Schwung gibt.

In dem Alter sind Bekanntschaften noch einfach, denkt Lina und weiß im selben Moment, dass das Unsinn ist. Sie hat keine Ahnung, wie es bei ihr in dem Alter war. Ihr eigenes Leben beginnt erst im Garten ihrer Pflegefamilie. Es beginnt nicht gut. Genau genommen beginnt es sogar ziemlich schlecht.

Dunkle Flecken und Löcher aus der Vergangenheit nehmen Konturen an, zeigen Ränder. Lina erlebte das, nachdem sie sich in die Affäre mit Sven gestürzt hatte. Trotz ihrer Versuche abzubremsen wurde es zu viel. Von allem zu viel. Zu viel Liebe. Zu viel Nähe. Zu viel Vertrautheit. Zu viel Gewalt.

»Ziehst du mit mir in eine Wohnung?«, hatte Sven sie gefragt, während er ihr Cordon bleu aß. »Wenn ich es meiner Frau sage, brauchen wir einen Plan. Eine Wohnung.«

All das nach drei Wochen. Nach vier Wochen schlug er sie zum ersten Mal, weil sie ihm sagte, dass sie für eine gemeinsame Zukunft nicht bereit sei. Sie hatten viel getrunken, beide. Versöhnung, Sex, der ihr den Atem raubte und manchmal wehtat. Treueschwüre, Zukunftspläne. In eine andere Stadt versetzen lassen. Er zeigte ihr das Bild einer verlassenen Gärtnerei mit leer stehenden Treibhäusern in Schleswig-Holstein, in die er mit ihr ziehen wollte. Dann kamen wieder die Schulprobleme seiner Kinder, die Krankheit seiner Frau. Seiner. Seiner.

Irgendwann in dieser Zeit stiegen in ihr die Bilder aus einer unbekannten Kindheit auf. Etwas Rotes floss unter einer Tür hindurch, breitete sich in einem Laufgitter aus.

Kroch die Wände hoch, die aus Haut bestanden, und die kleinen Härchen dieser Haut stellten sich auf.

Ihr Handy läutet. Eine Frauenstimme. »Ist da Lina Andersen?«

»Wer will das wissen?«

»Ich meine die Polizistin Lina Andersen?«

Lina klappt den Deckel des Kartons zu und sagt nichts.

»Lina, bist du das? Hier ist Isabel. Aus der Gruppe.«

Lina nimmt das Handy herunter und ist kurz davor, das Gespräch wegzudrücken. Lasst mich in Ruhe, denkt sie. Was habe ich damit zu tun?

Doch dann führt sie es doch wieder ans Ohr und sagt: »Ja, ich habe Carolin gefunden.«

»Das ist schrecklich. Sag mal, hast du zufällig einen Kollegen bei der Polizei, der Sven Emmert heißt?«

»Und wenn?«

»Lina, können wir miteinander reden? Irgendetwas muss damals passiert sein.«

Lina hört ein Zittern in ihrer Stimme.

»Hörst du, Lina?«

»Ja.«

»Es muss etwas passiert sein. Während der Therapie. Es hat alles mit dieser verfluchten Therapie zu tun.«

»In einer halben Stunde?«

Lina steigt in ihren Toyota IQ und gibt im Navi die Adresse ein, die Isabel ihr genannt hat. Sie muss den Druck loswerden, wenn nicht ihr ganzes Leben ins Wanken geraten soll.

Was wollte Sven von Isabel? Sie ist sicher, dass sie selber seinen Namen während der Gruppensitzungen nie erwähnt hat. Kann in der Therapie etwas zur Sprache gekommen sein, das Carolin getötet hat?

Sie biegt von der Hauptstraße in eine Seitenstraße ab und fährt die Reihe der Gründerzeitvillen ab. Die Villa, in der Isabel mit ihrem Verlobten wohnt, liegt an einem kleinen Weiher. Alte Bäume, ein zu einem Café umgebautes ehemaliges Toilettenhäuschen, davor ein See, auf dem Seerosen schwimmen, und ein Steg, auf dem zwei junge Leute sitzen. Möglicherweise aus dem Studentenwohnheim nebenan. Sie halten beide einen Tablet-Computer in der Hand, starren auf ihre Bildschirme und reden dabei, ohne sich anzusehen.

Die Villa, in der Isabel wohnt, muss sich ein vermögender Kaufmann gebaut haben, als dieses Gebiet noch zum grünen Stadtrand gehörte. Gründerzeitverzierungen an den Balkonen, die die Baumeister um 1900 von den antiken römischen Häusern abgekupfert hatten. Eine Kiesauffahrt, die mit Betonvasen und Büschen begrenzt ist, führt zum Haus. Die Rasenfläche zum Weiher hin ist penibel gemäht, kein Laub, vereinzelte Obstbäume, Büsche. An der linken Hausmauer reckt sich eine knorrige Eiche in die Höhe und breitet ihr Geäst über das Dach der dreistöckigen Villa aus. Eine Steintreppe führt zu einer breiten Glasfront, in die eine Haustür eingelassen ist.

Gerade als Lina die Treppe hochgehen will, öffnet Isabel die Tür. Cremefarbenes Kleid, hochgesteckte Frisur, schwarze Halbschuhe.

Wo ist die Perlenkette?, denkt Lina.

»Ich weiß, hier sieht es ein bisschen spießig aus«, sagt Isabel. Sie zeigt vage auf den perfekt gemähten Rasen und die Kiesauffahrt. »Danke, dass du gekommen bist.«

»Sicher«, sagt Lina.

»Weißt du, wir wissen einfach nicht mehr weiter.«

»Wir?«, fragte Lina, bekommt aber keine Antwort.

Hinter der Tür öffnet sich ein ausladender Flur, aus dem eine kleine Freitreppe in den ersten Stock führt. Isabel führt sie um die Treppe herum zum hinteren Teil des Hauses. Sie öffnet eine Tür, und Lina wird mit einem sanften Händedruck in den Wintergarten geschoben. Aufwändig restaurierte Gusseisenkonstruktion mit vielen eingelassenen kleinen Scheiben, an denen sich Grünpflanzen der Sonne entgegen in die Höhe ranken.

»Da wären wir wieder zusammen«, sagt Isabel mit einem angestrengten Lächeln.

In weißen Holzsesseln mit quietschgelben Kissen sitzen Christina, Pia und Stefanie aus der Therapiegruppe. Vor ihnen stehen leere und halbvolle Kaffee- und Teetassen. Stefanie wärmt sich an einer Teetasse die Hände. Im Aschenbecher türmen sich die Kippen, was darauf hindeutet, dass sie hier schon länger zusammenhocken.

»Möchtest du Kaffee oder Tee? Oder vielleicht ein Wasser?«

Lina verneint und fragt: »Wo ist Astrid? Und wo ist Paul? Oder habt ihr etwa was gegen Schwule?«

»Bitte setz dich doch erst mal«, sagt Pia. »Wir haben Paul nicht auftreiben können.«

»Und was ist mit Astrid?«

Isabel setzt sich hin und nimmt ihre Kaffeetasse in die Hand. Sie sieht Lina an.

»Wir haben dich ihretwegen angerufen. Wir wissen nicht, was mit ihr los ist.«

»Beruf gewechselt?«, fragt Lina und deutet auf Stefanies mokkabraunes Jackett, das am Revers zwei kleine, golden glänzende Knöpfe zeigt.

»Ach, das«, sagt sie. »Ich komme gerade von meiner Barista-Ausbildung. Irgendwie muss ich mir meine Malerei ja finanzieren.«

»Ah, ein Dienstjackett.«

»So was musst du als Polizistin ja kennen«, kontert Stefanie.

»Es geht also um Astrid …«, sagt Lina.

»Und natürlich um Carolin«, unterbricht Isabel sie. »Es ist wirklich furchtbar.«

»Du hast sie gefunden«, sagt Pia. »Wie schrecklich.«

»Ihr seid ja bestens informiert!«

»Astrid hat es uns erzählt«, sagt Stefanie und stellt ihre Teetasse auf dem Marmortisch ab.

»Wie ist Carolin denn … Tabletten?«, fragt Pia, die Lina durch ihre dunkle Brille fixiert.

Lina überlegt fieberhaft, was sie sagen darf und was unter das Dienstgeheimnis fällt. Doch wenn sie von den Frauen hier etwas zu erfahren hofft, wäre es besser, einfach die Wahrheit zu sagen. Außerdem würden schon bald die Zeitungen darüber berichten.

»Ihr ist ein Dildo im Bauch explodiert«, sagt Lina.

»Ein …«, fragt Stefanie fassungslos. Sie schluckt schwer.

»Ein Vibrator hat ihr die Bauchdecke aufgerissen. Sie ist verblutet.«

»Dann war es ein Unfall?«, fragt Isabel leise.

»Sieht nicht so aus«, sagt Lina. Sie sieht die Frauen der Reihe nach aufmerksam an und versucht, in ihren Gesichtern zu lesen. Aus allen spricht das blanke Entsetzen, aber das kann auch vorgetäuscht sein. Nur Pia und Stefanie sehen auf den Boden. Isabel schüttelt den Kopf.

»Der Vibrator war manipuliert, das heißt mit einer Art

Zünder und natürlich mit einem explosiven Stoff versehen. Kein Unfall.«

»Ach, deshalb …«, sagte Pia, verschluckt den Rest des Satzes und wirft Isabel einen ängstlichen Blick zu.

»Deshalb?«, fragt Lina.

Keine Antwort.

»Die Polizei hat bei Isabel angerufen und nach Astrid gefragt«, sagt Stefanie schließlich.

»Suchen sie Astrid, oder haben sie nur nach ihr gefragt?«

»Du bist doch die Polizistin, sag du es uns«, erwidert Isabel und steht auf. »Wir wissen überhaupt nicht, was los ist. Warum hat Carolin sich umgebracht? Warum auf diese grausame Weise? Oder wurde sie umgebracht? Warum und von wem? Warum fragt die Polizei uns nach Astrid und nach unserer Gruppentherapie?«

Ich habe zwei Möglichkeiten, denkt Lina, entweder ich gieße Öl ins Feuer, oder ich gehe hier weg, ohne das Geringste in Erfahrung gebracht zu haben.

Nun gibt es da ja noch die an sie adressierte Nachricht auf der Rückseite des Fotos und die Tatsache, dass diese nicht von Carolin geschrieben wurde. So oder so zieht sie jemand da hinein, und dass sie gleichzeitig eine interne Untersuchung wegen fahrlässigen Schusswaffengebrauchs durchstehen muss, macht es auch nicht eben leichter.

Astrid hatte ihr von einem anonymen Anrufer mit verstellter Stimme berichtet, der ihr gesagt habe, Lina wisse Bescheid. Hat jemand aus dieser Runde hier Interesse daran, die Aufmerksamkeit der Mordkommission auf Lina zu lenken? Oder war das eine Nachricht für die Therapiegruppe?

Jedenfalls hat Astrid ihnen offenbar nichts von dem explodierenden Vibrator erzählt.

»Carolin hat mich kurz vor ihrem Tod besucht«, sagt Lina.

Pia atmet hörbar aus, klopft sich eine Zigarette aus der Schachtel, zündet sie an und sagt: »Und? Hat sie dir angekündigt, wer sie in die Luft jagen will?«

»Ja«, sagt Lina und schaut wieder aufmerksam in die Runde. In den Gesichtern keine aufschlussreichen Regungen. Entweder haben sie sich abgesprochen, oder sie sind mit den Ereignissen überfordert.

»Sie hat von den alten Monstern gesprochen, die erwacht seien«, sagt Lina.

»Monster?«, fragt Isabel. »Schön, warum nicht? Es waren die Monster. So einfach ist das!«

Stefanie sieht Lina an und wiederholt: »Du bist doch bei der Polizei. Da muss man doch Informationen haben und das irgendwie einordnen können. Schließlich wurde da möglicherweise jemand mit einem Dildo umgebracht!«

Lina erklärt, dass sie auf solche Informationen keinen Zugriff hat. »Doch es muss einen Grund geben, warum sie zu mir gekommen ist. Wir hatten sonst keinen Kontakt mehr.«

»Carolin war sehr sensibel«, sagt Pia. »Mich hätte es damals schon nicht gewundert, wenn sie sich umgebracht hätte.«

»Hast du sie öfter getroffen?«, fragt Lina nach, doch Pia winkt ab.

»Ab und an«, sagt sie. »Wir haben gelegentlich einen Kaffee getrunken, über dies und das geplaudert, aber nichts Wichtiges.«

»Und du hast keine Ahnung, wen oder was sie mit den alten Monstern gemeint haben könnte?«

Pia schüttelt den Kopf.

Isabel sagt: »Ich schon.«

Alle sehen sie überrascht an, und Pia fragt: »Dürfen wir das auch wissen?«

»Es muss mit der Therapie zusammenhängen, so viel ist klar«, sagt Isabel. »Vielleicht mit ihrer Vergangenheit. Wir alle haben über unsere Kindheit gesprochen, über unsere Ängste. Außer Lina, die sich nicht erinnern kann. Oder, Lina?«

Lina schüttelt stumm den Kopf.

»Ich verstehe das alles nicht«, sagt Pia.

»Die Polizei fragt nach Astrid«, sagt Isabel, »Carolin besucht Lina und spricht von Monstern. Lina findet Carolins Leiche und … und … da gibt es doch nur diesen einen gemeinsamen Nenner. Unsere Therapie.«

Im Flur der Toten hängt ein Foto von mir, denkt Lina, mit einer gefälschten Nachricht an mich. Außerdem hatte sie nicht nur von Carolin, sondern auch von Astrid Besuch bekommen.

Es ist nur eine Frage der Zeit, wann die Mordkommission die anderen aus der Gruppe verhören wird. Hat Lina doch eine aus der Gruppe damals auf ihr Geheimnis aufmerksam gemacht? Gibt es jemanden, der oder die das lose Ende des Fadens, den sie aus Versehen in die Runde geworfen hatte, aufgenommen hat und erkennen konnte, wohin er führt?

Lina war sich nicht mehr hundertprozentig sicher, ob ihr damals nicht doch die eine oder andere vertraulichere Mitteilung herausgerutscht war. Sie war Kompromisse eingegangen und hatte über ihre Kindheit in der Pflegefamilie gesprochen.

Vertrauliches hatte sie eigentlich nur dem Therapeuten unter vier Augen gesagt. Hatte er Informationen weitergegeben oder gar weitere Nachforschungen angestellt? Ist es möglich, dass Carolins Tod etwas mit *ihrer* Vergangenheit zu tun hat?

Sie muss die Tage auf Hooge noch einmal minutiös rekonstruieren, die Erinnerungsfragmente wie Puzzleteile zusammenfügen, versuchen, die Bruchstücke der Gespräche, an die sie sich erinnern kann, zu etwas sinnvollem Ganzen kombinieren. Auch wenn sie Gefahr läuft, die Bombe platzen zu lassen, die sie damals selbst gezündet hat. Nur ins Gefängnis wird sie niemals gehen.

»Womöglich hat Carolin doch Selbstmord begangen«, sagt Christina. »So genau kann man das doch nicht sagen. Und sollte es so sein, dann war es ihre Entscheidung.«

Niemand sagt etwas. Die Frauen nicken nur stumm.

Lina bricht als Erste auf. Zum Abschied nimmt Isabel sie beiseite und bittet sie, sich zu melden, wenn sie etwas Neues in Erfahrung bringen sollte.

»Wir wären dir alle sehr dankbar.«

Lina geht am Weiher entlang zurück. Eine junge Frau in einem schlabberigen Pullover und mit ungekämmten Haaren hat sich zu den beiden Studenten auf den Steg gesetzt. Lina bleibt stehen und beobachtet einen Reiher, der reglos auf einer kleinen Insel mitten im Wasser steht und nach Fischen Ausschau hält.

Vertraut, denkt Lina. Die Frauen wirken vertraut miteinander und keineswegs so, als würden sie sich nur sporadisch treffen.

»Lass uns weitergehen«, sagt plötzlich jemand neben ihr.

Lina wirbelt herum.

»Astrid?«

»Sie müssen uns nicht unbedingt zusammen sehen.«

Sie sieht anders aus als beim letzten Mal. Ihr Haar ist ungewaschen und strähnig und ihre Schminke im Gesicht verschmiert. Sie geht leicht gebückt und wirkt gehetzt.

»Ich weiß nicht, von wem das ausgeht«, sagt sie. »Aber ich weiß, dass du eine große Rolle spielst.«

»Unsinn«, sagt Lina. »Was soll ich denn damit zu tun haben?«

»Gut möglich, dass du dir gar nicht klar …«

»Was sollen diese Andeutungen?«, unterbricht Lina sie.

»Mach dich auf die Suche«, sagt Astrid und sieht sie ernst an.

»Warum ich? Vielleicht hast du was ausgeplaudert …«

»Du meinst den anonymen Anrufer?«, fragt Astrid. »Nein, nein. Die feine Damenrunde da drüben hat was zu verbergen, und das hat aus irgendeinem Grund mit dir zu tun. Und mit mir natürlich auch.«

Astrids Mundwinkel zucken leicht.

»Was geht mich das eigentlich an?«, sagt Lina. »Wie wär's, wenn ich mich da ganz raushalte?«

Astrid lacht gekünstelt.

»Das wirst du nicht mehr können, Lina. Und zwar nicht nur wegen deines Kollegen Sven Emmert, der ja einen richtigen Narren an dir gefressen zu haben scheint. Es wartet eine echte Überraschung auf dich.«

»Soll ich jetzt Rätsel raten oder was? Entweder du rückst damit raus, oder …«

»Das kann ich nicht. Noch nicht. Aber ich sage dir, es wird nicht aufhören. Ich brauche noch ein oder zwei Wochen … du wirst dich wundern.«

»Was ist mit dem Foto, das Carolin und mich zeigt?«, fragt Lina. »Du hast in Carolins Namen Abschiedsworte darauf geschrieben. Es ist deine Schrift.«

Astrid sieht sie überrascht an.

»Foto? Ich habe nie ein Foto von dir und Carolin gesehen. Und was für Abschiedsworte?«

»Ein Foto, das auf Hooge aufgenommen wurde. Als unsere ganze Gruppe dort war.«

»Keine Ahnung«, sagt Astrid und schüttelt den Kopf. »Und da soll ich etwas draufgeschrieben haben?«

»Sieht ganz danach aus.«

»Und? Was hab ich darauf geschrieben?«

»Auf Wiedersehen, Lina. Glaub ihnen nicht.«

»Wem nicht glauben? Was soll das heißen?«

»Ich weiß es nicht«, sagt Lina.

Astrid nickt nachdenklich, als würde sie plötzlich ahnen, was das Foto mit Carolins Abschiedsworten bedeutet.

Linas Handy klingelt. Sie drückt den Anruf weg. Kurz erwägt sie, Astrid zu fragen, ob sie Carolins Leichnam abgedeckt hat.

»Ich werde noch ein wenig herumschnüffeln, vertrau mir«, sagt Astrid.

Sie geht ein paar Schritte weiter, bleibt dann stehen und dreht sich noch einmal um.

»Pass auf dich auf, Lina. Es gibt sie wirklich, diese Monster. Und sie sind gefährlich.«

Das Klingelzeichen einer tutenden Dampflok signalisiert Lina den Eingang einer SMS.

Wieder Sven.

»Wir haben Astrid Karsow zur Fahndung ausgeschrieben. Hast du eine Ahnung, wo sie sich aufhält?«

11

Der Ausflug nach Hooge. Lina versucht sich zu erinnern. Was war dort passiert?

Mit einem gecharterten kleinen Fährschiff hatten sie damals nach Hooge übergesetzt. Vorbei an Sandbänken und Halligen, die sich aus der Nordsee hervorhoben und auf denen befestigte Warften den Menschen Schutz vor den Fluten der Nordsee boten.

Unwirklich, dachte Lina und richtete das Fernglas, das Stefanie ihr gereicht hatte, auf die vorbeiziehenden Seehundbänke. Der Kapitän des Kahns gab sich alle Mühe, die Frauen mit Witzen und Anekdoten zu unterhalten.

Wie gern hätte sie einen Schnaps getrunken, um das Schaukeln des Schiffs besser zu ertragen. Doch Alkohol war verboten. »Vereinbarung«, nannte Carlheim das. Die galt auch für diese Gruppenreise.

Da bei Sturmflut Widerstand ohnehin Unsinn war, ließ man den Fluten freien Lauf über das Land und brachte sich auf den Warften in Sicherheit. In den letzten Jahren waren diese Erdhügel und auch die davor liegenden Schutzdämme immer weiter erhöht worden. Als Gefängnisinsel würde sich eine Hallig auch bei ruhigem Wetter nicht eignen, weil die Ebbe alle paar Stunden jedem die Flucht ermöglichte. Trotzdem verstand Lina nicht, dass Menschen hier freiwillig leben konnten.

Die Frauen lachten eher gequält über die Witze des Kapitäns, der sein Bestes gab und sogar dazu übergegangen war, seine »Döntjes« auf Plattdeutsch vorzutragen.

Mit einem Pferdekarren wurden sie auf die Hanswarft

in ihr Hotel gebracht. Zwei Nächte hatte Severin Carlheim gebucht: zwei ganze Nächte mitten in der Nordsee!

Nach ihrer Ankunft hatten sie zwei Stunden zur freien Verfügung. Zeit also, die Insel zu erkunden und sich von der turbulenten Schifffahrt zu erholen. Anschließend war ein Gruppentreffen im Hotelcafé anberaumt.

Isabel und Pia verließen während der Zeit auf Hooge das Hotel so gut wie gar nicht. Severin Carlheim hielt sich weitgehend zurück, er betonte, dass es darum ging, einander kennen zu lernen. Und um einen »neuen Blick« auf die Dinge. Niemand erkundigte sich, was er damit meinte.

Auf die Nachfrage hin hatte Lina am Abend wiederholt, eine völlig normale Kindheit in einer Pflegefamilie gehabt zu haben.

»Das kann doch nicht sein«, hatte Isabel gemurmelt und Lina aufgefordert, doch mal etwas genauer zu erzählen, wie es bei ihnen »zugegangen« sei. »Und was war vorher, oder bist du schon als Kleinkind zu Pflegeeltern gekommen?«

Eigentlich ja, dachte Lina. Sie erinnerte sich an kein Vorher, sondern nur daran, dass sie sich vom ersten Tag an ihrer Haut erwehren musste. Und zwar gegenüber einem Bruder, den sie in der Gruppe nur einmal und eher beiläufig erwähnt hatte.

Nach kurzer Zeit machte sich in der Gruppe auf der Warft der Inselkoller breit.

Pia und Christina hatten Weinkrämpfe, Astrid versetzte Paul Ender mit Horrorgeschichten über Sturmfluten in Panik, und Isabel begann, ihren gesamten Freundeskreis abzutelefonieren. Carolin rückte damit heraus, dass sie ihren Freund vermisste. Der ist wahrscheinlich froh, Zeit für seine Geliebte zu haben, dachte Lina. Doch Carolin glaubte felsenfest an seine Treue. Zumindest sagte sie das. In Momenten jedoch, in denen ihr die Wahrheit über ihre Beziehung bewusst wurde, begann sie verzweifelt an sich herumzuritzen. Und sie glaubte in Hamburg Verfolger zu haben, die auf Hooge natürlich ausfielen. Keine Büsche, hinter denen sich jemand verstecken konnte, kaum andere Touristen. Und so weit, dass sie sich von einem Satellitenauge aus dem All beobachtet fühlte, war sie noch nicht.

Christina Hansen zog sich schließlich zurück und verbrachte längere Zeit damit, sich ausgiebig zu schminken. Pia verkroch sich in eine ruhige Ecke und vertiefte sich in ihre Reiselektüre. Stefanie entschloss sich, mit ihrer Kamera auf Motivsuche zu gehen. Lina blätterte in einem Bildband über das Wattenmeer, der an der Rezeption auslag.

So hatte jede ihren Plan, um den anderen möglichst aus dem Weg zu gehen. Lina staunte über Paul Ender, der am ersten Abend perfekt geschminkt und in einem schicken Kleid im Speisesaal aufkreuzte. Schließlich sei man hier ja unter sich, meinte er, nachdem er wie eine Stummfilmdiva hereingerauscht war. Lina fand ihn in dem Outfit richtig attraktiv.

In der Folge ergaben sich Grüppchen und Cliquen, wechselnde Fronten und kleinere Streitereien – nichts Außergewöhnliches für derartige Situationen, fand Lina.

Sie hatte ihr nächtliches Gespräch mit der verzweifelten Carolin am Anleger, das am nächsten Tag von Isabel ironisch kommentiert wurde: »Die beiden sind sich nähergekommen.« Carolin zuckte nicht zusammen, sondern blickte Isabel offen ins Gesicht, als wollte sie sagen: Na und? Was ist dabei?

Lina hatte für sich beschlossen, dass die Geschichte von dem bösen Bruder in der Pflegefamilie reichen musste.

Wenn sie das Stoppschild am Ende dieses ersten Kapitels beachtete und die rote Linie nicht überschritt, konnte ihr eigentlich nichts passieren. Sie durfte nur keine weiteren Details ausplaudern. Er war gemein, dieser Bruder. Aha. So was kommt vor. Er war eifersüchtig auf sie. Er wollte seinen Platz nicht mit der neuen Schwester teilen. Typisch. Aber klar, auch verständlich. Was ist aus ihm geworden? Keine Ahnung. Und jetzt: Stoppschild hoch! Bis hierhin und nicht weiter. Keine Frage mehr beantworten.

Dabei wusste Lina genau, was aus ihm geworden war. Futter für die Würmer, für Käfer und was sonst noch im Erdreich herumkrabbelte und sich an die Arbeit machte, sobald ein Sarg in die Erde versenkt wurde. Käfer und Würmer, die keine Sekunde zögerten, auch dann nicht, wenn ein Mädchen in einem schwarzen Kleidchen am Grab stand und krampfhaft zu weinen versuchte.

Der Trick mit der Zwiebel in ihrem Handtäschchen, über die sie mit ihren Fingerkuppen fuhr, um sich dann die Augen zu reiben, hatte nicht funktioniert. Es hatte zwar furchtbar gebrannt, aber Tränen waren keine geflossen.

»Dreckschwein«, hatte sie ihm hinterhergerufen. »Schade, dass du nicht in einem Misthaufen vergammelst.« Aber natürlich nicht laut, sondern leise in ihr Taschentuch hinein. Schließlich konnte sie nicht wissen, ob nicht einer seiner Klassenkameraden, die um das Grab standen und sich ihr blödes Kichern nicht verkneifen konnten, einen Verdacht hatte. Es hätte sie nicht gewundert, wenn Ralf in der Schule erzählt hätte, was er mit ihr anstellte. Nein, Lina musste die trauernde Schwester spielen. Sie hatte keine Lust, noch jemanden umzubringen.

12

Die Kollegen von der Mordkommission suchen Astrid. Sie haben festgestellt, dass die Schrift auf der Rückseite des im Flur hängenden Fotos Ähnlichkeit mit ihrer Handschrift aufweist. Astrid hat ehrlich überrascht gewirkt, als Lina sie damit konfrontierte. Warum sollte Astrid sich überhaupt bei Lina melden, wenn sie tatsächlich die Täterin ist? Warum hatte sie gesagt, sie würde nach Beweisen suchen? Beweisen, wofür? Warum behauptet sie, dass Lina eine wichtige Rolle spielt? Will sie Lina in etwas hineinziehen? Astrid ist nicht so blöd, mit ihrer Handschrift eine Nachricht im Namen einer anderen Person zu hinterlassen.

Wenn Lina Astrid an Sven verrät, hat sie keine Möglichkeit mehr, das sich auftürmende Chaos zu verstehen. Astrid würde die Tat leugnen, und es besteht die Gefahr, dass Sven ohnehin weiter in Linas Vergangenheit herumwühlt. Sven hat eine Rechnung mit ihr offen, und sie weiß, dass er diese Chance nicht auslassen wird. Möglich, dass er immer noch darauf spekuliert, dass sie in ihrer Not kapitulieren und ihm die Tür öffnen wird. Linas größte Sorge ist, dass er irgendwann auf ihren toten Bruder kommen wird, und das darf nicht passieren. Mord verjährt nicht. Auch wenn ein kleines Mädchen die Mörderin ist. Schlimmstenfalls würde sie aufgrund ihrer sonstigen psychischen Verfassung sogar in eine psychiatrische Anstalt eingewiesen.

Sie hat keine Ahnung, was für ein Spiel Astrid treibt. Astrid ist Beamtin. Sie weiß, wie sie an Informationen kommen kann. Wenn Astrid die Abschiedsworte nicht geschrieben hat, muss da jemand im Hintergrund die Fäden ziehen. Ein Monster, das sehr wohl menschliche Gestalt hat.

Lina hat die U-Bahn genommen. Sie schaut aus dem Fenster und lässt den Hafen mit seinem geschäftigen Treiben vorbeiziehen. Barkassen schaukeln übers Wasser, ein Containerschiff wird von Schleppern zu einem der Entladekais gezogen. Die ersten Touristen spazieren an der Hafenpromenade entlang und genießen die Sonne. Ein historischer Dampfer bläst eine schwarze Rauchwolke in den Himmel.

An der Station Baumwall steigt Lina aus.

In einer der Gruppensitzungen hatte Carolin erzählt, dass ihr Freund im Miniaturwunderland als Modellbauer arbeitet. Lina geht über den Kehrwiedersteg und passiert die Front der alten Speicher. Werbe- oder Eventagenturen und Computerfirmen wechseln sich mit Cafés und den letzten verbliebenen Lagergesellschaften ab. Schließlich erreicht sie das Miniaturwunderland und stellt sich hinter einer Schulklasse an.

Die etwa zehnjährigen Kinder sind um diese späte Vormittagsstunde in Höchstform. Die überforderte Lehrerin versucht eine Prügelei zu verhindern, indem sie einen rothaarigen Streithahn ans Ende der Schlange strafversetzt.

Herausfordernd sieht er jetzt Lina an, die unwillkürlich einen Schritt zurückweicht, weil sie einen Tritt gegen ihr Schienbein befürchtet. Doch der Junge reagiert seine Wut an einer leeren Coladose ab und kickt sie in Richtung der Lehrerin, die sich gerade einem Mädchen zuwendet.

Eine halbe Stunde später kauft Lina am Besuchertresen eine Eintrittskarte und geht durch das Drehkreuz. Kurz überlegt sie, schon an der Kasse nach Patrick Kelmes zu fragen, entscheidet sich aber dann doch dafür, zuerst die Anlage zu besichtigen, die als größte Modelleisenbahn der Welt gilt.

Sie geht vorbei an Vitrinen mit Merchandising-Produkten und entdeckt eine dem Schweizer Bergland nachempfundene Modelllandschaft. Daran schließt ein unglaubliches Gewirr aus Straßen und Schienen an, die unterschiedlichste Gegenden und realistisch und minutiös nachgebildete Städte und Dörfer durchkreuzen. Hier werden kleine Szenen dargestellt, Demonstrationen streikender Arbeiter, Menschen im Freibad oder auch ein Flughafenareal mit startenden und landenden Maschinen. In Ministraßenzügen flanieren Figürchen, shoppen oder essen Eis.

Nach einer Viertelstunde wird der Raum langsam für das Nachtprogramm abgedunkelt. Mit Beginn der Dämmerung werden die Lichter der Busse, Personenwagen, LKWs, Straßenlaternen, Häuser und Lokomotiven eingeschaltet, und eine Minifeuerwehr rast zu einem Schloss, in dem ein Feuer ausgebrochen ist.

Staunend stehen Kinder und Erwachsene davor und tauchen in diese Miniwelt ein, in der alles seinen Weg findet und offenbar noch seine Ordnung hat.

Lina bleibt vor dem Modell eines Gefängnisses stehen, in dem die Insassen auf Knopfdruck zu einem Spaziergang in den Innenhof aufbrechen. Dann schlendert sie hinüber zur Nachbildung eines Fußballstadions, in dem sogar die Blitzlichter der fotografierenden Fans nachgestellt werden.

Für ein paar Stunden in eine Welt eintauchen, die nach festen Regeln funktioniert und die man sich von oben ansehen kann. In der man mit ein paar Schritten aus der einen in die andere Landschaft gehen kann, aus dem einen Leben in das andere.

Wenn es einen Gott gibt, so kann man die Welt hier durch seine Augen sehen. Und ein wenig spüren, wie es ist, wenn man von oben auf das hinunterblickt, was die einen Schöpfung und die anderen Chaos nennen.

Lina findet einen Durchgang zu einem der Nebenräume, in dem in Glasvitrinen historische Eisenbahnmodelle aufbewahrt werden. Sie spricht eine junge Frau an, die laut Abzeichen auf ihrem Sweatshirt hier arbeitet. Als Lina den Namen »Patrick Kelmes« nennt, zeigt die Frau auf einen weiteren Durchgang und sagt: »Der bastelt gerade am alten Hamburg.«

Lina bleibt einen Augenblick in der Tür stehen und beobachtet den Mann, der eine Straßenbahn von den Schienen der hier separat aufgebauten Hamburger Straßenzüge hebt. Auf etwa fünf Quadratmetern wurde hier ein Hamburger Stadtviertel nachgebaut, so wie es kurz nach dem Zweiten Weltkrieg aussah. Zerstörte und beschädigte Gründerzeithäuser, Briketts vor den Hauseingängen, Trümmerberge, Jugendliche, die einen mit Kohle beladenen Zug entern. Dazwischen finden sich die ersten amerikanisch anmutenden Reklametafeln, Autos und Karren, die von Hunden gezogen werden, Männer, die in Arbeitsanzügen an Strom- und Gasleitungen arbeiten. Von einem Sockel ist ein Hakenkreuz heruntergebrochen.

Lina schätzt das Alter von Patrick Kelmes auf Mitte dreißig. Schlanke sportliche Figur, dunkle Haare mit grauen Strähnen, eine Narbe auf der rechten Wange. Seine rechte Hand ist verbunden, und es sieht so aus, als würde ein Finger fehlen. Sie hatte den Mann damals vor der Fahrt nach Hooge nur kurz auf dem Bahnsteig gesehen und hätte ihn jetzt nicht wiedererkannt. Völlig konzentriert betrachtet er die Unterseite der Straßenbahn, zieht einen Schraubenzieher aus der Hemdtasche und klopft dagegen.

»Patrick Kelmes?«, fragt Lina.

Der Mann zuckt zusammen. Er macht den Eindruck, als müsste er sich in der realen Welt erst einmal orientieren. Lina fallen die tiefen Furchen über seiner Stirn ebenso auf wie seine leicht geschwollenen Augen. Unvermittelt beginnen seine Hände zu zittern.

»Ja?«, sagt er mit kaum hörbarer Stimme.

»Ich bin … nun, ich war eine Freundin von Carolin. Ich heiße Lina Andersen. Wir haben uns mal auf dem Bahnsteig gesehen, als die Therapiegruppe gemeinsam nach Hooge gereist ist.«

»Ja«, sagt Patrick Kelmes. »Carolin hat Sie mal erwähnt. Aber eine Freundin?«

»Stimmt«, sagt Lina. »Wir waren eher Bekannte.«

Vorsichtig stellt er die Straßenbahn auf die Schienen und zieht dann einen Lappen aus der Hose, mit dem er sich das Maschinenöl von der einen Hand wischt.

»Um was geht es denn?«

»Mir sind einige Dinge aufgefallen.«

»So?«

Er wirkt nicht sonderlich interessiert.

»Außerdem habe ich Carolins Leiche gefunden. Ich bin Polizistin.«

Seine Schultern straffen sich sofort, und er stellt die Straßenbahn achtlos auf die Schienen zurück.

Etwas zuckt in seinem Gesicht, und Lina sieht, dass ihm die Tränen kommen.

»Ja?«

»Wissen Sie, Carolin hat mich kurz vor ihrem Tod besucht.«

»Sie hatte sich von mir getrennt«, sagt Kelmes. »Ist vor ein paar Wochen ausgezogen und hat den Kontakt zu mir abgebrochen.«

»Sie hat über Monster gesprochen, als sie bei mir war. Wissen Sie etwas davon? Wissen Sie vielleicht, wen sie damit gemeint haben könnte?«

Kelmes verzieht die Lippen zu einem ironischen Grinsen.

»Das kann ich Ihnen sogar genau sagen. Mich hat sie damit gemeint.«

»Wieso sind Sie ein Monster?«

»Weil ich ein Idiot bin. Ganz einfach.«

»Sie haben sie betrogen?«

»Ich weiß nicht, was Sie das überhaupt angeht. Ermitteln Sie? Ich habe der Polizei schon alles gesagt, was ich weiß. Fragen Sie Ihre Kollegen.«

»Haben Sie eine Ahnung, warum sie mich kurz vor ihrem Tod aufgesucht hat?«

»Sie hat immer sofort aufgelegt, wenn ich sie angerufen habe. Also bin ich zu ihr hin, aber sie hat mir nicht geöffnet«, sagt er, ohne auf Linas Frage einzugehen.

»Und Sie haben keine Ahnung, wieso Carolin ausgerechnet zu mir gekommen ist?«, versucht es Lina erneut.

»Nun, sie hat große Stücke auf Sie gehalten«, sagt Kelmes und wischt sich mit dem Handrücken über die Stirn. »Vielleicht wollte sie mit Ihnen über die anderen Frauen aus dieser Therapiegruppe sprechen? Was weiß denn ich?«

»Sie stand mit den anderen Frauen also in Kontakt?«

»Mehr oder weniger. Aber eigentlich …«

Kelmes zögert.

»Ja?«

»Sie hat sich mit denen nicht wohlgefühlt. Ich hätte sie verflucht noch mal nicht so oft allein lassen sollen.«

»Hat sie sich gefürchtet? Hatte sie Angst vor dem Alleinsein?«

»Wir arbeiten hier hauptsächlich nachts«, sagt Kelmes. »Wenn die Anlage stillsteht, muss alles entstaubt, gewartet und repariert werden. Wir haben Bereitschaftsdienste, da muss jeder mit ran. Das geht nicht anders.«

»War das denn der Grund für die Trennung?«

Patrick Kelmes nickt und sieht aus dem Fenster, bevor er sich Lina wieder zuwendet.

»Ich hatte eine einzige Frauengeschichte. Einmal. Ich war betrunken, es war ein absoluter Ausrutscher. Und dann geh ich Idiot am nächsten Morgen zu ihr und beichte. Ich bin so ein Idiot!«

»Nur einmal?«, fragt Lina, und ihre Skepsis ist deutlicher herauszuhören, als sie das beabsichtigt hat.

»Nur einmal. Ich weiß, sie hat geglaubt, dass … aber das ist Unsinn. Es war nur einmal.«

»Und die Wohnung, in der sie gewohnt hat?«

»Ist die Bude von einem ihrer Freunde, der im Ausland ist, ein gewisser Kostja irgendwas. Der weiß noch gar nicht, was passiert ist. Ich würde mich da gern mal umsehen. Wie sie so gelebt hat und so.«

»Da müssten Sie die Mordkommission fragen«, sagt Lina.

»Die Mordkommission?«, fragt Kelmes.

Seine Überraschung ist echt. Er geht offenbar davon aus, dass Carolin sich umgebracht hat.

»Sie wurden aber schon von meinen Kollegen befragt?«, sagt Lina.

»Ja, aber ich hab gedacht, das ist Routine. Wurde sie denn …«

Lina erklärt ihm, dass sie sich dazu nicht äußern darf.

Patrick Kelmes sieht sie irritiert an und fragt: »Sie hat sich nicht selbst …?«

»Darüber müssen Sie wirklich mit Sven Emmert von der Kriminalpolizei reden.«

Lina hinterlässt ihre Visitenkarte für den Fall, dass ihm noch etwas einfallen sollte. Ohne ein Wort zu sagen, nimmt er die Karte.

Lina spürt, dass er ihr hinterhersieht.

Sie dreht sich noch einmal um und fragt: »Was ist eigentlich mit Ihrem Finger passiert?«

»Nichts.«

»Sieht aus, als wäre er …«

»Das glauben Sie mir ebenso wenig wie Ihre Kollegen.«

»Arbeitsunfall?«

Der Mann winkt müde ab und wendet sich wieder seinen Modellen zu.

»Nun kommen Sie schon. Was ist passiert?«

»Ein Einbruch. Jemand hat mir im Schlaf den Finger abgeschnitten.«

»Einbruch?«, fragt Lina.

»Ist durch die Terrassentür rein und hat mir den Finger abgeschnitten. So wie es aussieht mit einer Gartenschere. Ich hab zu spät reagiert. Der Typ ist abgehauen.«

»Sie konnten ihn nicht festhalten?«, fragt Lina ungläubig.

»Ich hatte was getrunken«, sagt Patrick Kelmes.

»Könnte das Carolin …?«

»Unsinn. Dazu wäre sie niemals fähig.«

»Finger kann man wieder annähen«, sagt Lina.

Patrick Kelmes nickt.

»Er hat ihn mitgenommen. Wie eine Trophäe. Einfach mitgenommen.«

Lina macht sich auf den Heimweg. Im Gehen ruft sie Alex an. Sie muss ihn heute noch treffen.

Die Freistellung vom Dienst löst Trostlosigkeit in ihr aus. Plötzlich keine Aufgabe, kein Rhythmus mehr. Damit konnte sie noch nie gut umgehen. Aus diesem Grund hat sie früher nie die Schule geschwänzt und insgesamt nur drei Mal wegen fiebriger Erkältungen gefehlt.

Eine Stunde später ist sie zu Hause. Sie war bis jetzt das Gefühl nicht losgeworden, dass jemand sie verfolgt hat. Sie kennt dieses Gefühl und weiß, dass sie aufpassen muss, um nicht in einen ausgewachsenen Verfolgungswahn zu kippen.

Lina stellt einen Küchenstuhl auf den Balkon, setzt sich, steckt sich eine Zigarette an und inhaliert tief. Die Sonne wärmt ihr Gesicht, und der abendliche Verkehrslärm entspannt sie.

Sie widersteht dem Impuls, auf die Straße hinunterzusehen und nach Kollegen von Sven Ausschau zu halten, die sie möglicherweise observieren. Was sollten sie auch schon groß beobachten? Verdächtige Person sitzt auf ihrem kleinen Balkon und raucht eine Zigarette. Ende des Observationsprotokolls. Am Morgen war sie momentelang davon überzeugt, dass sie von gegenüber aus einem Auto beobachtet wurde, doch dann stieg eine Frau mit Einkaufstüten ein, und es fuhr davon. Letzten Endes spielt es keine Rolle, ob man sie observiert oder nicht. Sie muss bei ihrer Strategie bleiben: nicht auffallen. Nicht zu demonstrativ Ruhe zur Schau stellen. Sven ist nicht dumm.

Die Uhr zeigt halb sechs, als sie sich eine Jeansjacke

überzieht, ihr Portemonnaie einsteckt und ihre Wohnung verlässt. Auch diesmal vermeidet sie es, den Handlauf in dem verschmutzten Treppenhaus zu berühren.

Hinter der Scheibe des Tattooladens sitzen vier Kunden und stöbern in Motivkatalogen, unter ihnen auch ein spät entschlossener Herr um die sechzig. Ob es eine HSV-Raute, ein Drache oder eine Schmuckverzierung werden soll – sein Gesicht verrät einen geradezu kindlichen Stolz darauf, sich durchgerungen zu haben. Geschichten, denkt Lina, was geht mich das an.

Sie geht in den Thai-Imbiss nebenan, sagt zur Begrüßung »Sawasdee kar«, nimmt sich ein Singha-Bier aus dem Kühlschrank und erklärt der freundlichen Kellnerin, sie warte noch auf jemanden.

Fünf Minuten später kommt Alex. Auf seiner Stirn perlt der Schweiß. Statt der Uniform trägt er eine schwarze Lederjacke, wie sie in den 1980er Jahren mal modern war.

»Keine Sorge, Alex«, sagt Lina, die sofort seine nervösen Blicke bemerkt. »Niemand erfährt ein Sterbenswörtchen.«

»Wenn ich meine Pension verliere, dann …«

»… ziehst du bei mir ein, Alex.«

»Erzähl das mal meiner Frau. Herrje, Lina, muss das denn unbedingt sein?«

»Du spielst doch immer Odysseus, den Listenreichen, und jetzt hast du Angst um deine Pension?«

Alex sieht sich um, entdeckt den Kühlschrank und holt sich eine Flasche Bier.

»Wie wär's, ich lad dich zu einer Tom-Yam-Suppe ein. Die wird dich beruhigen.«

»Ne, lass mal«, sagt er und nippt an seinem Bier.

»Und?«, fragt Lina.

»Du hast keine Ahnung. So was liegt nicht einfach auf dem Schreibtisch rum, ich hab …«

»Ich will's gar nicht wissen«, sagt Lina. »Hast du's?«

»Was heißt, du willst das gar nicht wissen? Wenn das rauskommt …«

»Nun krieg dich mal wieder ein.«

Alex blickt durch die große Scheibe nach draußen.

»Die Luft ist rein«, sagt Lina, die sich auf einmal vorkommt wie in einer Szene aus einem Mafiafilm.

Ohne den Bürgersteig vor dem Imbiss aus den Augen zu lassen, fährt Alex mit der rechten Hand in die Innentasche seiner Lederjacke und steckt ihr unter dem Tisch einen Umschlag zu, den Lina in ihrer Jeansjacke verstaut.

Währenddessen trommelt Alex nervös auf die Tischplatte.

»Hey, so ein Dienstsiegel ist keine besondere Sache. Oder hast du schon mal jemanden erlebt, der die Dinger nachzählt?«

»Nein, aber …«

»Wir haben uns hier auf ein Bier getroffen. Ich hab dir mein Leid geklagt, weil mir die Decke auf den Kopf fällt. So einfach ist das.«

Alex leert die Flasche und macht Anstalten zu gehen.

»Wirklich nichts essen?«, fragt Lina.

»Ich geh jetzt in den Supermarkt, kauf mir 'ne Flasche Ouzo und träum davon, wie ich auf Rhodos die leeren Flaschen der Touristen einsammle«, sagt Alex.

Vor dem Ausgang dreht er sich noch einmal um. »Lina, sei vorsichtig! Emmert ist in der Wache aufgetaucht und hat gefragt, ob uns in letzter Zeit was Besonderes an dir aufgefallen ist. Dann ist er das Wachbuch von dem Abend durchgegangen, an dem wir Carolin Scharnhövt gefunden haben. Hat noch mal nachgefragt, wann der Anruf von den Nachbarn einging und wer genau uns zu der Wohnung beordert hat. Jeden Namen wollte er wissen. Und auch, ob die Uhrzeiten absolut korrekt sind.«

Lina nickt. »Ist sein Job. Und …«

»Ja?«

»Danke, Alex.«

Eine Stunde später steht Lina vor Carolins Wohnungstür und schlitzt mit ihrem Wohnungsschlüssel das Siegel auf. Aus der Wohnung schlägt ihr muffiger Geruch entgegen.

Im Flur hängt Carolins Jacke. An dem Haken daneben eine Tüte, in die die Spurensicherer die Plastiküberschuhe geworfen haben. Lina wirft einen Blick in das Schlafzimmer, in dem nur noch das Bettgestell steht. Matratze und Bettwäsche müssen die Forensiker ins Labor geschafft haben. Auf dem Boden sind schwarze Flecken von getrocknetem Blut.

Lina hat das Zimmer viel kleiner in Erinnerung. An den Wänden hängen Fotos von schmalen Häusergassen irgendwo in Südeuropa. Sie bemerkt sie erst jetzt. Einsam muss Carolin gewesen sein, denkt Lina, einsam und voller Angst.

Auf dem Nachttisch steht ein Foto, das Carolin mit Patrick Kelmes zeigt, daneben das Telefon. Lina kann sich plötzlich gut vorstellen, wie Carolin im Bett liegt und auf einen Anruf wartet, um im Fall des Falles den Hörer doch nicht abzunehmen.

Seltsam aber sind die beiden Puppen auf der Fensterbank. Pausbäckige Mädchengesichter, frisch gebügelte weiße Kleidchen, die Haare ordentlich gekämmt, beide tragen eine Spange. Daneben stehen eine verwelkte Rose und ein Teller, auf dem in geschwungener Schrift »Carolin« steht.

Dieses Ensemble auf dem Fensterbrett wirkt auf Lina fast wie ein Altar, ein Abschiedsarrangement: Weiß für die Unschuld, die verwelkte Rose, und auf dem Teller könnte ein Abschiedsbrief gelegen haben.

Lina streicht mit dem Finger über den Teller. Dann geht sie ins Wohnzimmer. Sie setzt sich auf die Couch und scannt das Zimmer noch einmal Quadratzentimeter um Quadratzentimeter ab. Tisch, Schrank, Regal, Sessel und Schreibtisch dürften von dem eigentlichen Mieter ausgesucht worden sein. Bilder, Dekorationen und die Tischdecke muss Carolin hinzugefügt haben.

Ist sie hier den Monstern begegnet?

Im Regal stehen Dutzende von Ratgebern, in denen abgegriffene Merkzettel stecken, etwas unordentlich davor diverse Nippes-Figuren und eine afrikanische Maske. Kaufhausware, denkt Lina und nimmt die aus Holz geschnitzte und lieblos bemalte Maske, die ein Frauengesicht mit einem spitz geöffneten Kussmund darstellt, in die Hand. Als sie sie anhebt, fällt ein streichholzschachtelgroßer Plastikwürfel mit einer Kameralinse hinunter. Ausgeklappt ist eine kleine Funkantenne, die die Bilder wahrscheinlich auf einen Computer sendet.

Was hatte Carolin mit der Kamera aufgenommen? Oder wurde sie womöglich ausspioniert? Die Linse zeigt zum Flur. Nicht gerade spektakulär. Lina untersucht die Maske genauer und entdeckt eine Öse, an der man sie aufhängen kann. Sie geht ins Schlafzimmer, kann aber keine entsprechende Halterung entdecken. Sie fährt mit der Hand über die Wände und wird schließlich genau gegenüber dem Bett fündig. Möglich, dass die Maskenkamera genau hier hing. Aber was sollte das? Carolin war sicher nicht der Typ Frau, der sich beim Liebesspiel filmte. Undenkbar.

Lina geht zurück ins Wohnzimmer und wirft einen Blick auf den Schreibtisch. Netz- und Stromkabel deuten darauf hin, dass hier ein Computer stand. Der war wohl zur Auswertung ins Präsidium geschafft worden. Sie öffnet die obere Schreibtischschublade. Sie ist randvoll mit Notizzetteln gefüllt. »Lebe den nächsten Tag, als wäre es dein erster«, liest sie, »Im Prozess des Loslassens erst blüht die wahre Liebe auf«, »Kosmische Liebe zeigt sich in Liebe zu allen Dingen«. Glückskeks-Prosa. Auf einem anderen Zettel steht der Name »Jakob«. Lina greift tiefer in die Lade hinein und findet einen Zettel, auf dem »Club Chica« und eine Adresse auf der Reeperbahn steht. Daneben hatte Carolin »Wir alle?« notiert.

»Du suchst sicher das hier«, sagt plötzlich eine bekannte Stimme hinter ihr.

Lina zuckt erschrocken zusammen und fährt herum. Vor ihr steht Sven Emmert und hält eine Plastiktüte mit einem weiteren Zettel in die Höhe. »Lina, traust du uns etwa nicht zu, dass wir unsere Arbeit vernünftig machen?«

Da liegst du nicht ganz falsch, würde Lina am liebsten sagen, doch sie antwortet tonlos: »Erwischt.«

»Kann man wohl sagen. Wie wolltest du denn das Dienstsiegel vor der Tür wieder in Ordnung bringen? Mit Nagellack?«

»Hab ich noch nicht drüber nachgedacht, du weißt, wie unüberlegt ich sein kann. Was ist das?«

Sie zeigt auf den Zettel in der Tüte, die Sven immer noch in der Hand hält.

»Das Zettelchen hier?«

»Nein, deine geschmacklose Krawatte! Also?«

»Es geht dich zwar nichts an, aber vielleicht spielen wir das Spiel: Ich geb dir was, wenn du mir was gibst.«

»Ich lasse dir den Vortritt«, sagt Lina. »Also? Des Rätsels Lösung?«

»Es ist die Quittung über einen im Versandhandel gekauften Dildo.«

»Na und? Ist es *der* Dildo?«

»Wir ermitteln noch.«

»Das hast sicher du übernommen. Mit Sexspielzeug kennst du dich ja aus.«

»Du bewegst dich auf sehr dünnem Eis«, sagt Sven. »Dieses kleine Stück Papier ist der Grund, warum wir deine Freundin Astrid zur Fahndung ausgeschrieben haben.«

»Meine Freundin?«

»Oh ja. Aber eins nach dem anderen.«

»Den Dildo hat Astrid Karsow anscheinend bestellt. Ihre Anschrift ist jedenfalls als Lieferadresse angegeben.«

»Lass mich raten. Diesen Zettel habt ihr hier in der Wohnung gefunden.«

»Jeder Täter, pardon, jede Täterin macht Fehler.«

»Na, das ist ja wunderbar. Zumal deine Täterin demnach die Intelligenz eines Schuhkartons haben muss. Wieso kreuzt du eigentlich hier auf?«

Lina bemüht sich um ein ironisches Lächeln, als sie hinzufügt: »Werde ich vielleicht observiert?«

»So eine Observation ist teuer, und Personal ist knapp.«

»Du bist also zufällig hier. Und du hast zufällig das wichtige Beweisstück in der Tasche?«

»GPS«, sagt Sven.

»Du hast mein Handy geortet?«

»Himmel, Lina. Du steckst in dieser Sache drin, und ich

mache mir einfach Sorgen. Arbeite mit mir zusammen, und wir können diese Spielchen lassen.«

Du spielst mit mir, seit wir uns das erste Mal getroffen haben, denkt sie. Doch sie tut so, als würde sie über seine Worte nachdenken. Es ist zu früh, jetzt dichtzumachen. Sie braucht Informationen. Sie muss herausfinden, wie weit die Mordkommission tatsächlich ist und ob diese lächerliche Quittung und die Handschrift auf dem Foto alles ist, was sie gegen Astrid in der Hand haben.

»Und?«, fragt Sven. »Was hast du für mich?«

Ihre Gedanken rasen. Er hat sich inzwischen über die Therapiegruppe informiert. Er darf auf keinen Fall rauskriegen, dass Astrid bei ihr in der Wohnung war. Linas Blick fällt auf das Regal, und da kommt ihr die rettende Idee. Warum nicht?

»Observation«, sagt sie.

»Ich bitte dich, nicht auch noch Verfolgungswahn.«

Anspielung auf die Therapie. Diese Nadelstiche werden zunehmen, aber sie darf sich davon nicht kirre machen lassen. Kirre ist ein schönes Wort, denkt Lina und zeigt auf das Regal.

»Sieh dir die Maske mal genauer an«, sagt sie.

»Wollen wir jetzt zusammen Geister beschwören?«, erwidert Sven, steckt den Plastikbeutel mit der Quittung in seine Jackentasche und geht zum Regal. Als er die Maske in die Hand nimmt, fällt wieder die Funkkamera auf den Boden.

Er bückt sich, hebt sie auf und stößt einen Fluch aus.

»Das heißt, ihr habt die Filme, die mit dieser Kamera aufgenommen wurden, nicht auf Carolins Computer gefunden?«

Sven reagiert nicht und sagt: »Die Spurensicherung

knöpfe ich mir vor. Denen reiße ich die Murmel von der Schulter.«

»Na ja, geschickt versteckt zwischen all dem Nippes.«

»Trotzdem, so etwas darf nicht übersehen werden. Das ist ganz ausgeschlossen.«

Er stellt sich vor die Schrankwand und sieht in die Aufnahmerichtung der Linse.

»Und was soll das? Hat sie einen Film über ihre einsamen Abende gedreht oder was?«

»Sag du es mir.«

Sven zieht seine Gummihandschuhe über, betrachtet die Kamera von allen Seiten und beschließt, sie trotz der Fingerabdrücke, die Lina und er hinterlassen haben, ins Labor zu geben. Vielleicht lassen sich weitere Fingerabdrücke festmachen.

»Vielleicht hat sie jemanden erpresst? Sich beim Sex mit einem braven Familienvater gefilmt und ihm das Filmchen dann verkauft.«

»Carolin?«, sagt Lina. »Ausgeschlossen.«

»Entschuldige, ich kannte sie nicht, und du hältst dich ja mit Informationen und Einschätzungen auffällig zurück.«

»Wundert dich das? Du hast mich in deinem Büro heimlich mit einer Kamera beobachtet. Darauf reagiere ich allergisch.«

»Das ist etwas anderes.«

Etwas anderes. Was Sven Emmert macht, ist immer etwas anderes. Hat immer einen besonderen Grund. Muss immer auf seine Weise gemacht werden. Sven Emmert und sein Handeln sind Naturgesetz …

»Auch möglich, dass deine Freundin Astrid die Wohnung für diese Filme … nun, sagen wir, gebucht hat. Wäre doch möglich. Aber wieso hier im Wohnzimmer?«

»Hör mit diesem Freundinnenkram auf. Ich kenne die Frau kaum.«

»In so einer Therapie kommt man sich doch sicher viel näher«, sagt Sven. »Wenn man da hingeht, will man sein Herz ausschütten, sich mitteilen, sich in den Arm nehmen lassen…«

Klar, du Idiot musst es ja wissen, denkt Lina, und sowieso hast du so was nicht nötig. Ich werde dir jedenfalls kein Wort über den Nagel im Schlafzimmer erzählen, an dem die Maske mit der Kamera vermutlich hing. Find das selber raus, Sven Emmert. Du brauchst Erfolgserlebnisse.

»Schön. Weder Carolin noch Astrid sind deine Freundinnen. Warum schnüffelt Astrid dann in deiner Vergangenheit herum?«

»Tut sie das?«

»Zweifellos.«

Treffer. Sven auf der Burgmauer. Er hisst die Siegesfahne der Platzhirschen. Jetzt muss sie demütig sein. Brav. Er darf jetzt die Zugbrücke auf keinen Fall hochziehen. Sie muss ihm eine weitere Information in Aussicht stellen.

»Wenn sie sich tatsächlich für mein Leben interessiert, und ich betone *wenn*, dann aus einem anderen Grund.«

»Und der wäre?«, fragt Sven.

»Schritt für Schritt. Was heißt, sie interessiert sich für mich?«

»Du weißt, sie ist Beamtin.«

»Und?«

»Lina, sie hat Informationen über dich gesammelt. Beim Jugendamt. Alte Akten. Die bei Behörden arbeiten, haben Zugang zu solchen Akten.«

Lina fährt betroffen zusammen und kann es nicht verbergen. Sven steht triumphierend vor ihr und setzt sein verständnisvolles Gesicht auf.

»Wir haben sie natürlich unter die Lupe genommen. Sie hat die Akten über dich schon vor ein paar Wochen angefordert. Hättest du mir mal ein Wort darüber erzählt, dass du in einer Pflegefamilie aufgewachsen bist, dann …«

»Dann?«

»… hätte ich in manchen Situationen bestimmt anders reagiert. Ich hätte verstanden, warum du …«

»Hör auf«, sagt Lina und macht Anstalten zu gehen.

»Du hast etwas vergessen«, sagt Sven.

Nein, so einfach ist er nicht zu übertölpeln. Er will diesen Fall klären. Seine Punkte sammeln. Seiner Frau oder sonst wem beweisen, was für ein Held er ist. Er lässt sie nicht aus der Tür, nur weil sie die beleidigte Leberwurst spielt.

»Also«, sagt Sven. »Welchen Grund könnte sie gehabt haben, in alten Unterlagen über dich herumzuwühlen? Erst dachte ich, dass du sie um diesen Gefallen gebeten hast. Also, warum interessiert sie sich für deine Pflegefamilie und die Adoptionspapiere?«

»Weil sie verliebt ist in mich?«, sagt Lina, zuckt mit den Achseln und lässt Sven allein in der Wohnung zurück.

Wenn ich Angst habe, stecke ich sie in den Beutel der Dummheit. Er hängt neben meinem Bett. Am Kopfende. Die Rote weiß nichts davon.

»Unser Geheimnis«, sagt der Weiße Drache aus dem Schrank.

»Aber es wird wieder wehtun!«

»Pack die Schmerzen in den Beutel der Dummheit«, sagt der Weiße Drache. »Denk nicht darüber nach. Und jetzt geh.«

»Wohin denn?«

»Hörst du ihn denn nicht, Dummchen? Er liegt in der Badewanne und ruft dich. Geh.«

»Aber dann kannst du mich nicht sehen, mich nicht beschützen.«

»Freu dich. Die Wanne ist zu klein für die Rote.«

»Kannst du nicht durch das Schlüsselloch sehen?«

»Ich bin wie der Beutel der Dummheit. Er ist immer da. Ich bin immer da. Denk an die Kreise auf deinem Rücken. Wenn du es in den Mund nehmen musst, dann denk an die Kreise. Und dass es nur Schaum ist. Schaum, der klebt. Und bitter schmeckt. Und dann wirfst du das Bittere in den Beutel der Dummheit. Schlucke es nicht hinunter. Davon bekommt man Kinder.«

13

Erst am frühen Morgen war Lina eingeschlafen und hatte sich gegen Mittag aus dem Bett geschält. Ohne Kaffee und Frühstück war sie zum Hafen gefahren.

Sie schaut jetzt vom Anleger aus aufs Wasser. Der Wind bläst ihr kalt ins Gesicht, und sie knöpft sich die Jacke zu.

Eine Tatverdächtige, die in mich verliebt ist, das wird ihn antörnen, denkt sie, und wenn er angetörnt ist, dann wird er unvorsichtig. Sie stellt sich vor, wie er in seinem Büro mit dem Bleistift auf den Tisch klopft und mit den Kollegen einen Lesbenmord zusammenfantasiert, der Dildo, ha, ha, dass wir da nicht früher darauf gekommen sind …

Die Kamera liegt nicht grundlos in Carolins Wohnung. Unwahrscheinlich, dass sie dem verreisten Wohnungsinhaber gehört. Der hätte sie sicher weggeräumt. Was wurde in der Wohnung gefilmt?

Und warum schnüffelt Astrid in ihrer Vergangenheit herum, warum hat sie ihr kein Wort davon gesagt, nicht mal eine Andeutung gemacht?

Auf Hooge hatte Lina von ihrer Pflegefamilie erzählt. Allgemeine Dinge. Nichts Besonderes. Außer … aber das kann niemand wissen. Darüber hatte sie ganz sicher noch nie mit jemandem gesprochen. Nicht einmal im Schlaf. Hofft sie jedenfalls. Im Schlaf verstummt sie, spätestens wenn wieder das Blut unter der Tür hindurch über die weißen Kacheln fließt.

Ein Fährschiff kommt näher, seine Schiffsschrauben wühlen das Hafenwasser auf. Dann ziehen die an der Bordwand angebrachten Magneten das Schiff an den Pier und halten es fest. Automatisch fährt die Gangway aus und legt sich mit einem Schaben auf den Anleger. Eine Gruppe von Passagieren verlässt das Schiff und eilt die Brücke hinauf.

Hinter Lina hat sich inzwischen eine Menschentraube gebildet, die anfängt zu drängeln, um schnell auf das Schiff zu gelangen. »Immer der Reihe nach«, sagt ein älterer Mann zu Lina, doch sie hat gar keine Chance, sich gegen den Pulk zu stemmen. Sie lässt sich mittreiben und steigt die Treppe hinauf aufs Deck.

Weiter draußen auf der Elbe zieht ein Raddampfer vorbei, dessen Schaufelrad sich malerisch dreht, obwohl das Schiff von einer Schraube angetrieben wird.

Bewegung ist Urlaub. Bewegung schiebt die Gedanken weg.

Lina denkt, dass sie die Karten nutzen muss, die sie in

die Hand bekommen hat. Sie kann nicht erwarten, dass Sven ihr weitere Ermittlungsergebnisse frei Haus liefert. Wenn auch nur die geringste Aussicht darauf besteht, irgendwann wieder normal leben zu können, nicht aufzufallen, dann muss sie handeln. Sie ist in einen Mordfall verwickelt. Und diese Verwicklung muss irgendetwas mit ihrer Vergangenheit zu tun haben.

Die Schiffsschrauben wühlen das Wasser auf, und die Fähre löst sich vom Anleger. Ein Rattern geht durch das Schiff, und dann nimmt es Fahrt Richtung Oevelgönne auf.

Eine Frau am Nebentisch fischt ein belegtes Brot aus einer Tupperdose und schiebt es ihrem etwa vierjährigen Sohn in den Mund. Zwei japanische Touristen stehen mit kleinen Ferngläsern an der Reling. Die Fähre gleitet an Lagerhallen, Anlegern und Bürogebäuden vorbei, an einem Kühlturm, der zu einer Seniorenresidenz umgebaut wurde, mit einem eigenen Tunnel, durch den die Bestattungsunternehmen ihre Fracht abholen, damit ihr Anblick den zahlungskräftigen Alten nicht die Laune vermiest. Nach dem Leben wird's immer unterirdisch. Dabei stellt Lina sich die Fahrt im Leichenwagen noch am schönsten vor. Bewegung ist immer gut.

Die Fähre steuert auf den Oevelgönner Fähranleger zu. Festgemacht sind hier die Museumsschiffe, die vor mehr als hundert Jahren unter Segeln oder dampfgetrieben als Fischkutter, Zollboote oder Schlepper durch das Elbwasser pflügten.

Ein Restaurant und ein kleinerer Imbiss versorgen die Besucher mit Kaffee, Kuchen, Bier und Fischbrötchen.

Che Ling steht im Trenchcoat am Anleger und wartet. Selbst auf die Entfernung kann Lina ihm ansehen, dass er sich nicht auf ihr Treffen freut. Dennoch hat er sich zum Glück darauf eingelassen und sich mit einem Fotoapparat um den Hals perfekt als Tourist getarnt.

Lina war niemand sonst eingefallen, den sie hätte fragen können. Ihr Kollege Alex ist für diese Aufgabe denkbar ungeeignet. Schon aus schlechtem Gewissen seiner Frau gegenüber würde ihm auf der Reeperbahn der Schweiß ausbrechen. Aber dort musste sie hin, wenn sie mehr herausfinden wollte, so viel war klar.

Wegen Che Lings krimineller Vorgeschichte muss sie jedenfalls nicht fürchten, dass er einen guten Draht zur Polizei hat.

Lina geht an ihm vorbei und setzt sich auf eine der Bänke am Anleger. Che Ling folgt ihr unauffällig, beflissen mit seiner Kamera hantierend und fotografierend, und setzt sich dann wie zufällig neben sie.

Lina findet seine vorsichtige und etwas unsichere Art sympathisch.

»Ich lächle Sie jetzt an, wie chinesische Touristen das zu tun pflegen, und frage Sie nach dem Weg«, flüstert Che und sieht Lina nervös an.

»Keine Sorge, das mit meiner Beschattung ist nur ein Verdacht«, sagt Lina leise. »Ich hab hier niemanden gesehen, der von der Mordkommission sein könnte. Auch die Mafia ist nicht hinter uns her.«

»Dann könnten wir dieses Theaterspielen ja lassen«, erwidert Che Ling. »Ehrlich gesagt habe ich nicht verstanden, worum es eigentlich geht.«

»Ich hab es auch noch nicht richtig erklärt.«

»Ich weiß, dass Sie Polizistin sind, aber das sag ich gleich: In illegale Geschichten lass ich mich nicht reinziehen. Zwei Jahre Billwerder haben mir gereicht.«

Lina sieht sofort die Mauer der gefürchteten Strafanstalt in einer der trostlosesten Gegenden Hamburgs vor sich. Auch Schwerverbrecher sitzen dort ihre Strafen ab.

»Sie haben doch nichts Illegales vor?«, fragt Che, »oder, Frau Andersen?«

»Lina. Ich heiße Lina. Wir sollten uns duzen.«

»Gut. Lina. Aber ich fürchte, ich bin der Falsche. Du bist Polizistin, wenn dir die Polizei was anhängen will … tut mir leid, das ist eine höhere Liga.«

»Ich werde da in etwas reingezogen, aber ich weiß nicht von wem und warum«, sagt Lina. »Genau das will ich herausfinden.«

»Aber Sie … ähm, du und ich, wir kennen uns doch kaum.«

»Genau. Deshalb bist du ja auch perfekt. Es geht nur um ein paar kleine Auskünfte.«

Lina berichtet ihm von Carolins Besuch, von der Warnung vor Monstern und davon, dass sie kurze Zeit später Carolins Leiche gefunden hat.

»Und man entdeckte in der Wohnung eine Nachricht an mich, die Carolin nicht geschrieben haben kann.«

»Mord? Du willst mich allen Ernstes …«

»… nein, in gar nichts will ich dich reinziehen! Es geht nur um ein paar Auskünfte zu einer Therapiegruppe, mit der das irgendwie zusammenhängen muss.«

»Und mit dir«, sagte Che Ling und schießt aus Nervosität ein paar Fotos. Lina sieht ihm an, dass er hinter seinem Sucher fieberhaft nachdenkt.

»Das Beste ist«, sagt Lina, »ich kann dir weder etwas zahlen, noch gibt es eine Ehrenurkunde.«

Che nickt.

Dann schüttelt er den Kopf. »Ich kann das nicht machen. Ich bin vorbestraft. Wenn die Polizei rausfindet, dass ich … Dann bin ich wegen Behinderung von Mordermittlungen dran, und die sperren mich in einen Block mit den Hardcore-Insassen, und wie es da abgeht, willst du gar nicht wissen.«

Die Fähre überquert in einer Diagonale die Elbe und steuert Finkenwerder an. Möwen ziehen kreischend ihre Runden über dem Schiff und werden von ein paar Passagieren mit Keksen und Toastbrotscheiben gefüttert. Über ihnen fliegt ein riesiges Transportflugzeug die Airbus-Werke an, und vor ihnen rauscht ein gewaltiges Containerschiff unter chinesischer Flagge vorbei.

Che Ling verstaut seine Kamera in der Fototasche.

»Okay, es war eine blöde Idee«, sagt Lina. »Bitte behalt alles für dich, was ich dir erzählt habe.«

Er nickt stumm und geht die Treppe hinunter zum Ausgang. Lina schaut zum Anleger, wo Touristengruppen sich auf den Weg in eines der Finkenwerder Fischrestaurants machen. Der Ort wirkt verlassen. Die Ziegelbauten sehen aus, als würden sie sich ducken vor der Großstadthektik am anderen Ufer der Elbe. Unter ihr betritt Che Ling die Gangway und sieht noch einmal zu ihr hoch. Sie hebt ihre Hand zum Gruß.

Plötzlich bleibt er stehen. Sofort wird er von hinten angerempelt, schüttelt heftig den Kopf und kehrt auf das Schiff zurück.

Bei Lina angekommen sagt er: »So geht das nicht, ich kann dich da doch nicht als einsame Heldin an Bord zurücklassen wie in einem schlechten Film. Es ist ein verdammtes Risiko, und das weißt du, Lina. Also, was soll ich tun?«

Lina steckt ihm den Zettel aus Carolins Schublade zu,

auf dem die Adresse vom »Club Chica« und darunter »Wir alle?« steht.

»Und?«

»Bring bitte einfach in Erfahrung, ob und welche Frauen aus der Therapiegruppe dort gewesen sind. Ob sie auch in anderen Clubs waren, alles, was du sonst noch herausfinden kannst.«

»Einfach!«, sagt Che und schüttelt wieder den Kopf.

Lina zieht ein Gruppenfoto aus Hooge hervor. Auf der Rückseite stehen die Namen der Frauen entsprechend ihrer Anordnung auf dem Bild.

»Und wer ist er oder sie, die da auf dem Boden sitzt? Hat die keinen Namen?«

»Das ist Paul Ender.«

»Gehört der zu eurer Gruppe?«

»Ja«, sagt Lina. »Möglich, dass auch er mit im Club war.«

»Gut, ich soll also die Clubs durchkämmen und das Foto herumzeigen. Ich meine, die werden mich doch fragen, ob ich von der Polizei bin. Was soll ich dann sagen? Ich sei Partyveranstalter auf der Suche nach ein paar Stimmungskanonen?«

»Lass dir was einfallen.«

»Was ist mit den Auslagen? Sich da umzuhören kostet Geld.«

Lina reicht ihm einen Umschlag.

»Das sind 500 Euro. Mehr hab ich nicht.«

Che Ling starrt den Umschlag mit Bedauern an und sagt mit einem leisen Seufzer: »Steck's weg, das regeln wir später.«

Am Anleger Blankenese verlässt er die Fähre.

Lina fährt die Strecke zurück bis zu den Landungsbrücken. Soweit sie es beobachtet hat, ist Che Ling niemand gefolgt. Auch auf der Fähre fällt ihr niemand auf, der sie womöglich die ganze Zeit über begleitet und beschattet haben könnte.

Vor dem Hintergrund des aufragenden Falkensteiner Ufers flanieren Spaziergänger am Blankeneser Strand entlang.

Was hat Astrid in den Papieren vom Jugendamt über mich gesucht?, fragt sich Lina wieder. Wer hat der Polizei das Foto mit Astrids vermeintlicher Handschrift auf der Rückseite zugesteckt und sie dadurch zur Tatverdächtigen gemacht? Kann es sein, dass Astrid ihr etwas vorgemacht hat? Dass sie Carolins Mörderin ist?

Als sie zum Kaffeeausschank der Fähre geht, läutet ihr Handy. »Lina? Kannst du reden?«

Es ist Astrid. Sie klingt aufgeregt und gehetzt.

»Was schnüffelst du in alten Akten und …?«, platzt Lina sofort heraus.

»Lina, du musst mir jetzt zuhören, ich bitte dich!«

»Wir müssen uns treffen.«

»Ausgeschlossen. Jedenfalls nicht jetzt. Moment … warte kurz, da ist jemand an der Tür.«

Sie hört Astrids Schritte auf einem knarrenden Dielenboden. »Ja?«, sagt Astrid, dann rasselt eine Türkette. Plötzlich hört Lina einen Riesenkrach, als würde die Tür mit Gewalt aufgebrochen, dann das Geräusch von zersplitterndem Holz, und jemand brüllt im Hintergrund. »Astrid? Leg dich auf den Boden und streck die Arme auseinander. Sie müssen sehen …«

»Lina!«, hört Lina Astrids Stimme nun viel leiser. Also ist sie weiter weg vom Handy.

»Astrid?«, schreit sie ins Telefon. Sie stürzt in Panik aufs Deck hinauf, um einen besseren Empfang zu bekommen, dann wieder hinunter.

Ein Passagier neben ihr sieht sie erschrocken an.

»… nein …«, hört sie Astrids Stimme, »Lina! Denk an Ausflug und Vicky … Ausflug und Vicky.« Lina hört Astrid schreien, dann: »Nicht … nicht das Kabel … nein …«

In dem Moment wird die Verbindung abgebrochen.

Lina starrt ihr Handy fassungslos an. Dann sieht sie auf und bemerkt erst jetzt die umstehenden Leute, die ihre Gespräche unterbrochen haben und sie irritiert ansehen.

»Was ist denn passiert, um Gottes willen?«, fragt eine ältere Frau und legt ihre Hand auf Linas Arm. »Kann ich Ihnen helfen? Soll ich die Polizei rufen?«

Sie zieht ein Handy aus ihrer Handtasche.

Lina schüttelt den Kopf. Sie spürt den Schweiß auf ihrer Stirn, ihr Herz rast wie wild.

»Setzen Sie sich erst mal hin«, sagt die Frau und schiebt sie sanft zu einer Bank. »Ich weiß nicht, worum es in Ihrem Telefonat ging, aber vielleicht ist es ja alles gar nicht so schlimm.«

Lina setzt sich.

Plötzlich erscheint ein grell leuchtendes Bild vor ihr.

In dem Leuchten sieht sie ganz deutlich einen toten Jungen.

14

Was um Himmels willen ist mit Astrid passiert? Wer ist in ihre Wohnung eingedrungen? Was hat man ihr angetan? Oder hat Astrid etwas herausgefunden und einen Angriff auf sich vorgetäuscht? Nein, dazu klang das viel zu bedrohlich realistisch.

Das Kabel. Wer weiß über das Kabel Bescheid? Und darüber, was Lina mit diesem Kabel getan hat? Ist es eine Botschaft an sie gewesen?

Lina sitzt am Kanal. Stehendes Wasser. Nur ein paar Blasen blubbern an die Oberfläche, aufgestiegen aus den am Grund verlegten Plastikröhren, die den kümmerlichen Restbestand an Fischen mit Sauerstoff versorgen.

Erinnerungen kommen plötzlich von ganz tief unten an die Oberfläche.

Die Zeit, als sie damals in die Pflegefamilie kam. Alles war neu für sie. Sie erinnert sich an die Tischglocke, die regelmäßig zu den Essenszeiten geläutet wurde. An neue Kleider, ein eigenes Zimmer mit rosa Tapeten, Puppen. Dabei hatte sie vorher nie mit Puppen gespielt. Jedenfalls kann sie sich nicht daran erinnern.

Die Katze, die nachts in ihr Bett sprang und schnurrte. Sie kam und legte sich ganz selbstverständlich zu ihr. Lina hatte sie vorsichtig gekrault. Die Katze hatte sich auf den Rücken gedreht und sich ausgestreckt. Lina hatte sie sofort ins Herz geschlossen.

»Das ist nicht deine Katze!«

So hatte Ralf, der Sohn der Familie, die Schlacht eröffnet.

»Du bist nicht meine Schwester, und du wirst es auch nie werden! Verstehst du?«

»Kann ich nicht deine Freundin sein?«, hatte sie ihn gefragt.

»Nur über meine Leiche«, hatte er zur Antwort gegeben.

Er hatte Recht behalten. Aber das wusste er damals nicht.

Ralf begann, die Katze zu quälen. Er zog sie am Schwanz, umwickelte ihn mit Klebeband und riss ihr die Haare damit aus. Die Katze suchte bald das Weite, sobald er Linas Zimmer betrat. Er lachte nur selbstgefällig und meinte, das Tier habe eben Respekt vor ihm, und das sei gut so.

Ihre Pflegeeltern bekamen von alldem nichts mit.

Lina nannte ihre neuen Eltern Mama und Papa, und sie mochten das. Sie lächelten sie an. Auch Ralf lächelte, wenn er es hörte, doch er sah sie an mit einem Blick, der so viel hieß wie »du wirst schon sehen«.

Die Katze suchte Linas Nähe, sie ließ sich von ihr bürsten und kraulen, und Lina liebte sie über alles.

Genau das nutzte Ralf aus.

»Die Katze gehört dir nicht«, sagte er immer wieder und scheuchte das Tier durch die Zimmer, wenn ihre Pflegeeltern es nicht mitbekommen konnten.

Eines Nachmittags waren sie und Ralf über mehrere Stunden allein in der Wohnung. Ralf hielt zwei Dosen hoch, die er mit einem Faden zusammengebunden hatte.

»Die Katze und du, ihr werdet jetzt heiraten«, verkündete er. »Bei einer Hochzeit bindet man sowas hinten dran.«

Damit meinte er den Schwanz der Katze. Er machte sich auf die Jagd, verfolgte sie. Sie flüchtete unter das Bett, er stocherte mit einem Besenstiel nach ihr, sie sprang auf den Schrank, er holte einen Stuhl. Mit einem gewaltigen Satz flog die Katze herunter und versuchte, sich in der Küche in Sicherheit zu bringen. Lina rannte hinterher und öffnete das Küchenfenster, weil sie gehört hatte, Katzen könnten aus dem ersten Stock springen, ohne sich zu verletzen. Doch statt in die Freiheit zu flüchten, versteckte sich die völlig verängstigte Katze hinter dem Herd.

Verärgert gab Ralf seine Jagd schließlich auf und verzog sich ins Wohnzimmer, um fernzusehen.

Die Frau, die jetzt Linas Mutter war, hatte ihnen etwas zu essen in den Kühlschrank gestellt. Damit lockte Lina die Katze hinter dem Herd hervor. Sie nahm einen Plastikeimer aus dem Küchenschrank, warf etwas von dem Essen hinein, setzte die Katze dazu und stülpte einen Deckel darüber. Sicherheitshalber wickelte sie noch eine Wäscheleine darum und trug dann den Eimer in den Keller. Sie wollte die arme Katze wenigstens für kurze Zeit vor Ralfs Quälereien beschützen und ihr die Chance geben, sich auszuruhen.

Später, als sie in der Küche hockte und Brote aß, kam Ralf herein und fragte nach der Katze. Sie schüttelte nur stumm den Kopf. Während er suchte, las sie in einem Kinderbuch, das die Mama ihr geschenkt hatte.

Lina wusste nicht, wie viel Zeit vergangen war. Sie hatte schon das Licht in der Küche eingeschaltet. Plötzlich stürmte Ralf herein. Vorwurfsvoll hielt er ihr den geöffneten Eimer vor die Nase. Die Katze darin rührte sich nicht mehr. Ihre Zunge war blau angelaufen und hing ihr aus dem Maul.

»Du Sau! Du hast Mamas Katze getötet! Du hast sie erstickt.«

Er beschimpfte sie lauthals immer weiter. Die ganze Zeit hielt er den Eimer mit der toten Katze in die Höhe.

»Dafür wirst du bezahlen!«, sagte er. »Darauf kannst du wetten!«

Lina konnte weder weinen noch schreien, sie saß wie gelähmt da und blätterte dann in dem Buch, eine Geschichte von Kindern, die Ferien auf einem Bauernhof machten.

Schließlich verkündete Ralf, dass er die Katze im Kanal

in der Nähe des Hauses »wasserbestatten« würde. Jetzt sofort, bevor das Vieh anfangen würde zu stinken.

Irgendwann kam er zurück und setzte sich zu ihr an den Tisch. Lina spürte genau, dass er schon wieder etwas Grausames ausheckte. Verzweifelt kämpfte sie gegen ihre Angst an und gegen ihren Kummer über den Verlust der geliebten Katze, und sie schwieg.

»Das wird die Mama umbringen«, sagte er. »Wir werden sagen, dass die Katze einfach weggelaufen ist. Mama wird denken, dass sie sicher bald wiederkommt. Damit vergeht die Zeit. Und du hältst den Mund. Das ist deine einzige Chance. Denn du bist blöd. Du wirst immer blöd bleiben.«

Die Katze wurde wochenlang gesucht. Die Pflegeeltern stellten einen Teller mit Futter vor die Tür. Sie suchten sämtliche Winkel des Hauses ab, leuchteten den Keller mit einer Taschenlampe aus, rückten Möbel beiseite in der Hoffnung, dass sie sich dort irgendwo versteckt hatte.

Dann begann es.

Zuerst kamen die »Steuern«. So bezeichnete Ralf die Geldbeträge, Süßigkeiten oder Geschenke, die sie an ihn abzutreten hatte. Später hießen sie »Lösegeld«, »Zinsen« oder einfach nur »Familienabgabe«. Manchmal streckte er einfach nur seine Hand aus.

Und Lina zahlte.

Dann begann er, an ihr herumzufummeln. Er griff ihr zwischen die Beine. Er wollte sie nackt sehen.

»Warum tust du das?«, fragte sie mit tränenerstickter Stimme.

Ralf grinste und sagte: »Das ist Schicksal, was ist jetzt?«

Lina zahlte.

»Was machst du bloß mit deinem Taschengeld?«, fragte die Mama ungläubig, als sie um Geld für ein Geschenk bat, da eine Mitschülerin sie zu ihrem Geburtstagsfest eingeladen hatte.

Irgendwann stiegen die »Abgaben« und wurden zu »Tarifen«. Sie müsste nur die Hälfte zahlen, wenn sie sein »Ding« in den Mund nehmen würde.

Lina begann die Mülleimer der näheren Umgebung nach Pfandflaschen zu durchstöbern. Sie verdiente Geld, indem sie gegen ein paar Cents einen Skateboard-Putzdienst anbot. Die Jungen in ihrer Klasse fanden es cool, sich ihre Bretter putzen zu lassen. Ralfs »Tarife« stiegen.

Eines Tages verkündete Ralf, er habe die Nase voll.

»So geht es nicht weiter. Du blöde Kuh hast genau drei Möglichkeiten. Entweder du verpisst dich und gehst zurück zu deinen echten Eltern, oder du zahlst gefälligst das, was ich verlange, oder du nimmst verdammt noch mal endlich mein Ding in den Mund. Kapiert, blöde Kuh?«

»Ich brauche Zeit«, sagte Lina.

»Drei Tage«, sagte Ralf. »Dann bist du fällig.«

Lina durchwühlte heimlich die Unterlagen im Schreibtisch ihrer Pflegeeltern und fand schließlich eine Art Urkunde mit einem Wappen darauf. Oben stand ihr Name und der Name einer fremden Frau. Sie hatte ihn noch nie gehört. Eine Adresse fand sie weiter unten auf der Seite.

Gleich am nächsten Tag machte sie sich auf den Weg. Sie läutete an der Haustür, auf der der fremde Name stand. Eine Frau öffnete. Sie starrte sie entsetzt an und fragte: »Was willst du?«

Lina konnte sich nicht daran erinnern, diese Frau jemals zuvor gesehen zu haben.

Die Fremde bat sie in die Wohnung, in der es nach Kohl und Wurst roch.

»Du hast … also … du hast neue Eltern?«

»Ja. Nein. Kann ich hier wohnen?«, fragte Lina. »Ich brauche nur ein Bett, nicht mal ein eigenes Zimmer.«

»Das … ist unmöglich«, sagte die Frau und musterte sie von oben bis unten. »Dass du schon so groß bist!«

Lina starrte die Frau an. Nichts an ihr oder an der Wohnung kam ihr bekannt vor. Ob es möglich war, nach so kurzer Zeit alles zu vergessen?

Die Frau bot Lina ein Glas Orangensaft an und wartete, bis sie es ausgetrunken hatte.

»Es tut mir leid, aber du musst jetzt gehen. Deine neuen Eltern werden schon auf dich warten.«

Sie begleitete sie zur Tür, drückte kurz ihre Hand und sperrte sofort hinter ihr zu.

Am nächsten Nachmittag bestellte Ralf sie in den Schuppen. Nachdem er die Tür hinter ihr geschlossen hatte, knöpfte er seine Hose auf.

»Nein! Das geht nicht!«, sagte sie. Weil er vergessen hatte abzuschließen, konnte sie fliehen.

Am nächsten Tag verkaufte Lina ihre wertvollste Barbiepuppe. Für drei Mark.

»Das reicht höchstens für eine Woche«, sagte Ralf. »Du bist fällig!«

Eine Woche später bestellte er sie für den Abend wieder in den Schuppen und drohte, der Mama von der toten Katze zu erzählen, wenn sie nicht käme.

»Wir müssen die Sache jetzt erledigen«, sagte er.

Das Schicksal, dachte Lina, das Schicksal soll entscheiden. Das Schicksal entscheidet ja auch, welches Schwein auf einem Bauernhof geschlachtet wird und welches weiterleben darf.

»Wir müssen die Sache jetzt erledigen.«

Am selben Nachmittag ging sie in den Schuppen, während Ralf beim Fußballtraining war. Sie entfernte mit einem Küchenmesser säuberlich ein langes Stück der Isolierung von einem Kabel. Das freigelegte Stück Kabel wickelte sie um die Verstrebungen des Regals, in dem Werkzeug aufbewahrt wurde. Es fiel nicht weiter auf.

Das Schicksal würde entscheiden.

Dann schob sie das isolierte kürzere Stück mit dem Stecker in die Steckdose.

Am Abend lauerte er ihr im Garten auf und zog sie an den Haaren brutal in den Schuppen.

Sie wollte schreien, doch er hielt ihr den Mund zu. Fass an das Regal!, flehte sie stumm.

Er stieß sie auf die Gartenbank und knöpfte seine Hose auf.

»Du nimmst ihn jetzt in den Mund!«

Plötzlich grinste er hinterhältig übers ganze Gesicht.

»Ich werde ihn dir in den Mund stecken, und dann werde ich reinpissen, schon wegen der Zinsen. Das muss sein!«

Dann ließ er seine Hose herunter. »Wir müssen die Sache jetzt erledigen.«

Lina rammte mit aller Kraft ihren Kopf in seinen Bauch, so dass er ein wenig zurücktaumelte. Für Sekunden war er zu verblüfft, um zu begreifen, was passierte. Sie nutzte die Sekunden, stürzte zur Tür, bevor er sich aufrappeln konnte, entriegelte sie mit flatternden Fingern, war mit einem Satz draußen und sperrte sie fest zu.

Sie hoffte inständig, dass er das Regal anfassen würde. Doch das würde das Schicksal entscheiden. Wie bei den Schweinen. Sie selbst hatte damit nichts mehr zu tun.

Zwei Stunden später war Ralf tot. Gestorben an einem elektrischen Schlag.

Lina hatte mitbekommen, wie der Vater sich mehrmals verzweifelt gegen die Schuppentür warf. Ralfs Leiche versperrte offenbar den Eingang.

Bald darauf kamen Polizei, Notarzt und die Feuerwehr. Man barg den toten Körper aus dem Schuppen und versuchte zu rekonstruieren, was passiert war.

»Unfall«, sagte die Polizei.

»Schicksal«, sagte Lina.

Eine Woche nach dem »Unfall« kaufte Lina sich ihre Barbiepuppe für vier Mark wieder zurück.

15

Obwohl Lina traumlos geschlafen hat, fühlt sie sich matt. Möglich, dass es an der Schlaftablette liegt. Sie muss sich bewegen, muss wach werden. Mit einem Bus fährt sie nach Fuhlsbüttel, setzt sich auf die Terrasse des Flughafenrestaurants und sieht einer startenden Maschine hinterher. Runterkommen und sich hinaufschrauben. Hauptsache Bewegung.

Sie wägt ab, ob sie Sven über Astrids Anruf informieren soll oder nicht. Wenn ja, müsste sie einiges erklären. Carolins Besuch. Astrids Besuch. Jemand hat Astrid offenbar mit einem Kabel bedroht. Oder angegriffen. Lina glaubt nicht, dass das Zufall ist. Also müsste sie sich auch zu dem Kabel äußern. Müsste von Ralf erzählen, von damals, von dem Kabel im Schuppen … Aber niemand außer ihr kann wissen, was damals geschah. Oder etwa doch?

Sie steckt sich eine Zigarette an und beobachtet eine Maschine der Swiss Airlines, die fast schwerfällig gen Himmel startet. Was würde sie darum geben, jetzt dort an Bord zu sein! Gleichgültig welches Ziel. Nur raus aus diesem Albtraum!

Lina wählt zum x-ten Mal die Handynummer, die Astrid ihr hinterlassen hat.

»Teilnehmer vorübergehend nicht erreichbar.« Keine Mailbox.

»Vicky« und »Ausflug« hatte Astrid von weiter weg noch ins Handy gerufen.

Lina kennt keine Vicky. Auch keine Viktoria. Hat Astrid mit »Ausflug« das Wochenende auf Hooge gemeint?

Vor ihr verlässt nun ein Flieger der Lufthansa die Rollbahn.

Und wenn sie sich einfach aus dem Staub macht? Was lässt sie schon zurück? Andererseits würde eine Flucht sie natürlich erst recht verdächtig machen. Und die Zielfahndung gilt als äußerst effektiv. Die spüren Flüchtige selbst in Lateinamerika auf.

Dennoch ist dieser Gedanke reizvoll. In ein Land ans Mittelmeer reisen, sich mit Kellnern oder Putzen durchschlagen. Alles hinter sich lassen. Abends mit einem Wein am Meer sitzen und dem Sonnenuntergang zuschauen …

Che Ling hat sich seit ihrem gestrigen Zusammentreffen auf der Elbfähre noch nicht gemeldet. Ob er es sich doch noch anders überlegt? Sie könnte es ihm nicht verdenken. Denn was gingen ihn ihre Probleme an? Und wenn bei seinen Recherchen etwas schiefgehen sollte, ist sie sicher die Letzte, die ihm helfen kann.

Eine Kellnerin wässert mit einer Gießkanne die Pflanzen in den Betonkübeln.

Man darf Blumen nicht bei Sonnenschein gießen, denkt

Lina. Ebenso wenig, wie man in Panik verfallen darf, wenn man etwas zu verbergen hat.

Ein Vierjähriger geht schnurstracks auf einen der Kübel zu und beginnt hingebungsvoll in der nassen Erde zu graben.

Ihr Anruf auf der Wache, den sie noch am Morgen erledigt hatte, war nicht besonders motivierend gewesen.

»Da ist noch nichts entschieden, sowas dauert eben«, hatte der diensthabende Kollege gesagt. Und dass auch er hoffe, dass die Leute »in die Gänge kommen«, weil er keinen »Bock« mehr auf diese dauernden Überstunden hätte, die sich nun noch mehr häuften, seitdem Lina fehle.

Lina hatte dann die Nummer des Präsidiums gewählt, um sich mit der Inneren verbinden zu lassen. Bevor das Rufzeichen erfolgte, hatte sie aber wieder aufgelegt.

Sie nippt an ihrem Espresso, als ihr Handy klingelt. Lina sieht aufs Display. Es ist Sven. Sicher ein Kontrollanruf.

»Lina? Wo steckst du? Was sind da für Geräusche im Hintergrund?«

»Flughafen«, antwortet Lina ohne jede weitere Erklärung.

»Du darfst das Land jetzt nicht verlassen«, sagt Sven. »Du bist eine wichtige Zeugin in den laufenden Ermittlungen.«

»Ich weiß.«

»Ich mein's ernst. Bring mich nicht in Teufels Küche.«

»Dann pack ich meine Koffer eben wieder aus«, sagt Lina.

»Du kannst doch nicht einfach …«

»Ich trink hier nur einen Kaffee«, sagt Lina.

Sie sollte Sven nicht provozieren, sonst würde er nur noch mehr versuchen, sie zu blockieren.

»Lina, wir haben Astrid gefunden.«

Er klingt gar nicht so überheblich wie sonst.

»Na, dann hast du ja, was du wolltest.«

»Sie ist tot. Sie wurde grauenhaft zugerichtet.«

Lina zuckt zusammen.

»Was … was ist passiert? Ist sie …«

»Sie … also … sie wurde mit Strom langsam zu Tode gefoltert. Strommarken am ganzen Körper. Der Gerichtsmediziner sagt, dass er so etwas noch nicht gesehen hat.«

Lina schweigt.

»Lina?«

»Ja.«

»Hat sie sich bei dir gemeldet?«, will Sven wissen. »Hattet ihr Kontakt miteinander?«

Lina verneint, doch er gibt sich keineswegs zufrieden mit ihrer Antwort.

»Hör zu, wir haben jetzt zwei tote Frauen. Nimmst du das gar nicht ernst? Warum redest du nicht mit mir?«

Weil ich nicht will. Weil du ein Arsch bist. Weil ich es selber nicht weiß.

Plötzlich sieht sie wieder den toten Ralf vor ihrem inneren Auge. Der laut heulende Vater, der die Leiche seines Sohnes auf den Rasen legt. Ins Haus rennt. Blaulicht. Dann der Notarzt, der sich über den leblosen Körper beugt. Der den Vater ansieht und stumm den Kopf schüttelt. Die verzweifelte Mutter, die von einer Polizistin gestützt wird. Die Mutter schreit.

»Lina?«

»Ich denk noch mal drüber nach und rufe zurück«, sagt Lina und will auflegen.

»Weißt du, wo dieser Psychotherapeut steckt, der damals eure Therapiegruppe geleitet hat?«

»Sieh doch im Telefonbuch nach«, sagt Lina.

»Der Mann ist nicht zu finden. Steht auch nicht im Melderegister. Wie vom Erdboden verschluckt.«

»Ich hab Carlheim seit damals nicht mehr gesehen. Ich meine, nachdem die Therapie beendet war.«

»Bist du sicher?«, hakt Sven nach, und sie hört ihm an, dass er ihr kein Wort glaubt.

»Was war mit der Kamera hinter der Maske? Ich meine, habt ihr Filme auf Carolins PC gefunden?«

»Du weißt, das sind absolut vertrauliche Informationen. Die Festplatte war leer. Mit einem professionellen Löschprogramm bearbeitet.«

Der gute Sven will mit seiner Offenheit Vertrauen schaffen.

»Was ist mit Paul Ender?«, fragt Lina. Das Gespräch nicht ausschlagen, so tun, als wäre sie dabei. Sich vorbereiten auf die nächste Frage.

»Ebenfalls verschwunden«, sagt Sven. »Es ist wie verhext. Wir können uns keinen Reim darauf machen.«

»Die Unterlagen über meine Adoption, du hast davon gesprochen …«

»Nichts«, sagt Sven. »Wir haben Spuren gewaltsamen Eindringens an Astrids Tür gefunden. Ich sage dir das nur, weil ich mir Sorgen um dich mache. Ich weiß, dass du mir das nicht abnimmst …«

»Aber …«

»Ich hab einfach das Gefühl, du nimmst die ganze Sache nicht ernst. Zwei tote Frauen. Mit beiden warst du in Kontakt, es gibt Hinweise auf dich, du musst doch verdammt noch mal wissen …«

»Sven, ich melde mich, wenn ich eine Idee hab. Versprochen.«

Er murmelt zum Abschied etwas Unverständliches.

Lina atmet aus.

Astrid hat ihr nichts vorgespielt am Telefon. Vicky und Ausflug. Vicky und Ausflug. Warum benutzt man überhaupt verschlüsselte Botschaften? Damit sie von anderen nicht verstanden werden. Hat Astrid die Unterlagen aus dem Jugendamt irgendwo deponiert? Wollte sie Lina auf eine Spur bringen? Lassen sich in der Behörde noch mehr alte Akten finden?

Sie sucht im Internet nach den Öffnungszeiten des Jugendamtes. Unwahrscheinlich, dass man ihr dort wichtigere Papiere aushändigt. Dennoch will sie es versuchen. Aber vielleicht gibt es Kopien oder eben Unterlagen, die Astrid nicht in ihren Besitz gebracht hat.

Eine halbe Stunde später steht sie vor der schmutzig gelben Fassade des Hochhauses, in dem die Behörde untergebracht ist. Es gehört zu einem Hochhausensemble, das nach dem Krieg als hochmodern und futuristisch galt.

Mit einem rumpelnden Paternoster fährt Lina in den sechsten Stock. Sie zieht eine Nummer und setzt sich in den Wartebereich. Zwei Mütter, die selber noch Teenager sind, unterbrechen kurz ihr Gespräch, sehen Lina an und fahren dann fort mit ihrer Unterhaltung.

»Wenn wieder dieselbe Tussi da ist wie letztes Mal, krieg ich die Krise«, raunt die eine der beiden, die ihren Kinderwagen rüttelt und ihr Handy bearbeitet, während sie redet. »Hauptsache, die fängt nicht wieder mit dem Betreuungsseminar an, da hab ich echt keinen Bock drauf«, sagt die andere. Das Mädchen mit dem Handy kichert und zeigt der anderen das Display. Dann zupft sie die Decke im Kinderwagen zurecht. »Na, mein kleiner Scheißer«, sagt sie. »Hast Hunger, was?«

Lina vertreibt sich die Zeit, indem sie versucht, die Kritzeleien an den fleckigen Wänden zu entziffern. Liebesbekundungen, Beschimpfungen, Flüche. »Das Jugentampt ist ein Arschloch!«

Endlich rattert die Zahlentafel weiter und zeigt Linas Nummer.

Die Frau hinter dem Schreibtisch sieht müde aus.

Lina zieht ihren Personalausweis aus der Tasche und schiebt ihn über den Tisch.

»Ich bin als Kind in eine Pflegefamilie gekommen, dieselben Leute haben mich dann adoptiert. Ich hätte gerne die Unterlagen von damals gesehen.«

»Da sind Sie bei mir leider falsch«, sagt die Frau mit spürbar mehr Interesse. »Sie müssen zuerst einen Antrag beim Vormundschaftsgericht stellen. Kostet zehn Euro Gebühr, und Sie müssen plausibel darlegen, warum Sie die Informationen haben wollen. Gegebenenfalls geben die dort die Namen Ihrer leiblichen Eltern frei. Na ja, das ist alles ziemlich schwierig und zeitintensiv.«

»Aber ich müsste doch in Erfahrung bringen können …«

Die Frau sieht sie wieder müde an. »Wissen Sie, da gibt es nicht nur Ihre Rechte. Es gibt leibliche Mütter, die nicht wollen, dass ihre Kinder ihren Namen erfahren. Es gibt Vormundschaftsgerichte …«

»Aber mal eben in den Computer …«

Die Frau lacht jetzt. »Ich finde das ja auch völlig falsch«, sagt sie. Sie wirft einen Blick auf Linas Ausweis, gibt »Lina Andersen« ein und runzelt auf einmal die Stirn.

»Seltsam«, sagt sie.

»Seltsam?«

»Normalerweise ist selbst unser Computersystem etwas auskunftsfreudiger.«

Sie kneift die Augen zusammen, sieht Lina an und wiederholt, dass sie da kaum helfen könne. »Läuft da eine gerichtliche Anfrage, eine Erbschaftsangelegenheit oder etwas Ähnliches? Vielleicht ein aktueller Sorgerechtsstreit?«

Lina schüttelt den Kopf. »Was ist, wenn ich in Ihren Aktenkeller einbreche?«

Die Frau sieht sie sekundenlang erschrocken an und beginnt dann zu lachen. Sie notiert etwas und wendet sich dann wieder Lina zu.

»Ganz im Ernst, ich würde mir einen Anwalt nehmen«, sagt sie. »Allein stehen Sie da auf ziemlich verlassenem Posten.«

Lina nickt, und die Frau wiederholt, es tue ihr wirklich sehr leid. Sie gibt Lina den Ausweis zurück.

Lina steht auf. Im selben Moment schnellt die Frau aus ihrem Bürostuhl hoch und reicht ihr über den Schreibtisch hinweg zum Abschied die Hand. Sie sieht Lina plötzlich merkwürdig eindringlich an. Lina schlägt etwas irritiert ein, und dann spürt sie ein Stück Papier in ihrer Hand. Deshalb also dieser Blick.

Lina umklammert den Zettel mit der Faust und nimmt den Paternoster nach unten. Vor lauter Anspannung verpasst sie den Ausstieg und landet in dem stärker rumpelnden Aufzug im Keller.

»Die Weiterfahrt ist gefahrlos« steht zwischen krakeligen Graffiti auf einem Schild.

Plötzlich fürchtet Lina, dass ihr Handschweiß die Nachricht der Frau verwischen könnte. Sie stopft den Zettel ungelesen in ihre Jackentasche und nimmt ihn erst wieder heraus, als sie draußen ist und auf einer Bank vor dem Hochhaus sitzt.

»Irene Heise«, liest Lina. Nur dieser Name, sonst nichts.

Sie hatte ihre leibliche Mutter damals aufgesucht und war von ihr weggeschickt worden, zurück zu der Pflegefamilie. Danach wurde nie wieder über den Vorfall gesprochen, und sie hatte den Namen der Frau aus ihrem Gedächtnis gestrichen. Ist es derselbe Name gewesen? Ob sie noch lebt?

Wieder versucht Lina sich zu erinnern – an einen Ort, an Gesichter, Ereignisse. An Bilder. Was ist mit dem immer wiederkehrenden Traum, in dem Blut unter der Tür hervorquillt? In seltenen Momenten ist ihr, als tauche aus der unergründlichen Tiefe ihrer Erinnerung etwas auf. Dann möchte sie hingreifen, doch jedes Mal ist es zu spät. Was immer da Gestalt annehmen könnte, verschwindet wieder, und sie fasst ins Leere.

Sie wird sich auf die Suche nach Irene Heise machen. Sie muss sie finden. Irgendetwas sagt ihr, dass Irene Heise ein Geheimnis hütet, das mit den Morden an den beiden Frauen zu tun hat. Ein Geheimnis, dem Lina auf die Spur kommen muss, um nach so vielen Jahren endlich Licht ins Dunkel ihrer eigenen Vergangenheit zu bringen.

16

Nach Ralfs Tod wurde Lina von ihren Pflegeeltern kaum noch beachtet. Lina kam es so vor, als wäre sie Luft für sie. Doch Lina war das nur recht.

Sie tat, was von ihr erwartet wurde. Sie ging in die Schule. Das Lernen fiel ihr leicht, und sie hatte gute Noten.

Niemanden interessierte das. Sie fiel niemandem auf. Es war genau das, was sie wollte, und sie setzte alles dran, dass es so blieb. Sie fehlte fast nie. Sie schrieb absichtlich Fehler in ihre Arbeiten, damit sie auf keinen Fall zur Klassenbesten wurde. Wenn man sie fragte, ob sie gern in die Schule ging, log sie und antwortete »geht so«. In Wirklichkeit liebte sie die Ausflüge in fremde Sprachen. Sie liebte die Welt der Zahlen. Wenn sie sich langweilte, malte sie sich das Leben während der Eiszeit oder in mittelalterlichen Königshäusern aus. Sie verbrachte Stunden in der Bücherei und las nach, was sie im Unterricht gelernt hatte.

Ihre Pflegeeltern trauerten um Ralf. Selten nahmen sie Lina in den Arm. Meistens ließen sie sie in Ruhe. Sie machte ihnen keine Probleme.

Es gab nichts, wofür Lina geliebt werden wollte, denn Liebe war anstrengend. Liebe weckte Hoffnungen und Erwartungen. Liebe kostete Zeit. Liebe war ein Gefühl, von dem man immer mehr brauchte, wenn man sich erst einmal darauf eingelassen hatte.

Wenn Lina spürte, dass es ihren Pflegeeltern nicht gut ging, kaufte sie Blumen, ging zum Friedhof und legte sie auf Ralfs Grab. Für den Fall, dass jemand sie dort beobachtete, faltete sie am Grab die Hände und tat so, als würde sie beten: »Lieber Ralf, du wirst das sicher verstehen«, betete sie. »Tut mir ja wirklich leid, dass du in dieser Grube liegst und von Würmern zerfressen wirst! Aber das ist nun mal Schicksal, verstehst du, lieber Ralf? Schicksal!« Sie fragte sich, wie lange die Würmer brauchten, sich durch den Sarg bis zum Kadaver hindurchzufressen. Dann zupfte sie die Blumen zurecht, klopfte sich den Dreck vom Kleid und ging wieder nach Hause. Diese Friedhofsbesuche erfüllten sie jedes Mal mit einem Gefühl des Triumphes, sie hatte ihren Feind besiegt, doch eigentlich war es das Schicksal, das ihn umgebracht hatte.

Aber es gab auch düstere Momente, in denen Lina sich davor fürchtete, in die Hölle zu kommen und Ralf dort wiederzusehen. Zwar hatte das Schicksal ihn umgebracht, doch sie war die Urheberin. Sie war schuld an seinem Tod.

Manchmal erschien Ralf ihr im Traum. Er stand dann vor ihrem Bett, sein Kopf völlig verkohlt, und verlangte von ihr, Platz zu machen, weil er sich neben sie legen wollte.

Eines Tages teilten die Pflegeeltern Lina mit, dass sie sie adoptiert hatten. Sie saßen zu dritt bei Kuchen, Kaffee und Kakao, doch keiner von ihnen konnte sich wirklich freuen.

Lina steht vor dem kleinen Haus, aus dem sie mit achtzehn Jahren ausgezogen war. In den ersten Monaten danach hatte sie ihre Pflegeeltern noch regelmäßig besucht. Mit der Zeit jedoch wurden ihre Besuche immer seltener. Sie kam nur noch zu Geburtstagen oder besonderen Anlässen, bis sie den Kontakt irgendwann schließlich ganz abgebrochen hatte.

Das Haus ist grau geworden, denkt Lina, die Farbe an den Fenstern ist schmutzig grau, die Vorhänge sind mausgrau, und auf den Dachziegeln hat sich graubraunes Moos gebildet.

Im Vorgarten blühen vereinzelt Krokusse, um die sich niemand zu kümmern scheint. Offenbar hat jemand Müll auf die kleine Rasenfläche geworfen. Das Treppengeländer neben den Stufen zur Haustür ist verrostet, der Briefkasten verbeult.

Lina klingelt. Sie hört von drinnen jemanden heranschlurfen. Langsam öffnet sich die Tür, und ihr Adoptivvater steht vor ihr. Er hat ein Geschirrtuch in der Hand.

»Ja?«, sagt er und sieht Lina mit leeren Augen an.

»Ich bin's. Lina.«

»Ja?«

Sie umarmt ihn und bemerkt einen leicht verwirrten Ausdruck in seinen Augen, als könnte er sich nur mit äußerster Anstrengung an sie erinnern.

»Papa? Du erkennst mich doch?«

»Lina. Natürlich, Lina. Aber deine Haare … Wie schön, dass du kommst.«

»Ich dachte, ich besuche euch mal.«

»Euch?«, sagt er und sieht Lina verständnislos an. Dann trocknet er seine Hände am Geschirrtuch ab und sagt: »Mutter ist tot. Sie ist letztes Jahr gestorben.«

Lina zuckt zusammen.

»Das tut mir sehr leid«, sagt sie. »War sie krank? Wenn ich es gewusst hätte …«

»Sie ist einfach umgefallen. Und dann war sie tot«, sagt er. »Als ich in die Küche kam, lag sie dort. Ich hatte nicht gehört, dass sie gefallen war. Sie war schon tot, jede Hilfe kam zu spät.«

Dann reißt er sich von seinen Erinnerungen los, sieht Lina freundlich an und sagt: »Jetzt komm aber herein. Ich mach uns einen Kaffee.«

Sie setzt sich an den Küchentisch, der immer noch vor dem Fenster steht. Von hier aus kann man die U-Bahn sehen, die keine fünfzig Meter entfernt vorbeifährt. Wie oft hat sie hier früher gesessen und die Menschen beobachtet. Sich gefragt, woher sie kamen, wohin sie fuhren, ob Sorgen sie plagten und ob es jemanden unter ihnen gab, dessen Bruder auch tot war.

»Wie schön, dass du mal da bist«, sagt ihr Adoptivvater und stellt zwei Tassen auf den Tisch, in die er Kaffeepulver gefüllt hat. Er gießt heißes Wasser darüber und stellt eine Dose Kondensmilch auf den Tisch.

»Es ist damals nicht gut gelaufen für dich, was?«

»Wie meinst du das, Papa?«

»Nach Ralfs Tod … es … wir waren so … wir hätten uns viel mehr um dich kümmern müssen.«

»Aber nein, Unsinn«, sagt Lina. »Ich habe mich wohlgefühlt, ich hatte es gut bei euch, wirklich gut.«

»Nein«, sagt er. »Du hattest es nicht gut. Wir haben nur noch funktioniert. Wir haben Ralfs Tod nicht überwunden, wir haben es nicht geschafft.«

Er schlürft einen Schluck Kaffee und lächelt sie traurig an.

»Du bist die Einzige, die von unserer kleinen Familie übrigbleibt. Sag, wie geht es dir? Bist du verheiratet? Hast du Kinder?«

»Nein, Papa, es war noch nicht der Richtige dabei.«

»Hast du einen Freund?«

»Nichts Festes. Du kennst mich ja.«

Lina sieht, dass er sich wieder in seinen Erinnerungen zu verlieren droht.

»Wie kommst du denn allein zurecht? Oder hast du Hilfe?«, fragt sie rasch.

»Ja«, antwortet er, »ja, da kommt einmal in der Woche eine Frau, die mir hilft.«

Sie erzählt über ihre Arbeit bei der Polizei, über die Kollegen, dass sie sehr gern verreisen würde, dass es aber gerade nicht gehe.

Dann erkundigt sie sich nach dem Grab ihrer Adoptivmutter.

»Es ist neben Ralfs Grab«, sagt er. »Und für mich ist auch noch Platz dort.«

Lina spürt ihr schlechtes Gewissen. Warum hatte sie nur damals keinen anderen Weg gefunden, sich gegen Ralf zur Wehr zu setzen? Warum hatte sie ihn töten müssen? Der einsame alte Mann, der ihr gegenübersaß, tat ihr leid. Und er machte ihr noch nicht einmal einen Vorwurf, dass sie sich so viele Jahre nicht mehr hatte blicken lassen.

»Sag mal, Papa, wie war das eigentlich, als ich zu euch kam? Wolltet ihr ein Kind adoptieren? Habt ihr mich dann eines Tages einfach bekommen?«

»Nein. Wir wollten ein Pflegekind aufnehmen. Mutter konnte nach Ralf keine Kinder mehr bekommen. Die Anfrage vom Jugendamt kam aus heiterem Himmel. Sie fragten, ob es möglich wäre, dich bei uns unterzubringen. Und wir haben uns damals gewaltig gefreut.« Er lächelt versonnen. »Du warst damals sehr zurückhaltend.«

»Vielleicht war ich auch verängstigt?«, fragt Lina.

»Ja, ganz bestimmt auch verängstigt. Es war ja alles neu für dich.«

»Weißt du, was ich vorher erlebt habe? Weißt du, warum man mich meiner leiblichen Mutter weggenommen hat?«

Sein Blick beginnt merkwürdig zu flackern, und über seiner Oberlippe bilden sich Schweißperlen.

»Wie … was meinst du?«, sagt er. Sein Ausdruck ist jetzt fast ängstlich.

»Was weißt du über meine Mutter? Über Irene Heise? Hat sie mich … war sie … war da vielleicht Gewalt im Spiel?«

»Nein. Nein. Sie hatte schon fünf Kinder. Sie konnte sich

nicht mehr um dich kümmern. Das wurde damals alles vom Amt geregelt.«

»Aber kann es nicht sein, dass noch etwas anderes passiert ist? Etwas Schlimmeres?«

»Nein«, sagt er.

Lina weiß, dass er lügt. »Ich muss es wissen. Es … es ist wirklich sehr wichtig für mich.«

Er sieht sie an, und Lina erkennt in seinem Blick jetzt einen Anflug von Panik.

»Ich weiß darüber nichts«, sagt er. »Da musst du das Amt fragen. Die haben das alles geregelt. Frag das Amt.«

Sein letzter Satz klingt fast flehend. Vielleicht hatten ihre Adoptiveltern einander geschworen, Lina niemals zu erzählen, was ihr widerfahren war, bevor sie zu ihnen kam.

»Weißt du, ob Irene Heise meine leibliche Mutter ist? Und wo ich sie finden kann?«

Sie spürt, wie erleichtert er ist, dass sie ihn nicht weiter mit Fragen über ihre Vergangenheit löchert.

»Es hieß vor Jahren, sie sei in einem Heim.«

Lina kennt ihren Adoptivvater. Sie weiß, dass sie nicht mehr aus ihm herausbringen wird und dass da noch etwas Entscheidendes fehlt.

Sie trinken den Kaffee und unterhalten sich noch ein wenig über Belanglosigkeiten. Schließlich macht Lina sich zum Aufbruch bereit, dankt ihm für den Kaffee und verspricht, bald wiederzukommen. Er wünscht ihr zum Abschied viel Glück.

Als sie schon die Treppe hinuntergeht, ruft er sie noch einmal zurück.

»Könntest du mir vielleicht deine Adresse geben?«

Lina zieht Zettel und Kugelschreiber aus ihrer Handtasche und notiert ihre Adresse und die Telefonnummer darauf.

»Es ist nur … nun, das Haus«, sagt er. »Es ist doch sonst niemand mehr da. Irgendwer muss es ja einmal übernehmen oder verkaufen.«

»Aber das hat doch noch viel Zeit«, antwortet Lina. Wieder spürt sie das schlechte Gewissen an sich nagen. Sie nimmt sich fest vor, den alten Mann bald wieder zu besuchen. Sie umarmt ihn, dreht sich um und eilt Richtung Gartentür.

Der Adoptivvater ruft ihr nach.

»Pass auf dich auf, Lina! Was geschehen ist, ist geschehen. Es ist vorbei. Niemand wird dir mehr etwas antun. Hörst du? Niemand!«

Dann hört sie, wie die Haustür ins Schloss fällt.

Der Weiße Drache hat mir das neue Versteck für das Essen gezeigt. Es ist verborgen in dem großen Teddy. Er hat die Naht geöffnet, Plastikkugeln herausgenommen und Schokolade, Kekse und Brot hineingestopft. Niemand außer uns darf es wissen. Auch nicht die Rote. Ich musste schwören.

Der Weiße Drache sagt, dass wir auf einer Reise sind, und da braucht man Proviant. Aber wir müssen noch warten. Denn die Welt wurde auch nicht an einem Tag erschaffen.

Von meinem Fenster aus kann ich sehen, wie er und die Rote zum Einkaufen gehen. Er dreht sich um und winkt mir zu. Dabei kann er mich nicht sehen, denn ich bin hinter dem Vorhang.

Der Weiße Drache klopft an die Wand. Ist eingeschlossen, kann man nichts machen. Der Weiße Drache sagt, dass er manchmal durch die Wände sehen kann. Und durch meinen

Körper direkt in mein Herz. Der Weiße Drache steht auf der anderen Seite der Wand und hebt die Faust.

Drei Mal Klopfen heißt: Denk an dich. Zwei Mal: Nimm ein Buch. Fünf Mal: Schlaf jetzt.

Es tut weh da unten. Es blutet. Ich stehe auf dem Teppich. Es tropft.

»Habe ich meiner Prinzessin wehgetan?«, hat er mich gefragt. Ich habe den Kopf geschüttelt.

»Zeig keinen Schmerz«, sagt der Weiße Drache. »Niemals. Er hat Freude daran. Wenn du darüber sprichst oder wenn du weinst, wird es nur schlimmer. Schrei nicht. Denn wenn du einmal schreist, wird er dein Schreien immer wieder hören wollen.«

Wir sind auf einer Reise. Ich habe noch so viel zu lernen. Es klopft zwei Mal an die Wand, und ich ziehe ein Buch unter dem Bett hervor. »Es muss immer alles bereitliegen«, sagt der Weiße Drache.

Da sitzen sie, die Indianer. Um das Lagerfeuer. Sie erzählen sich Geschichten, in denen vielleicht auch der Weiße Drache und ich vorkommen. Sie erzählen sich von unseren Abenteuern. Vielleicht wissen sie schon, was wir erst noch erleben müssen. Ist es nicht schön, dass sie mit den Gedanken bei uns sind?

»Die Menschen in den Büchern wissen mehr über uns, als wir ahnen«, sagt der Weiße Drache. »Unser Geheimnis ist bei ihnen gut aufgehoben.«

17

Lina sieht hinüber zu Che Ling, der im Coffeeshop einen Fensterplatz ergattert hat. Er sitzt aufrecht da und beobachtet den gläsernen Pavillon auf der Straße, in dem Bratwürste und Pommes Frites verkauft werden. Punkt acht Uhr stürmt eine Gruppe Prostituierter auf die Stammplätze gegenüber der Davidswache. Schichtbeginn auf der Reeperbahn.

Lina bestellt sich am Tresen einen Espresso und balanciert die Tasse an den Tisch von Che Ling.

»Ganz ehrlich«, sagt sie. »Ich hätte nicht gedacht, dass du etwas rausbekommen würdest.«

Bedächtig wendet Che Ling sich Lina zu. Er hat sich einen schmalen Oberlippenbart stehen lassen.

»Eine bayrische Reisegruppe in pinkfarbenen Trachten würde weniger auffallen als deine Freundinnen«, sagt er spöttisch.

»Das heißt, sie haben sich hier auf dem Kiez amüsiert?«

»Ob es amüsant war, weiß ich nicht. Aber sie haben's krachen lassen.«

»Und was heißt das?«

»Das muss dir ein anderer erzählen.«

»Aber mir würde es reichen, wenn du ...«

»Du musst mich verstehen, Lina. Wenn ich dich hier nicht als meine Auftraggeberin präsentiere, bin ich für die ein Polizeispitzel.«

»Du stellst dich ihnen als Privatdetektiv vor und präsentierst hier mal eben deine Auftraggeberin?«

»Was ich hier mache, ist ein Gefallen, kein Selbstmordkommando. Wenn die glauben, ich schnüffle für die Bullen herum …«

»Schon gut. Wo müssen wir denn hin?«

»Ich habe auch nach Carolin gefragt«, sagt Che Ling, ohne ihre Frage zu beantworten.

»Und?«

»Schweigen im Walde. Damit will niemand etwas zu tun haben. Man liest davon in der Zeitung und schweigt. Das gefällt mir nicht.«

»Und was soll das heißen?«

Che Ling beugt sich vor.

»Wenn es um so etwas wie einen vorgetäuschten Selbstmord geht, dann reden die Leute darüber, spekulieren, stellen auch schon mal eine Vermutung an. Wie jeder andere in der Stadt. Aber hier fällt kein Wort. Nichts.«

»Und woran liegt das?«

»Ist kein gutes Zeichen, Lina. Vielleicht will man sich nicht die Finger verbrennen. Ich hoffe nur, ich liege falsch.«

»Ich glaube schon, dass du falsch liegst«, sagt Lina. »Hier geht es schließlich nicht um einen Zuhälterkrieg oder um Drogengeschäfte.«

Plötzlich überzieht Che Lings Gesicht ein Lächeln. »Vielleicht hast du Recht«, sagt er, »komm.«

Sie gehen die Reeperbahn hinunter bis zum Hans-Albers-Platz und biegen dann in eine kleine Nebenstraße ein. Die Clubwerbung beleuchtet fast die ganze Gasse. »Stab und Stecken«, liest Lina laut und sieht Che fragend an.

»War früher ein normales Bordell«, sagte Che Ling. »Die Besitzerin hat einen Bums für Frauen daraus gemacht.«

»Das heißt?«

»Strippende Kerle. Auf Wunsch auch mehr.«

»Das läuft? In solch einer finsteren Kiez-Ecke?«

»Die Kundinnen, die herkommen, haben es gern ein bisschen verrucht. Die wollen ja nicht ins Kabarett.«

Die Metalltür ist von einem Hünen bewacht, der Che Ling kurz zunickt und den Weg freimacht. Im Eingangsbereich befindet sich ein Glitzervorhang, dann stehen sie in einem Raum, der ganz in Rot gehalten ist.

»Die haben die Einrichtung einfach beibehalten«, sagt Che Ling. »Das kommt an.«

Schräge Strichmuster an den schweren Samttapeten, Plüschsofas neben Ledersesseln. Erleuchtet wird der Laden von roten Kandelabern aus den 1950er Jahren. Es riecht nach Veilchen und Vanille. Ein Fenster wurde mit einem Plakat überklebt, das zwei Männer mit im Schritt ausgebeulten Lederhosen zeigt. Einer trägt eine lederne Baseballkappe und hält sich an einer Lederschlaufe fest, während der andere ihm über die Brustwarze leckt. Am unteren Rand des Plakates steht: »Einen Schläger haben beide.«

»Tja«, sagt Lina. »Genau das Richtige für Betriebsausflüge und Weihnachtsfeiern.«

Sie wirft einen Blick in die Speise- und Getränkekarte und wundert sich über die niedrigen Preise.

»Am Wochenende zahlt man 30 Euro Eintritt. Sonderleistungen gehen extra.«

»Sonderleistungen?«, fragt Lina

Che Ling ignoriert ihre Frage und zeigt auf den Barkeeper, der einen Kühlschrank mit Bierflaschen auffüllt.

»Das ist Oleg«, sagt Che Ling und stellt sich an den Tresen.

Lina nimmt auf dem Barhocker neben ihm Platz. Sie zieht eines der Fotos von Hooge aus der Tasche hervor.

Oleg richtet sich hinter dem Tresen auf und zieht fragend die Augenbrauen hoch.

»Ein Bier bitte«, sagt Lina. Che Ling bestellt sich eine Limonade.

Als Oleg ihr das Bier hinstellt, schiebt Lina das Foto ein paar Zentimeter nach vorn und fragt: »Kennen Sie diese Frauen?«

Oleg nickt und beginnt, Gläser zu polieren.

»Du musst ihm schon was rüberschieben, sonst läuft hier nichts«, zischt Che Ling neben ihr.

Lina findet in ihrem Portemonnaie nur zwei Zwanziger und zeigt sie Che. Der verdreht nur die Augen, klaubt einen Hunderter aus seinem Jackett und legt ihn auf den Tresen.

Oleg nähert sich eher zögerlich, zieht betont beiläufig den Schein vom Tresen und stopft ihn in seine Hosentasche.

Wie in einem schlechten Film, ein Klischee nach dem anderen, nur dass das hier real ist, denkt Lina. Sie schiebt das Foto noch mehr in seine Richtung und fragt: »Sie kennen die Frauen?«

Oleg fährt unbeeindruckt fort, sein Sektglas zu polieren, und sagt: »Stammgäste.«

»Alle?«

»Die kamen in unterschiedlichen Besetzungen.«

Oleg bückt sich und dreht Musik aus den 1990er Jahren auf, Pet Shop Boys, Go West.

»Was haben sie hier gemacht? Sich die Show angesehen?«

»Ja. Und sie waren in den Hinterzimmern«, sagt Oleg. Er will das Gespräch offensichtlich so schnell wie möglich hinter sich bringen.

»Sex?«, fragt Lina.

»Nee, die haben Mikado gespielt.«

»Wie oft … Ich meine, wenn sie Stammgäste waren …«

»Kamen vielleicht zweimal im Monat, hatten ihren Spaß, eigentlich gab es nie Probleme.«

»Und was ist in den hinteren Räumen? Ich meine, gibt es da Betten … oder was?«

»Ich sag doch, Mikado. Mit Schwänzen. Ein bisschen anfassen, blasen, vögeln, wer will. Manche bleiben auch einfach hier am Tresen. War's das jetzt?«

»Ist Ihnen vielleicht irgendetwas im Besonderen aufgefallen?« Lina bemüht sich trotz ihrer Ungeduld, höflich zu bleiben, um ihm möglichst viele Informationen zu entlocken.

»Wir sind bei 98 Euro zwanzig«, sagt Oleg. Er zeigt auf das Foto, tippt mit dem Finger auf Astrid und sagt: Ich glaub, sie war so was wie die Chefin. Hat sich um alles gekümmert, vorbestellt, die Verhandlungen mit den Tänzern geführt.«

»Die Stripper geben also auch Privatshows?«

»Nicht alle Tänzer gehen in den Raum dahinten. Einige sind schwul und können sich nicht überwinden«, sagt Oleg und vermittelt deutlich, dass Lina ihre 100 Euro nun endgültig abgefragt hat.

»Komm«, sagt Che Ling und berührt ihren Arm.

»Eine letzte Frage noch: Sind sie dann plötzlich nicht mehr wiedergekommen?«

»Sind weitergezogen. Gibt andere Clubs … für spezielle Geschmäcker.«

»Bordelle für Frauen?«

»Swingerclubs, Sadomaso-Schuppen, was weiß ich.«

Dann grinst er und sagt: »War schön, Sie kennen gelernt zu haben.«

Lina und Che verlassen den Laden und gehen die Silbersackstraße hinauf. Die Kneipen sind noch ziemlich leer. Nur vereinzelt sitzen Männer an den Tresen und trinken den Abend ein.

»Was ist mit diesen anderen Läden?«, fragt Lina.

»Da kriegst du mich nicht rein, und du solltest das auch lieber lassen.«

Sie betreten die »Shanghai-Bar«, eine ehemalige Matrosenkneipe, an deren Wänden Wandmalereien vor sich hingilben. Zwei Männer stehen an der Bar und starren in ihre Gläser. An einem der Tische ist ein Mann in zerschlissenem Mantel vor seinem Bier eingeschlafen. Lina bestellt sich wieder ein Bier, Che Ling ordert diesmal einen Kaffee.

Zu Linas Erstaunen serviert die Wirtin ihm eine Tasse mit einem Aluminiumaufsatz, durch den das kochend heiße Wasser direkt am Tisch durchläuft.

»Der beste Kaffee hier auf dem Kiez«, sagt Che Ling.

»Ich kann mir beim besten Willen nicht vorstellen, wieso die Frauen sich auf so was eingelassen haben.«

»Sei nicht spießig«, sagt Che Ling. »Sie wollten ihren Spaß.«

»Und einige anscheinend ein bisschen mehr«, sagt Lina. »Was ist mit diesem Club Chica?«

»Da kommen wir so nicht rein«, sagt Che. »Das läuft auf Empfehlung. Ist eine Art Swingerclub mit Räumen für den besonderen Geschmack. Fetisch, Motivgrotten und so Zeugs.«

»Dass sie ihr Spaßprogramm hier nicht an die große Glocke hängen wollten, verstehe ich ja, aber was soll diese seltsame Freizeitbeschäftigung mit dem Tod von Carolin und Astrid zu tun haben?«

»Sag du es mir«, erwidert Che.

»Und dann meine Adoptionsunterlagen, die Astrid aufgetrieben hat?«

»Keine Ahnung«, sagt Che Ling. »Du hast deinen ehemaligen Liebhaber und Kollegen vergessen, der noch eine Rechnung mit dir offen hat. Und diese Nachricht an dich auf dem Foto, wovon du mir erzählt hast.«

Lina nippt an ihrem Bier und zündet sich eine Zigarette an.

»Selbst mein Adoptivvater hat mich gewarnt und mir geraten, die Vergangenheit ruhen zu lassen.«

»Kluger Mann, dein Adoptivvater«, sagt Che.

»Was ist mit dir?«, sagt Lina und lächelt Che an, der den Filter von seinem Kaffee hebt. »Du bist doch nicht im Ernst in der Provinz geboren?«

»Neuss«, sagt Che. »Meine Eltern hatten ein Chinarestaurant. Das wurde ja in den Siebzigern zum großen Renner.«

»Schweinefleisch süßsauer, knusprige Ente«, sagt Lina.

»Auch das hat uns ernährt«, sagt Che. »Dann kamen plötzlich die Gerüchte auf, dass es in den Küchen der Chinesen unhygienisch zugehe. Angeblich sei Ratten- und Hundefleisch im Essen und Heerscharen von Kakerlaken in der Küche. Die Rache der deutschen Gastronomie.«

Che klopft den Filter gegen den Tassenrand, stellt ihn beiseite und nimmt einen Schluck Kaffee.

»Und ich hab gedacht, ihr Chinesen trinkt nur Tee«, sagt Lina mit einem Lächeln.

»Klar, alle Chinesen haben einen Zopf und sondern pausenlos Glückskeks-Sprüche ab«, erwidert Che.

»Und dann bist du da weg, ich meine aus dem schönen Neuss?«

»Die Gerüchte haben uns das Genick gebrochen. Die Leute kamen nicht mehr. Chinesische Grillplatten, Fleisch vom örtlichen Schlachter, Gemüse vom Wochenmarkt. Hat aber alles nichts mehr genutzt. Und in der Schule war ich der Hundefresser.«

»Aber wie hast du das alles ausgehalten?«, fragt Lina.

Sein Gesicht hellt sich auf.

»Es war auch die Zeit der Kung-Fu-Filme. Also hab ich mir ein paar Techniken antrainiert, mir einen Klassenkameraden geschnappt, gegen den ich ankommen konnte, und hab ihn mit wenigen Kunstgriffen k. o. geschlagen. Die anderen hielten mich ab dem Moment für gefährlich und ließen mich in Ruhe.«

»Und in Hamburg hast du dich dann als Zuhälter versucht?«

»Zuhälter! Da sind drei Frauen auf mich zugekommen und haben gesagt: Spiel mal den Zuhälter, Che. Spielen, verstehst du? Einfach mal auftauchen, so tun, als ob ich das Geld abkassiere. Damit sie in Ruhe gelassen werden und sich jeder Freier mit Hang zur Gewalt zurückhält, weil er denkt, wenn er da nicht aufpasst, hat er die Triaden am Hals.«

»Aber da muss man sich doch Respekt verschaffen …«

»Damals nicht. Das Gerücht, eine Organisation würde hinter mir stehen, hat schon gereicht.«

»Bis die Albaner alles übernommen haben«, sagt Lina.

»Wir hatten einen Schlupfwinkel draußen in Wandsbek, man ließ uns in Ruhe, ich hatte mein Auskommen, indem ich den gefährlichen Chinesen gespielt hab.«

»Und die Frauen wollte dir niemand abjagen? Ich meine …«

Che Ling lacht und sagt: »Die waren alle jenseits der vierzig und viel zu aufsässig, die wollte sich keiner von den Typen ans Bein binden. Die wollen junge Frauen, denen sie Angst einjagen können. Die geil aufs Shoppen sind und für das Geld fast alles machen.«

Gut, dass es auch andere Lebensgeschichten gibt, denkt Lina, dennoch: Che Lings Geschichten kommen ihr vor wie ein kleiner Urlaub von dem Rätselraten.

»Trotzdem wurdest du wegen Zuhälterei verurteilt.«

»Die Frauen haben sich in die Wolle gekriegt. Und da ist eine Brasilianerin ausgerastet und hat mich angezeigt.«

»Armer Opferfürst«, sagte Lina.

»Armer Idiot«, sagt Che. »Hätte mich nie drauf einlassen sollen. Ich wollte eigentlich studieren.«

»Und was? Betriebswirtschaft?«

»Ich bin eingeschrieben«, sagt Che. »Und manchmal gehe ich auch zu den Vorlesungen.«

»Rück raus, was ist es? Soziologie, Geschichte oder … warte, lass mich raten. Psychologie?«

Che Ling schüttelt den Kopf.

»Also? Tropische Forstwirtschaft? Maltherapie?«

»Japanologie«, sagte Che.

«Du als Chinese …?«

»Darüber reden wir ein anderes Mal«, sagt Che Ling. »Sag mir lieber, wie es jetzt weitergehen soll.«

Wenn sie das nur wüsste. Vielleicht sollte sie einfach alles laufen lassen. Abwarten. Aber wohin mit den verschwommenen Bildern, die in ihr aufsteigen, die keine Konturen annehmen und das Gefühl der Angst hinterlassen.

Ein leichter Luftzug in ihrem Rücken. Die Wirtin sieht mit schreckgeweiteten Augen über Linas Schulter hinweg. Auch Che Ling erstarrt. Instinktiv dreht Lina sich um.

Vor ihr steht jemand mit einer Obama-Maske. Schwarze Motorradmontur, in der Hand eine Pistole. Er oder sie macht einen Schritt auf Lina zu und drückt ihr die Mündung der Pistole gegen die Stirn.

Lina will aufschreien, doch da ist keine Luft, die sie ausstoßen könnte, und auch die Stimmbänder versagen ihren Dienst.

Die maskierte Person spannt den Hahn und drückt ab.

Lina sieht einen Blitz inmitten des feurigen Rauchs. Die Explosion reißt ihr den Kopf nach hinten. Dann wird alles schwarz.

18

Ein Auge erscheint zwischen den Stäben. Es zwinkert ihr zu. Im Weiß der Pupille zucken Äderchen.

»Komm«, sagt die Stimme. »Du bekommst ein neues Kleidchen.«

Lina schüttelt den Kopf. Sie ist nackt, und sie friert. Die Luft draußen ist gelb. Sie erkennt eine Wiese, auf der ein schöner Fliegenpilz steht.

Dann erscheint ein Gesicht. Und eine Hand, die ihr zuwinkt.

»Komm schon und sieh ihn dir an. Er riecht nach Schokolade. Sieh dir nur sein Kleidchen an. Rot mit weißen Tupfen. Auch du könntest so ein Kleidchen haben. Genauso schön wie das da draußen.«

Lina öffnet eine weiße Holztür. Plötzlich bildet sich

Rauch über dem Pilz. Dann folgt eine ohrenbetäubende Explosion, und blutige Fetzen liegen auf der Wiese.

Von sehr weit weg hört Lina jemanden ihren Namen rufen. Und noch einmal: »Lina!«

Die Lider öffnen. Vorsichtig. Das grelle Licht treibt Tränen in die Augen. Es sticht. Sie sieht die Konturen einer Person, ein weißes Schild. Sie versucht, die Schrift zu lesen, schließt die Augen, öffnet sie wieder, versucht es erneut.

»Ein Knalltrauma, keine Angst«, steht auf dem Schild. Ein dunkler Schatten legt sich über sie. Sie spürt Haare auf ihrer Wange. Dann eine Berührung an ihrem Ohr.

»Lina, du kannst jetzt schlafen.«

Der Schatten entfernt sich, und sie erkennt Che Lings Gesicht. Neben ihm steht jemand in einem weißen Kittel.

Ein neues Schild erscheint vor ihr.

»Schreckschusspistole. Trommelfell ist in Ordnung. Du brauchst nur etwas Zeit.«

Sie schließt die Augen und dämmert in ein dunkles Stück Watte hinein. Keine Bilder, keine Stimmen.

Als sie aufwacht, ist es dunkel um sie herum. Sie spürt ihren Arm, hebt ihn, führt die Hand aufs Gesicht und ertastet eine Art Schlafbrille.

»Gott sei Dank«, sagt eine Männerstimme. »Es wird alles gut.«

Die Worte klingen seltsam verzerrt und die Stimme blechern. Sie schiebt die Brille beiseite und erkennt Sven, der auf einem Stuhl neben dem Bett sitzt.

»Du bist im Krankenhaus, Lina«, sagt er. »Hauptsache, deine Augen und Ohren sind in Ordnung.«

Sie hört die Stimme und ein Pfeifen. Ihr Mund ist trocken.

»Trinken«, flüstert sie.

Sven reicht ihr ein Plastikgefäß mit einer Öffnung, an der sie saugen muss.

Sie hebt den Kopf, nimmt ein paar kleine Schlucke und legt sich wieder zurück.

»Kopfschmerzen«, flüstert sie.

»Ich sag Bescheid.«

Kurz danach kommt eine Krankenschwester, die ihr eine Tasse vor den Mund hält. Sie schluckt eine Tablette und trinkt noch einen Schluck.

»Du musst dich jetzt ausruhen. Jemand hat dir eine Schreckschusspistole an den Kopf gehalten. Erinnerst du dich?«

Lina sieht die Gestalt mit der Obama-Maske vor sich. Die Pistole. Dann der grelle Blitz.

»Nur eine Frage, Lina. Weißt du, wer das war?«

»Zwei Fragen«, flüstert Lina, und es ärgert sie, dass ihre Stimme so leise ist.

»Schön. Weißt du, wer das war?«

»Obama«, sagt sie und schläft wieder ein.

»Ich bin der Erzengel«, sagt eine Stimme. »Du gehörst nicht dazu.«

Sie steht immer noch hinter dem Gitter, und der Mann hat plötzlich das Gesicht von Ralf.

»Steuern«, sagt Ralf. »Du hast deine Steuern noch nicht bezahlt.«

Dann streckt er ihr seine leere Hand entgegen.

Zwei Tage später verlässt Lina das Krankenhaus. Sie müsse sich von einem Ohrenarzt behandeln lassen, sagt der Oberarzt. Es könne sein, dass der Tinnitus ihr noch eine Zeit lang »Unterhaltung« biete.

»Tröstlich. Was ist mit Tabletten?«

»Leider nichts«, sagt der Oberarzt.

Eine eindringliche Warnung, denkt Lina. Aber wovor? Und wie verhält sie sich jetzt richtig? Beim nächsten Mal wird es keine Schreckschusswaffe sein. Nur wenn sie sich an ihre Vergangenheit erinnert, hat sie eine Chance, sich gegen den Angreifer zu wehren.

Kaum ist sie zu Hause, meldet sich Sven. Wie üblich mit fürsorglicher Stimme, die von einem Moment zum andern ironisch wird. Wie oft hat Lina erlebt, dass er sich besorgt und ernsthaft gab, wenn seine Frau anrief. Kaum hatte er aufgelegt, zog er mit ätzendem Spott über sie her. Warum sollte das bei ihr anders sein? Sie war es, die ihn verlassen hatte. Und das passt nicht in seine Vorstellung davon, wie die Dinge zu laufen haben. Sven Emmert verlässt man nicht, dem liegt man zu Füßen, und wenn es sein muss, dann lässt man sich gern auch mal vermöbeln. Ist ja für den Lustgewinn.

Er bedrängt sie am Telefon mit seinen Fragen, sie wiederholt geduldig ihre Antworten. Nein, sie weiß nicht, wer der Angreifer sein könnte. Nein, sie weiß nicht, warum der in die Kneipe gestürmt ist und ihr die Waffe an den Kopf gehalten hat. Nein, ihr ist an der Person nichts aufgefallen. Nein, sie weiß nicht, ob es ein Mann oder eine Frau war, und nein, die Person hat nichts zu ihr gesagt.

Nur zu Che Ling stellt er keine Frage.

Lina macht einen Spaziergang hinunter zum Kanal und setzt sich auf eine Bank.

Heute stehen vier Angler am Ufer und halten ihre Ruten über das Wasser. Einer von ihnen hat Glück gehabt, in einem Eimer neben ihm planschen zwei Fische im Wasser. Ein Mädchen, das an der Hand seiner Mutter vorbeihopst, reißt sich los und lugt neugierig in den Eimer. »Mama, der lebt noch!«, ruft sie und zeigt aufgeregt mit ihrem kleinen Zeigefinger in den Eimer.

Ich lebe auch noch, denkt Lina. Aber wenn es so weitergeht …

Sie muss ihre Ermittlungen in eigener Sache beschleunigen. Es reicht nicht, dass sie im Nebel herumstochert.

Von Rückführungen durch Hypnose hat sie mal gehört. Aber sie will sich nicht an ein früheres Leben im Mittelalter erinnern, sondern daran, was passiert ist, bevor sie zu ihrer Pflegefamilie kam. Hatte am Ende der Tod ihres Stiefbruders doch etwas mit diesen schrecklichen Dingen zu tun? Nach all den Jahren? Gab es womöglich jemanden, der ihn rächte?

Die Mutter wirft einen Blick in den Eimer, zieht das Mädchen weg und sagt: »Der muss jetzt schlafen.«

»Im Wasser kann man doch nicht schlafen«, sagt die Tochter.

Lina klappt ihr Notebook auf und steckt den USB-Stick ein. Sie googelt den Namen »Irene Heise« und landet Hunderte Treffer. Auch das Telefonbuch spuckt jede Menge Irene Heises aus. Möglich wäre, dass Irene Heise wegen einer Heirat mit einem anderen Namen eingetragen oder aber längst verstorben ist.

In dem Ort, den die Frau vom Jugendamt auf dem Zettel notiert hat, ist niemand mit diesem Namen zu finden. Ihr fiel ein, was ihr Adoptivvater gesagt hatte. Sie müsste also in den Altersheimen in der Nähe des Wohnortes suchen.

In der Lokalpresse wird von der Ermordung einer jungen Frau in Hamburg-Eimsbüttel berichtet. Weder der Name der Toten noch Tatort noch Fundort werden angegeben.

Sven Emmert rückt kaum mit Informationen heraus, was nur heißen kann, dass er keine brauchbaren Hinweise von Zeugen oder Nachbarn erwartet.

Auf einmal taucht wie aus dem Nichts Che Ling auf und setzt sich neben Lina auf die Bank.

»Na? Von den Toten auferstanden?«, fragt er und starrt ihr Ohr an wie ein seltenes Insekt.

»Spionierst du mir nach?«

»Bei dir zu Hause hat niemand geöffnet, da habe ich mich an deinen Lieblingsplatz erinnert, von dem du mir erzählt hast. Wie geht's dir?«

»Ich bin vor allem erleichtert.«

»Wie kann man nach solch einem Angriff erleichtert sein? Alles okay mit dir?«

»Doch, doch«, sagt Lina. »Ich weiß jetzt, dass ich mir nichts vorgemacht habe. Dass ich mit meiner Vermutung richtig liege, dass mich da jemand in was reinziehen will.«

»Reinziehen? Das war eine Drohung.«

»Stimmt«, sagt Lina, »und ich habe keine Ahnung wovor.«

»Wenn du glaubst, dass es etwas mit deiner Vergangenheit zu tun hat, dann frag deine leibliche Mutter.«

»Gute Idee«, sagt Lina. »Ich werd einfach mal im Telefonbuch nachsehen.«

»Chinesen haben bisweilen überraschende Vorschläge auf Lager.«

Er kramt in der Tasche seiner Baumwolljacke und fördert einen Zettel zutage.

»Schwesternhaus St. Gabriel.«

»Und?«

»Ist ein Heim für Schwestern, die sich in der Krankenpflege verdient gemacht haben. Ein schönes Altersheim als Belohnung für die Mühe eines aufopferungsvollen Lebens.«

»Da lebt Irene Heise? Eine Ordensschwester? Das gibt's doch gar nicht!«

»Ist gar nicht weit weg, in der Nähe der Uniklinik.«

»Eine Ordensschwester, die angeblich ein Kind weggibt, weil sie schon fünf hat?«

»Das zumindest ist die Frau, die unter der Adresse gelebt hat, die du mir gegeben hast.«

»Und du zauberst ihren Aufenthaltsort einfach so aus der Tasche?«

»Ich habe zwei Tage lang Altersheime abtelefoniert. Nichts. Dann bin ich auf die Idee mit den Schwesternheimen gekommen, und siehe da …«

»Nur dass ich es richtig verstehe. Du hast angerufen und gefragt, ob in dem Heim eine Frau Heise wohnt, die früher einmal die Adresse soundso hatte?«

»Ja, so ungefähr. Allerdings hab ich mich als Anwalt ausgegeben und angedeutet, dass es sich um eine Erbschaftsangelegenheit handelt. Du glaubst nicht, wie auskunftsfreudig die Leute plötzlich werden. Da wittert jeder ein kleines Stückchen vom großen Erbtantenkuchen.«

»Wenn es wirklich die Irene Heise ist, dann gibt es eigentlich nur eine Möglichkeit«, sagt Lina. »Die Frau will ihre Kinder verheimlichen.«

Che Ling sieht sie an und sagt: »Schwach, Lina, schwach. Es gibt zumindest eine weitere Möglichkeit!«

»Und die wäre?«

»Nach einem Leben in Sünde und mit unehelichen Kindern an den Hacken schlägt sie nach einer Jesuserscheinung den Pfad der Tugend ein und tritt einem Orden bei. Wer weiß, mit ein wenig Glück erzählt sie dir ja vielleicht ihre Lebensgeschichte. Du weißt, wie du mich erreichst!«

Che macht sich wieder auf den Weg.

Im Internet findet Lina das Schwesternstift St. Gabriel sofort. Außer allgemeinen Informationen über die Gründung, das historische Gebäude und dem Hinweis, dass es als Altersheim genutzt wird, erfährt sie nichts weiter.

Eine knappe Stunde später steht Lina vor der gelben Backsteinfassade des im vorletzten Jahrhundert gebauten Hauses. Großer Bedarf an Schwestern, denkt sie, schon wegen des um die Ecke liegenden Krankenhauses, das man anlässlich der Choleraepidemie errichtet hatte, als die in Hamburg grassierte.

Der kopfsteingepflasterte Hof ist penibel sauber, die angrenzenden Sträucher sorgfältig geschnitten. Der kupferne Handlauf ist im Lauf der Jahrzehnte blankgeschliffen und leicht durchgebogen.

Eine ältere Schwester mit schlohweißem Haar in grauer Tracht kommt ihr entgegen, sieht sie freundlich an und fragt: »Wissen Sie, wo hier der Bus abfährt?«

Lina deutet in die Richtung der Hauptstraße.

Die Schwester sagt: »Wohin wollte ich doch gleich?« Sie sieht Lina ratlos an.

Alzheimer macht auch vor den Barmherzigen Schwestern nicht Halt, denkt Lina und hofft, dass sie eine Waffe hat, sollte es bei ihr selbst einmal so weit sein. Hauptsache man ist sich über seinen Zustand noch im Klaren und vergisst nicht, wo man sie verstaut hat.

»Vielleicht sollten Sie sich im Haus noch mal erkundigen«, meint Lina zu der verwirrten Schwester, die sie dankbar anlächelt und fragt: »Welches Haus?«

Lina zeigt auf das Gebäude, aus dem die Frau eben herausgekommen ist.

»Da? Ich gehe doch nicht in ein fremdes Haus und frage wildfremde Leute nach dem Weg! Also hören Sie mal!«

Eine jüngere Schwester kommt zu ihnen und nickt Lina zu, während sie die alte Dame unterhakt und mit beschwichtigenden Worten ins Haus hineinführt.

»Aber ich muss doch nach Hause!«, protestiert die Frau. »Das Essen kochen, das macht doch sonst keiner. Was wollen Sie eigentlich von mir?«

Der Boden des geräumigen Treppenhauses ist vollkommen mit Terrazzo ausgelegt. Von irgendwoher steigt Lina der Geruch nach frisch gebohnertem Linoleum in die Nase und weckt Erinnerungen, die sie sofort abschüttelt. Im ersten Stock entdeckt sie ein kleines Schild, das ihr den Weg zur Verwaltung weist. Alles wirkt alt, gediegen und gepflegt. Sie klopft an und tritt ein. Unvermittelt kommt sie sich vor wie in einer anderen Welt. Ein hochmodernes Büro, in dem zwei junge und eine ältere Frau um einen Schreibtisch stehen und auf einen Bildschirm blicken.

Die Ältere sieht hoch und sagt: »Wie können wir Ihnen helfen?«

»Ich möchte gerne Frau Heise besuchen. Frau Irene Heise.«

Die ältere Schwester sieht sie freundlich an und sagt: »Da wird sie sich aber freuen. Und Sie sind?«

»Ihre Tochter«, sagt Lina und rechnet damit, dass jetzt zumindest eine der Frauen umfällt. Doch nichts dergleichen geschieht. Kein Laut, keine Überraschung, keine Scham, kein peinlich berührtes Hochziehen der Augenbrauen.

»Da wird sie sich gleich doppelt freuen«, sagt die ältere Frau, die sich Lina als Schwester Claudia vorstellt.

»Doppelt?«, fragt Lina.

»Erstens sind Sie schon die zweite Tochter, die hier auftaucht, und zweitens werden wir hier einen Fall von doppelter jungfräulicher Empfängnis dokumentieren können.«

Die beiden jüngeren Schwestern sehen sich an und lachen verschmitzt.

»Kommen Sie«, sagt die Ältere. »Ich bringe Sie zu Schwester Irene.«

19

Als Lina durch die Hallen des Altenstifts geht, erinnert sie sich …

Sie war auf der Flucht vor Ralf zu ihr gegangen. Sie kannte die Frau nicht, die vor ihr stand und ihre leibliche Mutter sein sollte. Es roch nach Kohl und Bohnerwachs. Die Frau baute sich in einer Kittelschürze vor ihr auf, blickte auf sie hinunter und sagte: »Es tut mir leid, aber du musst zurück zu deiner neuen Familie. Sie haben dich sehr lieb und vermissen dich sicher schon.« In der engen Wohnung gab es keine anderen Kinder, es gab auch keinen Mann und nicht mal einen Fernseher. Nur ein altes Radio, das auf einem Hocker stand und auf dem Namen standen wie Norddeichradio, Moskau, Bukarest oder Ostende. Der Apparat brummte, und durch die Stoffumspannung leuchtete ein grüner Punkt. Ein Auge, das sie beobachtete. Lina hatte das Radio angeschaltet und sich auf einen Stuhl gesetzt.

Die Frau setzte sich neben sie und suchte einen Sender. Blasmusik ertönte. »Das ist das berühmte Hafenkonzert«, hatte die Frau erklärt und sie mit der Musik allein gelassen. Wahrscheinlich hatte sie telefoniert, denn eine Stunde später kam ihr neuer Vater, sah sie milde lächelnd an und sagte: »Lina, Lina!« Nur gut, dass sie Ralf der Frau gegenüber nicht erwähnt hatte. Ralf musste ihr Geheimnis bleiben.

Sie hat diese Szene wieder deutlich vor Augen, während die Schwester sie zu einer unscheinbaren Tür führt, die in den hinter dem Haus liegenden Park des Stifts führt.

Alte Kastanien spannen ihre Kronen über den Innenhof. Nur an einigen Stellen erreichen die Sonnenstrahlen das Gras. Vereinzelt stehen Tische, Stühle und Liegestühle auf dem Gelände herum. In einer Ecke wird ein Garten mit Blumen und Kräutern angelegt. Als Schutz vor Kaninchen sind die Beete mit einem Zaun umgeben. Dahinter befindet sich ein Geräteschuppen, der neu aussieht. Ein Spaten und eine Harke lehnen an der Wand, daneben ist ein Gatter aus Holz, das einen Komposthaufen umgrenzt.

»Die Dame dahinten in dem weißen Holzstuhl«, sagt Schwester Claudia, schiebt sie sanft in den Hof und geht wieder ins Gebäude zurück.

Lina macht einen Bogen, um möglichst früh das Gesicht der alten Dame zu sehen. Wird es eine Erinnerung wachrufen? Lina erkennt ein glattes Altersgesicht von weißen Haaren umrahmt, eine große Nase und einen feinen Damenbart. Die wachen Augen mustern sie neugierig.

Lina kann keine Verbindung zu der Frau mit dem Radio herstellen.

Die Frau schützt sich mit der Hand vor der Sonne und sieht sie freundlich an.

»Sie wollen zu mir?«

»Sind Sie Irene Heise?«, fragt sie. »Ich heiße Lina Andersen.«

Die Frau richtet sich im Stuhl auf und sagt gedehnt, als wollte sie jede Sekunde nutzen, um sich zu erinnern: »Lina Andersen!« Sie betrachtet sie von oben bis unten und sagt: »Da ist aber eine hübsche junge Frau aus dir geworden.«

»Sind Sie meine … also … meine leibliche Mutter?«

Lina spürt ihr Herz klopfen und ärgert sich darüber. Es gibt keinen Grund dafür, jetzt Gefühle zu zeigen.

»Lina …«

»Wissen Sie, ich will keineswegs alte Geschichten aufwärmen oder Ihnen Vorwürfe machen oder Ähnliches.«

»Womit kann ich dir helfen?«

»Mit ein paar Sätzen, die mir wiederum helfen, mich zu erinnern.«

Lina glaubt, ein zufriedenes Lächeln im Gesicht der Frau zu entdecken.

»Du kannst dich nicht an mich erinnern? Das ist normal.«

»Was ist geschehen? Ich meine, bevor ich weggegeben wurde?«

»Was soll schon geschehen sein?«, sagt Irene Heise. »Ich war allein, hatte keine Arbeit, wusste nicht, was ich mit meinem Leben anfangen sollte.«

»Mir wurde erzählt, Sie hätten fünf Kinder gehabt und hätten mich weggegeben, weil Sie überfordert waren.«

»Ach so?«

Eine irritierende Situation. Da trifft Lina nach so vielen Jahren ihre Mutter, und die scheint sich keinen Funken dafür zu interessieren, wie es der Tochter geht. Sie wirkt fast unbeteiligt, wie sie da in ihrem Gartenstuhl sitzt, von dem der Lack abblättert.

»Sie sind nicht meine Mutter«, sagt Lina.

»Aber Lina, wie kommst du darauf?«

Lina sieht die Frau stumm an. Was ist das für ein Spiel?

»Weißt du, ich kann mich an vieles nicht mehr erinnern«, sagt sie. »Ich bin ein bisschen wirr da oben.« Sie tippt mit dem Finger an ihre Stirn und lächelt verlegen.

Lina glaubt ihr kein Wort.

»Sie sind nicht meine Mutter«, wiederholt sie.

»Aber du musst dich doch daran erinnern, dass du mich besucht hast!«

»Ja. Sie sind trotzdem nicht meine Mutter. Hören Sie! Es geht um eine lebenswichtige Angelegenheit«, sagt Lina. »Ich muss die Wahrheit wissen.«

»Die Wahrheit«, sagt Irene Heise und sieht hoch in den Himmel. »Mein Gott, die Wahrheit.«

»Sie haben keine fünf Kinder, nicht wahr?«

»Nein. Es war auch so sehr schwierig für mich. Ich hatte meinen Weg noch nicht gefunden …«

Lina fragt sich, warum die Frau so beharrlich lügt. Eine Spur Angst ist in ihrem Ausdruck zu erkennen. Angst und wachsende Unsicherheit.

»Wie hast du mich gefunden?«, fragt Irene Heise.

»Sie haben mich nicht als Baby zur Adoption freigegeben, sondern erst viel später.«

»Du warst in der Zwischenzeit bei meiner Schwester und bei meiner Mutter … Es tut mir leid, aber ich war nicht in der Lage, dich zu versorgen.«

Diese Frau ist alles andere als wirr, denkt Lina, zu jeder Frage, die ich ihr stelle, erfindet sie eine neue Geschichte. Woher nimmt sie sich das Recht, mich so zu belügen?

»Ich kann es dir nicht erklären, es …«

»Was ist mit meinem Vater? Wer ist er?«

»Ja, er war ein Teil meiner Probleme. Er hat getrunken.«

Wieder eine neue Geschichte, na klar, der saufende Ehemann.

»Ich habe mich von ihm getrennt und mit meinem alten Leben abgeschlossen. Wie das so ist.«

Wie das so ist! Lina ist klar, dass sie hier nicht weiterkommt.

»Und was ist mit der angeblichen jungfräulichen Empfängnis?«

»Wie bitte?«

»Offenbar weiß niemand etwas von einer Tochter.«

»Würden Sie das herausposaunen? Das hier ist ein Orden, da macht sich ein uneheliches Kind nicht so gut.«

»Zwei«, sagt Lina.

»Was soll das heißen?«

»Nun, ich bin nicht die erste Tochter, die hier aufkreuzt.«

Irene Heise sackt ein wenig tiefer in ihren Stuhl und murmelt: »Ich … kann mich nicht erinnern … bin so müde.«

Lina wendet sich zum Gehen, als die Frau mit halblauter Stimme sagt: »Kind, es tut mir leid. Aber du musst die Vergangenheit ruhen lassen. Sie ist vorbei. Für immer vorbei.«

Lina zuckt zusammen. Das sind fast dieselben Worte, die ihr Adoptivvater benutzt hatte.

Lina geht noch einmal zurück in das Büro.

Die Leiterin sieht von einem Formular auf. Neben ihr

steht jetzt eine blass aussehende junge Schwester, die einen aufgeschlagenen Aktenorder in den Händen hält.

»Ja?«

»Es scheint so, als hätte meine Mutter große Erinnerungslücken.«

»Wirklich? Also ich finde sie ja sehr fit im Kopf.«

»Gibt es die Möglichkeit, in ihre Akte zu sehen? So etwas führen Sie doch, oder?«

»Nein, das ist leider völlig ausgeschlossen.«

»Aber …«

Die junge Ordensschwester zupft an ihrem Ornat und sieht betreten zu Boden.

»Ich kann Ihnen nur sagen, dass Ihre Mutter schon in sehr jungen Jahren in unseren Orden eingetreten ist«, sagt die Frau, die die Oberin zu sein scheint. »Das ist kein Geheimnis.«

»Sie sagten, dass auch meine Schwester schon hier war?«

»Ja. Jedenfalls hat sie ebenfalls gesagt, sie sei die Tochter von Frau Heise.«

»Könnte ich ihren Namen und ihre Adresse bekommen?«

»Also ich weiß nicht, ob ich …«

Sie sieht sie ratlos an, und Lina merkt, dass auch sie sich keinen Reim auf diese plötzlichen Töchterbesuche machen kann.

»Nun, es geht um meine Schwester, Sie könnten mir auch einfach nur die Telefonnummer geben.«

»Nein, so leid es mir tut, aber das geht nicht.«

»Ich lasse Ihnen meine Handynummer hier«, sagt Lina und schreibt sie auf einen Zettel, den sie aus ihrer Tasche kramt.

Auch wenn ihre angebliche Schwester erst geboren wurde, nachdem Lina weggegeben worden war, passt das alles nicht zusammen. Ihre angebliche Mutter geht als junge Frau in einen Orden, um als Krankenschwester zu arbeiten und Menschen zu pflegen, bekommt dann nacheinander zwei Babys, die sie in die Obhut fremder Familien gibt? Unsinn. Außerdem würde sie es spüren, wenn sie ihrer leiblichen Mutter gegenübersteht. Glaubt sie jedenfalls. Sie hat auch nicht die geringste Ähnlichkeit zwischen Irene Heise und sich selber erkennen können.

Lina geht Richtung Eppendorf und überquert einen Platz, auf dem ein kleiner Biomarkt abgehalten wird. An den Marktständen werden Obst, Gemüse, Fleisch, Fisch, frische Pasta und Suppen angeboten. Dazwischen brettern Kinder auf ihren Skateboards über die Betonstufen.

Linas Handy läutet.

»Die Tochter, ich meine, die andere Tochter von Schwester Irene …«

Lina meint, die Stimme der jüngeren Schwester aus dem Verwaltungsbüro wiederzuerkennen.

»Ja?«, fragt sie.

»Antje Kernel, Karlandweg 2.«

»Warum …«

»Sie haben ein Recht zu erfahren, wer Ihre leiblichen Verwandten sind. Ich muss auflegen.«

Immerhin, jetzt ist sie doch einen kleinen Schritt weitergekommen. Lina sieht sich den Straßenplan auf ihrem Handy an und schlägt den Weg zur U-Bahn ein.

Der Karlandweg 2 ist ein unscheinbares Mietshaus, das wahrscheinlich mal ein Klinkerbau war und nun mit einer weißen Fassade gedämmt ist.

Eine Frau in Linas Alter öffnet die Tür der Parterrewohnung.

»Ja?«, fragt sie.

»Ich … bin Ihre Schwester, also angeblich bin ich Ihre Schwester.«

Die Frau sieht sie erschrocken an und gibt ein gekünsteltes Lachen von sich.

»Ich dachte mir schon, dass ich nicht die Einzige bin.«

Sie bittet Lina in die aufgeräumte und mit Ikeamöbeln ausgestattete Wohnung. Vom Wohnzimmer aus führt eine Terrassentür in einen kleinen begrünten Hinterhof. Sie nehmen auf einer Couchgarnitur Platz.

»Die gute Irene Heise«, sagte Antje Kernel. »Sie ist die Sackgasse.«

»Kommt mir auch so vor«, antwortet Lina.

Antje Kernel erzählt, dass auch sie im Zuge der Suche nach ihren leiblichen Eltern auf Schwester Irene gestoßen sei. Man habe ihr die Adresse gegeben, nachdem sie einen Verwaltungsprozess angestrengt hatte, der sich fast ein ganzes Jahr lang hinzog.

»Wer ist diese Frau wirklich?«, fragt Lina.

Antje Kernel rührt in ihrem Kaffee.

»Bei mir geht es um eine Krankheit. Es wäre wichtig, die Krankengeschichte meiner Mutter zu kennen, denn dann gäbe es womöglich eine bessere Therapie … Aber ich will Sie damit nicht langweilen.«

»Kommt Irene Heise als Ihre Mutter sicher nicht infrage?«

»Ausgeschlossen. Ihre selbst gebastelten Geschichten hat sie Ihnen ja vielleicht auch aufgetischt.«

»Aber warum erzählt sie solche Lügen?«, fragt Lina.

»Ich weiß es nicht«, sagt Antje Kernel. »Vielleicht geht's

um Geld, vielleicht um irgendein düsteres Geheimnis. Allerdings werde ich langsam ein bisschen neugierig.«

»Es muss doch Sachbearbeiter in der Behörde geben. Unterlagen. Da wird doch entschieden, welches Kind von welcher Pflegefamilie aufgenommen wird«, sagt Lina, um herauszufinden, wie weit Antje Kernel mit ihrer Suche ist.

»Mein zuständiger Bearbeiter hieß Hans-Peter Heinz.«

»Ich hab nicht mal einen Namen«, sagt Lina. »Was ist mit diesem Heinz? Konnten Sie ihn fragen?«

Antje Kernel schüttelt den Kopf. »Er ist seit zehn Jahren tot.«

Sie mustert Lina verstohlen von der Seite.

Lina hat den Eindruck, dass sie mit irgendetwas nicht herausrücken will. Sie beantwortet Linas Fragen immer einsilbiger. Gleichzeitig vermittelt sie eine zunehmende innere Unruhe, und ihre Gesten werden fahriger und nervöser. Hat es vielleicht mit der Krankheit zu tun, von der sie gesprochen hat? Lina beschließt, die Frau nicht länger zu behelligen, und verabschiedet sich.

In ihrer Wohnung angekommen, öffnet sie sich eine Flasche Wein.

Haufenweise dunkle Andeutungen und immer wieder Sackgassen. Unentschlossen starrt sie das Telefon an und wählt dann die Dienstnummer von Sven Emmert.

Er ist tatsächlich noch im Büro. »Ich glaub's nicht. Du meldest dich? Freiwillig? Wie geht's deinem Ohr?«

»Bestens«, sagt Lina. »Gibt es Fortschritte? Ich meine …«

»Wir sind dran.«

»Du hast doch gesagt, dass Astrid vor ihrem Tod …«

»Vor ihrer Ermordung.«

»Ermordung. Du hast von Unterlagen gesprochen, die

sie angeblich über mich gesammelt hat. Die sie von der Behörde bekommen hat.«

»Und?«

»Hast du da mal einen Blick reingeworfen?«

»Wir wissen davon, weil sie die Papiere zwar erhalten, aber nicht zurückgegeben hat. Da gibt es einen Vermerk, wann die Akten zurückmüssen.«

»Und?«

»Sie sind verschwunden. Auch in ihrer Wohnung haben wir nichts gefunden.«

Schon wieder eine Sackgasse!

»Es müssen uralte Akten sein«, fügt Sven Emmert hinzu. »Familien sind eine Illusion. Im Grunde bestehen sie nur aus Akten, Papieren …«

Bitte keinen Vortrag über Familien, Sven!, denkt Lina.

»Was ist mit den Sachbearbeitern?«

»Was soll mit ihnen sein? Die wechseln ihre Posten, werden pensioniert und können sich nicht daran erinnern, was sie in den Jahren alles abgeheftet haben.«

»Gibt es denn keinen, der das federführend bearbeitet hat? Die Pflegevormundschaft und die Auswahl einer geeigneten Familie?«

»Klar«, sagt Sven Emmert. »Da müsste deine Pflegefamilie doch auch noch Papiere haben. Zuständig war ein gewisser Amtsleiter Hans-Peter Heinz, aber …«

»… der ist seit zehn Jahren tot«, ergänzt sie seinen Satz und legt auf.

Kreisverkehr, denkt Lina. Zumindest mal eine Abwechslung.

Astrid muss die Papiere irgendwo versteckt haben. Das tun Menschen, wenn sie Angst haben. Und Astrid hat sich regelmäßig mit den Frauen aus der Therapiegruppe getroffen. Auch wenn sich alles in Lina sperrt, sie muss in Erfahrung bringen, was da außer Stripshowbesuchen und Swingerpartys sonst noch gelaufen ist.

Ihr Handy läutet. Che Ling.

»Der einzige männliche Teilnehmer in eurer Gruppe …«

»Paul Ender«, sagt Lina.

»Er ist verschwunden. Seit Monaten schon. Hat seine Wohnung gekündigt, keinen Nachsendeantrag gestellt, und kein Mensch hat ihn mehr gesehen.«

»Und wie bekommt ein Chinese so etwas heraus?«, fragt Lina.

»Er war Mitbesitzer eines Cafés auf St. Georg. Er hat seinen Anteil dem Kompagnon überschrieben, eine kleine Summe Bargeld genommen und sich aus dem Staub gemacht.«

»Du kommst wenigstens weiter«, sagt Lina.

»Seine Kollegen im Café sagen, er habe sich verhalten, als sei er auf der Flucht. Als sei jemand hinter ihm her.«

»Ich kann mir nicht vorstellen, dass er an diesen Partys in den Striplokalen teilgenommen hat.«

»Dann muss es einen anderen Grund für seine Flucht geben«, sagt Che.

»Man verschwindet doch nicht einfach so. Es muss doch Verwandte oder Freunde geben, denen er Bescheid gesagt hat, Bankverbindungen, weiß der Teufel.«

»Hey, ich bin nicht die CIA. Nicht mal der Bundesnachrichtendienst.«

»Kann es nicht sein, dass er einfach einen anderen Namen angenommen hat?«

Der Weiße Drache hat mir einen Sarg gebaut und ihn weiß angestrichen. Aus einer Holzkiste mit einem Deckel darauf und mit einem Bettchen aus meinem blutigen Schlafanzug. Und oben auf dem Deckel ist ein Stern aufgeklebt.

Dann hat er die Gerlinde hineingelegt. Das ist meine Puppe. Und dann hat der Weiße Drache gesagt: »Das bist du. Sieh genau hin. Erkennst du dich?«

Aber ich will nicht das tote Kind in meinem Arm sein.

»Wer stirbt, muss niemals mehr Angst haben«, hat der Weiße Drache gesagt und eine Kerze angezündet. Und dann haben wir mich zu Grabe getragen. Zu Grabe, so heißt das. Zehnmal um den Tisch herum, verbeugen und Hände falten. Dann haben wir ein Gebet gesprochen und den Sarg aus dem Fenster hinausgeworfen.

»Das ist so gut wie vergraben«, hat der Weiße Drache gesagt und Essen aus unserem Versteck geholt.

»Das ist der Leichenschmaus.« Da muss man sich Dinge über die Verstorbenen erzählen.

Plötzlich stand die Rote in der Tür. Sie hielt den verbeulten Sarg in der Hand. Ich bekam drei Tage nichts mehr zu essen.

Dann hat sie mir die anderen zwei Puppen und den Ponyhof weggenommen.

Die Rote hat sich an der Tür umgedreht. Der Schwarze Ritter stand auch da. Plötzlich hatte er eine Teufelsmaske auf.

Die Rote sagt: »Das passiert, wenn Kinder sterben wollen. Sie treffen den Teufel. Und der Teufel ist das Böse.«

Ich wusste: Wenn ich irgendwann durch diese Tür gehen will, dann muss ich durch das Böse hindurch, um hinauszukommen. Das Böse wird in mir sein … wenn ich durch diese Tür gehe. Und es ist schwer, es wieder loszuwerden.

20

Severin Carlheim hatte das Licht in seinem Behandlungszimmer gedimmt, wenn sie sich zu den Therapiesitzungen versammelten. In den Sommermonaten zog er die Vorhänge zu. Vier Salzkristalllampen verströmten ein gelbes Licht. Für Lina wurde dieser Termin immer mehr zum Ankerplatz der Woche, auch wenn sie sich das nicht eingestand. Aber zu hören, unter was die anderen Frauen litten, war erleichternd. Dinge ließen sich besser ertragen, wenn es anderen genauso beschissen oder noch beschissener ging als einem selbst.

Regeln vereinbarten sie nicht.

»Machen Sie es so, wie Sie es gern wollen. Was feststeht, sind der Termin und das Thema: Sprechen Sie über sich selbst und stellen Sie Fragen. Und noch etwas …«

Dann folgte eine theatralische Pause, in der die Frauen einander angesehen hatten.

»Eines noch: Sie dürfen vor den Sitzungen nichts trinken. Wer Alkohol intus hat, fliegt raus.«

Lina kann sich gut daran erinnern, wie Astrid in die Betroffenheitspause hinein mit einem freimütigen Bekenntnis vorgeprescht war.

»Ich schlage die Typen reihenweise in die Flucht.«

»Was haben Sie heute gemacht, bevor Sie hierhergekommen sind?«, fragte Carlheim.

»Nichts Besonderes«, antwortete Astrid überrascht. Offenbar hatte sie eine kleine Rede vorbereitet. »Gearbeitet. In einer langweiligen Behörde. Mit langweiligen Kollegen.«

Sie erzählte dann, dass sie oft traurig sei und überlege, mit allem einfach Schluss zu machen. Dabei blickte sie erwartungsvoll in die Runde, als wollte sie dafür gelobt werden. Doch keine der Frauen sah ihr in die Augen. Carolin fixierte ihre Schuhspitzen, die sie gegeneinanderrieb. Christina wühlte in ihrer Handtasche, Paul studierte angestrengt die Masken an der Wand.

»Ich wäre froh, wenn ich eine Arbeit hätte«, sagte Stefanie in die Stille hinein.

Lina erinnert sich, dass sie über diesen Themenwechsel erleichtert gewesen war. Es fiel ihr zwar nicht leicht, sich als Polizistin zu outen, aber es auf Dauer zu verschweigen ergab für sie auch keinen Sinn. So ausgefallen war ihr Beruf schließlich auch wieder nicht.

Stefanie sagte, dass sie kurz davorstand, eine Barista-Ausbildung zu absolvieren, obwohl sie sich viel lieber der Kunst widmen würde.

»Ich bin Grundschullehrerin«, sagte Pia und sah die andern unsicher an, als müssten sich alle gleich vom Stuhl werfen, weil sie es völlig undenkbar fanden, dass eine Lehrerin an einer Psychotherapiegruppe teilnahm. Sie gehe ganz und gar auf in ihrem Beruf, der eigentlich kein Beruf sei, sondern eine Berufung. Schon vor ihrer Einschulung habe sie perfekt lesen können und Spaß daran gehabt, anderen Kindern Geschichten vorzulesen. Irgendwie sei ihre berufliche Laufbahn vorgezeichnet gewesen.

Vorlesen. Lesen. Wann hatte Lina begonnen zu lesen? Sie konnte sich an manche Schulbücher erinnern und an Gedichte, die sie hatte auswendig lernen müssen, doch wann hatte sie die Bedeutung von Buchstaben begriffen? Wie war es möglich, dass sie sich an so entscheidende Momente in ihrer Kindheit nicht erinnern konnte? Tanzende Buchstaben. Etwas in ihrem Leben hatte mit tanzenden Buchstaben zu tun!

»Und Sie, Isabel?«, hörte sie Severin Carlheim fragen.

»Im Moment arbeite ich zu Hause, ich kümmere mich um alles und bin damit ausgelastet.«

»Haus…«, sagte Astrid, beendete ihren Satz jedoch nicht.

»Nenn es ruhig Hausarbeit«, sagte Isabel. »Aber das Haus ist riesig und der Garten auch…«

»Bepflanzt du ihn denn selber?«

Isabel lachte auf. Nein, dafür gäbe es Leute, die sich besser mit Obstbäumen, Kräuterbeeten und Gemüse aus dem Gewächshaus auskannten. Aber sie behalte das große Ganze im Blick.

Dann sah Carlheim Christina aufmunternd an.

»Ich?«, fragte sie. »Ich arbeite in einer Boutique in der Innenstadt. Esplanade.«

Stefanie pfiff durch die Zähne und ließ durch ein schiefes Lächeln keinen Zweifel daran, dass sie das ironisch meinte.

»Zur Künstlerin hat es eben bei mir nicht gereicht«, fauchte Christina, und dass ihr Beruf eine viel größere Herausforderung darstelle, als manche meinten, die keine Ahnung davon hätten. Dabei warf sie böse Blicke in Richtung Stefanie und Pia.

Paul sagte: »Kinder, wir werden uns doch nicht gleich an die Gurgel gehen. Ein wenig müssen wir uns für später aufheben, sonst wird es langweilig.«

Allgemeines Grinsen.

Er wäre gern Sängerin geworden, gestand Paul Ender, wobei er das »in« betonte.

»Die Figur hatte ich damals noch, aber mit der Stimme…«

Lina konnte sich ein Lächeln nicht verkneifen.

Paul zog die Augenbrauen in die Höhe und sah bedauernd auf seinen nicht vorhandenen Bauch.

»Tja, wer nichts wird, wird Wirt«, sagte er, seufzte und erzählte von seinem kleinen Café, das er mit einem Partner führte. Er schwärmte von seiner Arbeit dort und versprach, beim nächsten Mal für alle eine Kostprobe seiner Spezialität mitzubringen, Käsekuchen, der ihnen auf der Zunge zergehen würde.

Lina sah zu einer afrikanischen Maske, die ihr direkt ins Gesicht zu grinsen schien. Zu viele Augen, dachte sie und überlegte fieberhaft, mit welcher geschickten Ausrede sie diese Runde wieder verlassen konnte. Ihr fiel keine ein. Jede wäre fadenscheinig gewesen, und vor allem wäre sie aufgefallen. Hätte sich aus der Deckung begeben. Nein, sie musste mitspielen. Auf die Grenzen achten. Zuhören. Interessiert tun. Je mehr sie sich für die Schicksale der anderen interessierte, desto weniger würde man in ihr herumbohren. Notfalls würde sie von ihren Streifenfahrten erzählen und wie sehr sie das belastete.

»Und was für Leichen hast du im Keller?«, wandte sich in dem Moment Isabel an Lina. »Wer so verschwiegen ist, hat doch sicher einiges zu bieten.«

21

Wieder steht Lina vor Isabel von Dykes idyllischem Heim. Um den Weiher ziehen Jogger ihre Kreise, ein paar Krähen haben sich im Geäst der Bäume versammelt.

Diesmal überrasche ich sie, denkt Lina. Niemand soll sich vorbereiten können. Niemand soll Zeit haben, weitere Sackgassen anzulegen.

Auf dem Grundstück begegnet Lina einem etwa vierzehnjährigen Mädchen in Reithosen, speckiger Lederweste, die langen Haare ungepflegt, in der Hand eine Reitgerte. Das wird Annkatrin sein, denkt Lina, die Tochter, von der Isabel in der Therapie erzählt hat.

»Ich soll Sie ins Wohnzimmer bringen«, sagt sie.

»Mich?«, fragt Lina.

»Sie sind doch der verschissene Hochzeitsplaner?«

Lina antwortet nicht, sondern folgt ihr zum Haus. Hinter ihnen fährt knirschend ein Lieferwagen vor. Annkatrin bleibt auf der obersten Stufe stehen, klopft mit der Gerte gegen ihre Stiefel und beobachtet, wie die beiden Männer in ihren grünen Kitteln aus dem Wagen klettern. Einer von ihnen schiebt die Tür des Transporters auf und zieht einen Blumenkübel heraus, der üppig mit exotischen Gewächsen bepflanzt ist.

Mit ihrer Gerte zeigt Annkatrin stumm neben den Aufgang und öffnet die Tür.

»Sonst wurde schon alles angeliefert?«, fragt Lina, als sie in die Halle treten.

»Ich könnte kotzen, wenn ich an diese Hochzeit denke.«

Annkatrin dirigiert Lina an zwei üppigen chinesischen Vasen vorbei zu einer gläsernen Schiebetür, hinter der sich das Wohnzimmer befindet. Sie verschwindet wortlos und lässt Lina in dem bizarren Durcheinander aus Dekostoffen, roten Schleifen, Kartons mit Kerzen und Papierdekorationen allein.

Das Zimmer ist in einer Mischung aus Kolonial- und Barockstil eingerichtet. Ein Sofa mit Zebramuster, ein Barockspiegel, der Hocker daneben ist mint. An der Wand ist ein gigantischer Flatscreen angebracht.

»So sieht es aus, wenn sich ein reicher Junggeselle einrichtet«, sagt Isabel, die plötzlich hinter Lina steht. »Warst du zufällig in der Nähe?«

Sie trägt Jeans und einen olivgrünen Arbeitskittel. Dazu rosa Plastikhandschuhe, die sie mit einem Plopp abzieht.

»Du heiratest?«, fragt Lina. »Ich dachte …«

»Du weißt doch, wie die Männer sind. Er hat sich tapfer gewehrt, und nun ist die Schlacht geschlagen.«

»Aber ich dachte, du wärst längst verheiratet. In der Therapie hast du …«

»Kleine Notlüge«, sagt Isabel und zwinkert mit den Augen. »Ich wollte da nicht als diejenige rüberkommen, die es noch nicht geschafft hat.«

»Klein ist gut«, erwidert Lina.

»Na ja, wir leben schon eine ganze Weile zusammen. Das wird jetzt nur mit Ringen besiegelt. Ich muss an meine Tochter denken, geordnete Familienverhältnisse und so.«

Sie macht eine Pause und sagt dann: »Du weißt ja, wie wichtig die sind.«

Zweifellos eine Anspielung auf Linas Jugend in einer Adoptivfamilie. Natürlich hat sie in der Therapie erwähnt, dass sie in einer Pflegefamilie aufgewachsen ist. Isabel zeigt auf die Zebracouch und fragt, ob sie einen Tee »bringen lassen« soll.

»Du hast wahrscheinlich genug mit den Hochzeitsvorbereitungen zu tun«, sagt Lina rücksichtsvoll.

»Für einen Tee wird ja wohl noch Zeit sein.«

Isabel verlässt kurz das Zimmer und kommt dann wieder zurück. Sie setzt sich neben Lina auf die Couch und sagt: »Eigentlich glaube ich nicht ganz, dass du hier zufällig hereinschneist. Also, worum geht's?«

»Du weißt, dass Astrid tot ist?«

»Ja, ich weiß es«, sagt sie. »Ich muss das verdrängen, ich komme damit nicht klar. Es ist immer dasselbe.«

»Wie meinst du das?«

»In mir drinnen bin ich wahnsinnig traurig. Aber ich komme damit nicht raus, es ist wie weggeschlossen. Trotz der Therapie. Meine Güte, zwei Frauen sind tot, mit denen ich zwar nicht eng befreundet war, aber mit denen ich doch einige Zeit verbracht habe.«

»Kann man wohl sagen.«

Isabel rückt auf die Kante der Couch vor und sagt: »Was meinst du damit?«

»Nur, dass ihr oft zusammen wart.«

»Du meinst unsere Weiberabende? Du hast davon gehört?«

»Ja, und ich habe mich gewundert.«

»Ja, wir waren in verschiedenen Striplokalen. Hat uns allen gutgetan. Schon wegen des Abstands.«

»In verschiedenen Striplokalen«, wiederholt Lina und kann sich den ironischen Tonfall nicht verkneifen.

Eine junge Frau mit schwarzem Rock und weißer Schürze bringt zwei Gläser Tee, Sahne und Zucker. Wortlos verlässt sie den Salon wieder.

Isabel steht auf und schließt hinter ihr die Schiebetür.

»Was ist denn schon dabei, in solche Stripschuppen zu gehen?«, fragt sie, und ihr Ausdruck verrät, dass sie bereit ist, sich und die anderen zu verteidigen.

»Was ist mit den Swingerclubs?«

»Bist du jetzt als Moralapostel unterwegs?«

»Sex ist ja nun mehr als ein wenig Abstand finden.«

»Keine Ahnung, wer dir das erzählt hat. Es haben da gar nicht alle mitgemacht«, sagt Isabel. »Du warst wahrscheinlich noch nie in solchen Läden. Da kannst du dich einfach an die Bar setzen und nur zusehen. Niemand spricht dich an, niemand versucht, dich von irgendetwas zu überzeugen.«

»Swingerclubs mit Niveau«, erwidert Lina.

Isabel setzt sich noch ein wenig aufrechter und fragt mit schneidender Stimme: »Also Lina. Was willst du?«

»Es hat einen Anschlag auf mich gegeben.«

»Um Gottes willen. Was?«

»Jemand hat eine Schreckschusspistole an meinen Kopf gehalten und abgedrückt.«

»Und du glaubst … du glaubst, dass eine von uns etwas damit zu tun hat?«

»Ist das so unmöglich?«

Aufpassen, denkt Lina, nur nicht die völlige Ahnungslosigkeit zugeben, es ist die einzige Chance, Isabel etwas zu entlocken.

Isabel kramt eine Schachtel Zigaretten hervor und hält sie Lina hin.

»Willst du?«

Lina zieht eine Zigarette heraus, lässt sich Feuer geben und schweigt.

Isabel inhaliert tief und schüttelt dann den Kopf. Ihr brauner Teint ist selbst ungeschminkt nahezu makellos, findet Lina.

»Welchen Grund sollte es dafür geben?«, fragt Isabel nach einer Weile.

»Bei Carolin wurde eine Nachricht gefunden, die an mich adressiert war. Weißt du etwas darüber?«

»Himmel, Lina, nein! Hattet ihr denn Kontakt miteinander? Ich meine, Carolin war nicht gerade eine Plaudertasche.«

»Dir fällt nichts ein, wie da etwas zusammenhängen könnte?«, fragt Lina.

»Nicht die Spur. Aber wie wär's mit unserem Sigmund Freud?«

»Carlheim? Was hat der damit zu tun?«

»Na schön, vielleicht hatte sie besonderes Vertrauen zu dir, und du weißt es nur nicht. Deshalb die Nachricht an dich.«

»Die Nachricht war gefälscht«, sagt Lina. »Von Astrid.«

Isabel schweigt einen Moment. Dann sagt sie: »Also, ich war nur selten dabei, wenn sie losgezogen sind. Ich weiß nur, dass Astrid … Nun, Astrid hat das organisiert. Frag doch mal die anderen. Und du solltest daran denken …«

In dem Moment platzt ihre Tochter herein. Sie hält einen Zettel in der Hand und sagt: »Hier ist die Liste mit den Getränken. Das kann doch nicht wahr sein, dass …«

»Jetzt nicht!«, antwortet Isabel scharf.

Nachdem Annkatrin den Raum verlassen und die Tür hinter sich zugeknallt hat, fragt Lina: »Woran sollte ich denken?«

»Du bist Polizistin. Bist du doch immer noch?«

Lina nickt.

»Der Anschlag auf dich kann doch auch mit etwas völlig anderem zu tun haben. Im Job bist du einigen Leuten ganz sicher auf die Nerven gegangen. Wird das nicht untersucht?«

»Sicher«, sagt Lina.

»Trotzdem ist das sehr seltsam«, erwidert Isabel und drückt ihre Kippe in einem silbernen Aschenbecher aus. »Könnte es was Familiäres sein?«

»Sagen dir die Worte ›Vicky‹ und ›Ausflug‹ etwas?«

Isabel schüttelt den Kopf und denkt nach. »Sollen sie auf Hooge anspielen?«

Annkatrin schiebt geräuschvoll die Tür auf.

»Da steht ein Typ, der deine Unterschrift braucht!«, ruft sie in den Raum und scheppert die Tür wieder zu.

Isabel erhebt sich demonstrativ seufzend aus dem Sofa.

»Tut mir leid«, sagt sie. »Ich muss jetzt weitermachen. Man heiratet schließlich nicht alle Tage.«

Sie sieht nicht aus, als würde es ihr wirklich leidtun, denkt Lina, sondern eher so, als sei sie froh, mich loswerden zu können. Kein Wunder. Sie will ihre Prinzessinnenhochzeit durchziehen, und dann kommt eine aus der früheren Therapiegruppe und stellt unangenehme Fragen.

Isabel begleitet sie zur Tür und sagt: »Wäre nett, wenn du das mit unseren Weiberabenden nicht groß weitererzählst. Es ging nur um ein bisschen Spaß, mehr war da nicht. Die Leute machen schnell Skandalgeschichten aus so was.«

Sie umarmt Lina, sagt »Wünsch mir Glück« und bittet sie, noch einen Augenblick zu warten. Sie verschwindet im Haus und kehrt mit einem Stück Papier in der Hand zurück. »Hätte ich fast vergessen. Die Adressen der anderen Frauen, die wirst du brauchen«, sagt Isabel. Sie schließt die Haustür hinter Lina.

Lina starrt verdutzt auf den Zettel. Isabel muss ihren Besuch erwartet haben! Die Adressen auf dem Zettel waren in den Computer eingegeben und ausgedruckt worden. Oder hatte Isabel eine solche Liste einfach so für alle Fälle parat?

22

Lina überquert die Straße und sieht sich noch einmal um. Eine Angewohnheit seit Ralfs Tod. Seitdem hat sie oft das Gefühl, verfolgt zu werden.

Die Plätze vor den Cafés im Hamburger Schanzenviertel sind an diesem milden Frühlingstag von jungen Leuten bevölkert.

Ein Streifenwagen fährt im Schritttempo vorbei, doch kaum jemand nimmt Notiz davon. Lina erinnert sich daran, dass die Schanze für minderjährige Ausreißer die erste Anlaufadresse in Hamburg ist.

Sie geht am griechischen Restaurant »Olympisches Feuer« vorbei und biegt in einen Hinterhof ein. In der restaurierten Kaffeerösterei, zu der ein kleines Café gehört, finden zwei Mal in der Woche öffentliche Röstungen statt, die auf einer Schiefertafel angekündigt werden. »Befreiung von Bitterstoffen durch schonende Röstung«, steht auf einer Tafel mit Pfeil zum Shop. Lina steigt eine Metalltreppe hinunter und entdeckt Stefanie vor einer kupfernen Rösttrommel, von der sie einen Aufsatz abschraubt.

»Niemand weiß, wie luxuriös eine Kaffeemaschine ist, bei der man nur auf den Knopf drücken muss«, sagt sie finster, ohne aufzusehen.

»Du scheinst von meinem Besuch nicht gerade überrascht zu sein«, sagt Lina und setzt sich auf einen mit Kaffee gefüllten Sack, der neben der Maschine steht. »Ramirez Orgánico Café Altura« steht darauf, daneben ist ein alter Mann abgebildet, der seine Nase genüsslich über die Kaffeetasse hält.

»Isabel hat mich angerufen.«

Stefanie zieht ein Poliertuch aus der Tasche und putzt ein paar Stellen an dem Kessel blank. Dann stopft sie das Tuch zurück in die Tasche und setzt sich auf einen anderen Sack.

»Barista«, sagt Stefanie. »Die meiste Zeit ärgerst du dich mit diesen alten Röstgurken ab.« Sie versetzt der Maschine einen Klaps, als wäre sie ein unartiges Kind.

»Was ist mit deiner Malerei?«

»Zum Hobby degradiert. Mangelndes Talent.«

Lina holt tief Luft und sagt: »Zwei Frauen aus unserer Therapiegruppe sind ermordet worden, und keine von euch scheint das besonders zu interessieren.«

Stefanie zieht erneut das Tuch aus ihrer Tasche und wischt sich damit die Hände ab. Dann sagt sie: »Ehrlich gesagt hatte ich ein bisschen Angst, als Isabel mich anrief und sagte, dass du wahrscheinlich vorbeikommen und mir ein paar Fragen stellen würdest.«

»Angst? Wovor Angst?«

»Diese Abende sind ausgeartet.«

»Irgendetwas hat da mit mir zu tun«, sagt Lina, »und ich will rausfinden, was es ist.«

»Es ist sicher anders, als du denkst.«

»Glaubst du oder vermutest du das?«

»Ich bin bei diesen Frauenabenden nur zwei Mal dabei gewesen. Es war grauenhaft.«

»Frauen auf der Suche nach Ablenkung?«, sagt Lina.

»So kann man das auch nennen. Isabel hat jeden Schwanz genommen, den sie kriegen konnte.«

»Und Astrid?«

»Die große Partyplanerin, so eine Art Zeremonienmeisterin. Was für ein Gespann!«

»Pia und Christina?«

»Soweit ich das beurteilen kann, waren sie mit Begeisterung dabei. Ausgehungert wie sie waren.«

»Warum hast du nicht mehr teilgenommen?«

»So was kann ich auch ohne die Damen haben. Ich bin Single. Aber die hatten ja alle Typen am Start.«

»War Carolin auch dabei?«

»Ja. Ist nur mitgekommen, weil sie sich nicht ausschließen wollte. Schüchtern halt.«

»Meinst du damit zurückhaltend?«

»Die beiden Male, die ich mit ihnen unterwegs war, haben Carolin und ich an der Bar gesessen und den Typen signalisiert, dass wir in Ruhe gelassen werden wollten. Ich weiß überhaupt nicht, warum wir mitgegangen sind. War wohl Neugier.«

»Gut und schön«, sagt Lina, »Stripshows und Swingerpartys. Nur was hat das alles mit dem Tod von Carolin und Astrid zu tun? Und mit mir?«

»Soll ich sagen, was ich denke? Ganz ehrlich?«

Lina nickt.

»Es gibt keine Verbindung.«

»Ich fürchte doch«, sagt Lina. »Kannst du dich an etwas erinnern, das ich gesagt haben könnte, was jemandem in der Gruppe besonders aufgestoßen ist? An irgendeine Reaktion?«

»Du hast doch kaum was gesagt«, erwidert Stefanie, »jedenfalls in der Gruppe nicht.« Dann beginnt sie ein tellergroßes Zahnrad zu putzen.

Lina unternimmt einen letzten Versuch: »Kannst du dir einen Reim auf die Worte ›Vicky‹ und ›Ausflug‹ machen?«

Stefanie hört auf zu putzen und strahlt Lina plötzlich an.

»Klar, Vicky Cristina Barcelona! Das liegt doch auf der Hand.«

»Und was soll das heißen?«

»Du solltest hin und wieder mal deine Polizeiwelt verlassen und am richtigen Leben teilnehmen«, sagt Stefanie. »Das ist ein Film von Woody Allen. Ich habe ihn mit ein paar Frauen aus der Gruppe zusammen im Kino gesehen.«

»Bisschen weit hergeholt«, erwidert Lina.

Stefanie macht plötzlich ein nachdenkliches Gesicht. »Kann natürlich Zufall sein, aber im Kino saß Astrid neben mir.«

Lina sieht sie ungläubig an.

»Ja. Isabel war dabei, Pia, Christina und Carolin.«

Nachdem Lina Stefanie versprochen hat, sie auf dem Laufenden zu halten, verlässt sie die Rösterei und geht direkt zur U-Bahn-Station.

Jetzt am frühen Abend strömen die jungen Leute geradezu auf die Meile. Überall bilden sich Pulks von erwartungsfrohen Jugendlichen, die unterwegs sind in die Bars, Clubs und Restaurants. Ein Abend, von dem keiner weiß, wie er ausgeht.

Stefanie konnte sich im Zusammenhang mit dem Kinoabend an nichts Besonderes erinnern. Sie hätten danach in einem Restaurant gegessen, Stefanie wusste noch, dass auf der Speisekarte ausschließlich Kartoffelgerichte standen, dass sie eine gebackene Kartoffel mit Sour Cream gegessen hatte, dass es weder Streit noch intensive Gespräche gab und schon gar keinen Abstecher in ein Striplokal.

Sicher ist, dass Astrid ihr mit »Vicky und Ausflug« etwas Wichtiges mitteilen wollte. Ihr Mörder oder ihre Mörderin sollte diese Mitteilung nicht verstehen.

In der Therapie waren diese beiden Wörter jedenfalls nie erwähnt worden.

Lina spürt wieder ein leichtes Brennen im Rücken, das mit dem Gefühl einhergeht, beobachtet zu werden. Sie bleibt abrupt vor einem Ticketshop stehen, mustert die Plakate und wirft so unauffällig wie möglich einen Blick zurück. Was auch immer die Frau etwa zehn Meter von ihr entfernt sonst draufhaben mag – eine diskrete Verfolgerin ist sie nicht. Lina entdeckt sie und erkennt sofort, wer sie ist, obwohl sie mit einem Handy in der Hand vor einem Schaufenster steht. Kein Zweifel: Es ist Antje Kernel, die Frau, die angeblich ebenfalls eine Tochter von Irene Heise sein soll.

23

Warum ausgerechnet hier?«, fragt Che Ling.

Sie sitzen auf Bänken vor einem Wassergraben, hinter dem sich das Gehege der Orang-Utans befindet. Einer der Menschenaffen schaukelt gemütlich in einer Hängematte zwischen zwei Bäumen.

»Hier erkennt man Verfolger leichter«, sagt Lina. »Außerdem …«

»Jetzt bin ich gespannt.«

»… fühle ich mich wohl hier. Den Orang-Utans geht es gut. Sie spielen, necken sich, manchmal prügeln sie sich, ohne einander je ernsthaft zu verletzten.«

»Es geht ihnen gut«, äfft Che sie nach. »Das hier ist ein Zoo. Für die Tiere ist es der Knast.«

»Ich sehe ihnen gerne zu«, sagt Lina.

»Tja«, erwidert Che und verdreht die Augen. »Vielleicht

hätte Emmert dich ein paar Tage in U-Haft nehmen sollen. Der netteste Mensch dort ist der Pfarrer. Der steckt dir gleich zur Begrüßung einen Koffer zu. Allerdings musst du sagen, dass du katholisch bist.«

»Einen Koffer?«

»Ein Päckchen Tabak. Du könntest dich da noch nicht mal verständlich machen. Also, was ist jetzt mit der Frau, die dich beschattet hat?«

»Antje Kernel.«

»Und?«

»Sobald sie wieder auftaucht, werde ich sie fragen, warum sie mir folgt.«

»Und kommt sie infrage? Ich meine als Täterin?«

»Ich sehe da keine Beziehung zu Carolin oder Astrid.«

»Aber es gibt eine Beziehung zu dir«, sagt Che. »Ihr wurdet in irgendwelchen Akten als Halbschwestern geführt. Und diese Akten hat Astrid offenbar gelesen.«

»Aber was kann Kernel von mir wollen? Sie glaubt den Geschichten von Irene Heise ja genauso wenig wie ich. Ich brauche etwas, um sie festzunageln. Noch ist sie nicht wieder aufgetaucht. Was, wenn sie behauptet, sie wäre rein zufällig im Schanzenviertel gewesen?«

»Manchmal wundere ich mich, dass du so ruhig bleiben kannst«, sagt Che. »Immerhin wurde ein Anschlag auf dich verübt.«

»Ist nur Fassade«, erwidert Lina. »Ich kann nicht mehr richtig essen und nicht schlafen. Aber ich will noch nicht sterben, nicht jetzt und schon gar nicht, ohne zu wissen, warum.«

»Klingt pathetisch«, sagt Che.

»Ich fasse es noch einmal zusammen. Vor anderthalb Jahren habe ich an einer Gruppentherapie teilgenommen, weil ich aus einer beschissenen Beziehung mit einem gewaltbereiten verheirateten Kollegen rauswollte.«

»Der dich außerdem gestalkt hat.«

»Ja. Ich stimmte einer Therapie auch deshalb zu, weil ich ein paar üble Panikattacken hatte. Ich versuchte, die Sitzungen einigermaßen über mich ergehen zu lassen.«

»Du hast ihnen was vorgespielt«, sagt Che.

»Darum geht es nicht. Mehr als ein Jahr nach Ende der Therapie steht eine Teilnehmerin aus der Gruppe vollkommen aufgelöst vor meiner Wohnungstür und faselt unverständliches Zeug von erwachten Monstern. Noch an demselben Abend finden mein Kollege Alex und ich sie tot in ihrer Wohnung, mit Schnitten in den Handgelenken, verblutet, der Unterleib durch einen explosiven Dildo zerfetzt.«

»Wer immer das war, er muss echt pervers sein«, sagt Che. »Stimmt übrigens, was du vorhin über Orang-Utans gesagt hast. Sind nette Kerle im Vergleich zu Menschen.«

»Im Flur der Wohnung, in der wir Carolins Leiche finden, hängt ein Foto von Carolin und mir. Auf der Rückseite steht eine Nachricht. ›Auf Wiedersehen, Lina. Glaub ihnen nicht.‹«

»Mit verstellter Schrift.«

»Entweder von Astrid geschrieben, oder jemand anders hat Astrids Schrift nachgemacht, was ich für wahrscheinlicher halte. So blöd war Astrid nicht. Außerdem ist es unwahrscheinlich, dass Astrid eine Quittung über einen manipulierten Vibrator herumliegen lässt. Jedenfalls taucht Astrid ebenfalls bei mir auf und deutet dunkle Geheimnisse an, die die Frauen aus der Gruppe und der Therapeut verbergen. Zampano Kriminalhauptkommissar Sven

Emmert behauptet, Astrid habe in meinen Behördenakten gestöbert. Dann ist da noch diese Kamera, die ich hinter einer Deko-Maske in der Wohnung gefunden habe, in der Carolin ermordet wurde, und die wohl im Schlafzimmer befestigt war.«

»Du hast Paul Ender vergessen.«

»Stimmt.«

»Immerhin ist der wie vom Erdboden verschluckt.«

»Genauso wie der Therapeut. Jedenfalls gibt es keinen aktuellen Meldeeintrag über ihn. Laut Sven.«

»Frührentner im sonnigen Thailand?«, sagt Che. »Aber wir müssen ihn finden. Und auch Ender. Denn merkwürdig bleibt, dass der fluchtartig sein Café verkauft und Hamburg verlassen hat.«

»Eins nach dem anderen. Man präsentiert mir eine Frau als Mutter, die wahrscheinlich nur ihren Namen für ein Formular hergegeben hat. Mein Adoptivvater ist ebenfalls nicht bereit, mir zu sagen, was er weiß, außerdem benutzt er fast die gleiche Formulierung wie diese Schwester Irene. Sie sagen, dass ich die Vergangenheit ruhen lassen soll.«

»Obwohl sie beide alt sind und nichts mehr zu verlieren haben«, sagt Che.

Genau das ist ja das Verrückte daran, denkt Lina und fährt fort:

»Astrid wird umgebracht. Sie hinterlässt mir eine Nachricht, die ›Vicky und Ausflug‹ lautet. Dazu fällt Stefanie ein Film von Woody Allen ein, den sie sich gemeinsam mit den anderen Frauen im Kino angesehen hat.«

»Wenn Astrid den Film gemeint hat, dann deutet es auch auf das fehlende Wort hin«, sagt Che. »Vicky Cristina Barcelona, so lautet der Titel des Films. Also Barcelona. Das Wort ›Ausflug‹ haben wir noch nicht.«

»Ich kann mir trotzdem keinen Reim darauf machen.«

»Wir müssen diese Behördenunterlagen finden«, sagt Che und zeigt auf zwei Kinder, die die Bewegungen eines Orang-Utans nachahmen. Ein Affenjunges beginnt mitzuspielen, es kratzt sich unter dem Arm und schlägt sich auf den Kopf. Dann schlägt es unvermittelt einen Purzelbaum.

»Das kriegen sie nicht hin«, sagt Lina.

Momentelang beobachten Lina und Che Ling schmunzelnd die Szene, die sich ihnen darbietet.

»Lina?«

»Ja?«

»Du hast etwas vergessen.«

»Was denn?«

»Dass du mich beinahe abgeknallt hättest.«

Lina lächelt ihn an und sagt: »Ein Krimineller weniger.«

»Jeder muss Opfer bringen«, sagt Che und schlägt vor zu versuchen, noch mehr über die Therapieteilnehmer herauszufinden.

»Etwas Druck – und mit Glück wird jemand nervös. Allerdings …«

»Allerdings was?«

»Du musst aufpassen. Beim nächsten Mal könnte es eine echte Pistole sein.«

Zum Abschied gibt Lina ihm drei neue Handynummern, unter denen sie ab sofort zu erreichen sei.

»Wieso drei Handys?«, fragt Che. »Geht's doch um eine Alien-Verschwörung?«

»Ich hab jemanden am Hals, der gern mit der GPS-Ortung spielt.«

Während Che Ling den Weg zum Ausgang einschlägt, spaziert Lina noch an den Käfigen der Waschbären und Leoparden vorbei. Die Tiere dämmern vor sich hin. In einer Voliere hocken Papageien, wenige Meter entfernt springt ein Känguru über den kahlen Boden. Lina kann ein Kängurubaby erkennen, das seinen Kopf aus dem Beutel der Mutter steckt. In der Ferne wird das Trompeten eines Elefanten vom Geschrei eines Pfaus beantwortet.

Eine ältere Frau steht mit einer Plastiktüte vor dem Gehege der Wisente. Eines der Tiere trabt mit durchgebogenem Rücken gemächlich auf sie zu und lässt sich durch das Gatter hindurch mit Brotstücken füttern. Die Frau spricht mit ihm, und es spitzt sichtbar die Ohren. Lina hat den Eindruck, als würden sich die beiden schon sehr lange kennen.

»Jeder muss Opfer bringen«, hatte Che im Scherz gesagt.

Wenn sie die Chance nutzen will, muss auch sie ein Opfer bringen. Und zwar bevor es zu spät ist. Seit Jahren nimmt sie es sich vor. Immer wieder. In nüchternem und in betrunkenem Zustand. Doch getan hat sie es bislang nicht. Sie kann es nicht länger hinauszögern. Es muss sein. Heute.

24

Was ist während der Therapie geschehen?, denkt Lina, bevor sie sich auf *diesen* Weg macht. In der U-Bahn lässt sie wieder einmal die Therapiesitzungen Revue passieren.

Beim ersten Gruppentreffen hatte Christina beteuert, dass sie schon alles versucht habe. Tagelang sei sie ohne Geld und ohne Kreditkarte unterwegs gewesen, habe sich während der Ladenöffnungszeiten nicht auf die Straße getraut und sei schließlich in ein Dorf gezogen, in dem es nur einen einzigen kleinen Lebensmittelladen gab. Doch nach wenigen Wochen der Abstinenz habe sie wieder voll zugeschlagen. Der Zwang zu kaufen sei übermächtig. Jedes Mal nach Verlassen der Geschäfte müsse sie sich erbrechen.

Nachdem sie geendet hatte, strich sie sich die Strähnen ihrer blonden Haare hinter die Ohren und drehte nervös den Ring an ihrem Finger. Sie neigte ihren Kopf ein wenig nach vorne und schien auf etwas zu warten, eine Reaktion, eine Frage … Doch die Frauen schwiegen. Severin Carlheim kritzelte weiter etwas in sein Notizbuch und schwieg auch.

»Das ist sicher nicht alles, oder?«, fragte Stefanie schließlich.

»Ich habe enorme Schuldenberge bei der Bank und konnte mir monatelang nichts Vernünftiges zu essen kaufen.«

»Auch eine Methode abzunehmen«, kommentierte Astrid wie gewohnt trocken.

Christina beachtete Astrid nicht weiter. Es sprudelte aus ihr heraus, als hätte sie sich schon seit Wochen vorgenommen, ihre Schleusen zu öffnen. Sie rechnet schonungslos mit sich ab, fand Lina. Für einen Augenblick erwischte sie sich bei dem Gedanken, ob auch sie Panikattacken und Depressionen loswerden könnte, wenn sie sich hier in der Gruppe öffnen würde. Ob die Erinnerungen an ihre Kindheit wiederkämen, wenn sie hier über Ralf sprechen würde. Wenn sie gestehen würde, dass sie schuldig war an seinem Tod.

»Ich habe versucht, die Schuhe, Kleider und den ganzen Kram, den ich angeschafft hatte, über eBay wieder zu verkaufen. Brachte natürlich nichts ein, selbst wenn noch das Etikett dranhing. Schließlich habe ich die Sachen verschenkt oder zum Roten Kreuz gebracht, um meine Schuldgefühle loszuwerden. Die ganze Zeit habe ich Theater spielen müssen. Meine Ehe ist dabei kaputtgegangen, und ich habe mich damit getröstet, es so richtig krachen zu lassen. An dem Tag, als die Scheidungspapiere im Briefkasten lagen, habe ich 4000 Euro durch den Ofen gejagt.«

Tränen liefen ihr über das Gesicht. Der Therapeut tat, was er in solchen Situationen zu tun pflegte. Er sah mit nachdenklicher Miene über den Brillenrand und machte sich ein paar Notizen.

Drei Freunde habe sie mit ihrem Wahnsinn vertrieben, sagte Christina, dabei leide sie so unter der Angst, verlassen zu werden. Irgendwann sei sie auf Beruhigungstabletten gekommen. Damit sei ein paar Monate alles ganz gut gelaufen, aber dann sei die Wirkung ins Gegenteil umgeschlagen, sie sei immer nervöser und fahriger geworden. Zurzeit bahne sich wieder etwas mit ihrem geschiedenen Mann an.

»Da ist noch so viel Vertrautheit«, sagte sie, »aber ich habe Angst, dass es wieder von vorn losgeht, sobald auch nur die kleinsten Schwierigkeiten auftauchen.«

»Und da arbeitest du in einer Boutique?«, fragte Pia.

»Das tut mir gut. Ich sehe ja den Krempel, und ich ekle mich davor. Als Kind habe ich immer geglaubt, dass Gott sich hinter dem Altar versteckt. Eines Tages bin ich hingegangen und habe nachgesehen. Doch Gott war nicht da. Nur ein paar abgebrannte Kerzen lagen herum, und dann huschte eine Maus vorbei.«

»Aber wie kann man etwas verkaufen, vor dem man sich ekelt?«

»Das geht«, erklärte Christina. »Ich packe die Artikel

ein, und wenn ich Geldscheine oder eine Kreditkarte in der Hand halte, denke ich: Mensch, das könnte dein Geld sein, das da weggeht. Aber so kommt das Geld eben zu mir.«

»Dann hast du deine Kaufsucht ja einigermaßen im Griff, oder?«, fragte Astrid.

»Vor Schuhgeschäften muss ich mich hüten, dann wechsele ich immer die Straßenseite.«

Christina schnäuzte sich. Plötzlich begann sie zu lachen.

»Es gab eine Zeit, in der ich mir Löcher in die Socken geschnitten habe, damit ich mich nicht traue, meine Schuhe zur Anprobe auszuziehen. Das war wirklich krank.«

Eines hast du nicht erwähnt, dachte Lina, jedes Mal, wenn du herkommst, hast du eine neue Handtasche und dazu frisch manikürte Nägel. Christina registrierte es, als Lina auf ihre Hände blickte.

»Ach das«, sagte sie, als hätte sie in Linas Gedanken gelesen. »So eine Maniküre dauert eine Stunde. In der kann ich wenigstens nicht einkaufen. Es geht nur langsam voran, Stück für Stück«, sagte sie und sah etwas unsicher zu Severin Carlheim hinüber. Doch der kratzte sich durch den grauen Stoppelbart und sagte gar nichts.

Paul hatte Christina konzentriert zugehört.

»Denkst du gerade darüber nach, ob du über Christina ein paar schöne Kleider beziehen kannst, Paul?«, fragte Astrid provozierend.

Allgemeines Gelächter, nur Paul sah sie verdattert an.

»Du bist ja hier wegen deiner Macke, Frauenkleider tragen zu wollen.«

»Bin ich nicht«, sagte Paul. »Kleider tragen zu wollen ist keine Macke. Das hat was mit Geschmack, mit Weiblichkeit zu tun.«

»Und warum bist du dann hier?«, fragte Astrid, und ihre Augen blitzten.

»Ich bin hier, weil ich in die Dunkelheit gehe«, sagte Paul ernst.

»Depressionen?«, fragte Christina, die sich dafür revanchieren wollte, dass Paul ihr so aufmerksam zugehört hatte.

»Die kommen immer danach«, sagte Paul. »Ich meine wirklich die Dunkelheit.«

Er machte eine Pause und starrte betreten auf seine Hände.

»Ich gehe in Darkrooms. Anonymer Schwulensex. Es ist gefährlich.«

»Hast du Angst vor AIDS?«, fragte Lina.

»Das auch. Aber vor allem schäme ich mich entsetzlich dafür«, sagte er. »Es ist, als wollte ich mich umbringen, dabei lebe ich gern. Ich habe ein feines Café, einen tollen Lebenspartner, kenne eine Menge netter Menschen, und dann gehe ich in Darkrooms. So als wäre da noch jemand in meinem Kopf, der sagt: ›Geh und hol es dir ab, dein Päckchen mit AIDS wartet schon.‹ Es ist wie … wie eine Fernsteuerung.«

»Und wie oft musst du … ich meine, wie oft gehst du dahin?«, fragte Lina.

»Ich schaffe es, monatelang nicht hinzugehen. Aber ich denke jeden Tag daran. Die Fantasien lauern mir regelrecht auf.«

Lina bemerkte, dass Pia Landt immer nervöser wurde. Auch die Lehrerin dachte wahrscheinlich, dass es nach zwei oder drei Therapiesitzungen höchste Zeit war, ihre Geschichte zu erzählen, wenn sie hier nicht vergessen werden wollte.

»Ich liebe die Kinder«, sagte sie. »Am liebsten würde ich sie alle nacheinander an die Hand nehmen und ihnen blühende und duftende Gärten zeigen.«

»Bist du etwa wegen Kindesentführung hier?«, fragte Isabel, die sichtlich bemüht war, die Situation etwas aufzulockern, indem sie Astrids Rolle übernahm.

Pia ignorierte die Frage, nahm die Brille ab und legte sie auf den Tisch.

»Ich ertrage es nicht, wenn Kinder in Massen auf mich zustürmen.«

»Und wie verhältst du dich, wenn sie das tun?«, fragte Carolin teilnahmsvoll. Sie schien dieses Gefühl zu kennen.

»Schweißausbrüche, Angst … ich habe mich im Klo eingeschlossen. Schon öfter. Dabei habe ich doch den Anspruch, sie zu kultivierten Menschen zu erziehen. Menschen mit Feingefühl, mit Respekt vor den anderen, mit Sinn für Kunst. Menschen, die ihre Umwelt wahrnehmen, die Rücksicht nehmen …«

»Hört sich an wie die UNO-Charta«, meinte Astrid.

»Du verstehst mich falsch«, wehrte sich Pia. »Ich liebe sie. Ich möchte sie beschützen und in den Arm nehmen. Sie sind bezaubernd, wenn sie mit ihren aufgeregten Gesichtern vor mir stehen und zu mir hochsehen. Mit dieser Mischung aus Neugierde und Lebensfreude.«

Astrid lehnte sich in ihren Stuhl zurück und verschränkte die Arme vor der Brust. Lina ahnte, dass nichts Gutes kommen würde.

Nach einer theatralischen Pause sagte Astrid: »Sag mal, Pia, als du dich im Klo eingeschlossen hast, warst du da allein? Und wen liebst du mehr, die Jungen oder die Mädchen? Und was machst du mit ihnen, wenn du sie zu sehr liebst?«

25

Es muss sein. Heute.

Lina biegt in die kleine Seitenstraße ein und sieht ihren Adoptivvater, der mit hängenden Schultern auf sein Haus zugeht, klein, gebückt und mit einer Plastiktüte in der Hand.

Ich kann es nicht, denkt sie, doch sie verscheucht den Gedanken sofort. Wie oft hat sie schon vor Jahren vor dem Haus gestanden, sich vorgenommen, reinen Tisch zu machen. Jedes Mal war sie wieder umgekehrt. Hatte oft nicht einmal geklingelt.

Er hat ein Recht zu erfahren, was damals wirklich passiert ist, wie sein Sohn umkam und dass es ihre Schuld war. Und sie muss ihre Chance nutzen. Vielleicht wird er ihr nach ihrem Geständnis verraten, was er über ihre Herkunft weiß. Sie spürt einen Anflug schlechten Gewissens, weil sie mit ihrem Geständnis nicht nur Klarheit schaffen, sondern vor allem auch etwas erfahren will.

Sie raucht eine Zigarette und geht dann entschlossen auf das Haus zu, das bei Tageslicht noch heruntergekommener aussieht. Der Schuppen, in dem Ralf ums Leben kam, wurde bald danach abgerissen. Lina versucht, sich zu beruhigen, atmet ein paar Mal tief ein und aus. Dann geht sie zum Haus und läutet.

Es dauert ein wenig, bis er die Tür mit einem überraschten Gesichtsausdruck öffnet.

»Lina! Geht's dir nicht gut?«

»Wir müssen reden, Papa«, sagt sie.

»Gibt es Einwände gegen einen Kaffee?«

»Nein«, sagt sie lächelnd.

Ihre Blicke streifen durch die Räume. Seit ihrem Auszug hat sich tatsächlich nicht viel verändert, stellt sie fest. Beim letzten Besuch war ihr das nicht weiter aufgefallen. Die Garderobe, Regale, Schränke, der kleine Küchentisch mit dem Deckchen … die Dinge sind dieselben, doch sie haben ihre Farbe verloren. Sie kommen ihr vor wie unscharfe Schwarzweißfotos in einem längst vergilbten Fotoalbum.

»Was hast du denn auf dem Herzen?«, fragt er, während er zwei Tassen auf den Tisch stellt.

»Es geht um Ralf.«

Seine Augen werden feucht.

»Lina, das ist lange her.«

»Aber es kommt immer wieder in mir hoch.«

»Das sollte wohl so sein«, sagt er und nimmt einen Schluck. »Kuchen habe ich nicht, aber möchtest du vielleicht einen Keks?«

»Ich … habe ihn getötet«, sagt Lina.

Ihr Vater sieht sie schweigend an und schüttelt bedächtig den Kopf.

»Das war damals auch für dich alles zu viel …«

»Hast du gehört, was ich gesagt habe? Ich habe Ralf umgebracht.«

»Unsinn.«

»Es ist kein Unsinn. Ich habe ihn umgebracht.«

Sie erzählt von Beginn an, von der Katze, die Ralf gequält hatte, weil er damit Lina strafen wollte, vom tragischen Tod der Katze und wie Ralf Lina daraufhin monatelang erpresste. Nur seine sexuellen Übergriffe, denen sie damals permanent ausgesetzt war, ließ sie aus.

»Ich wusste einfach nicht mehr, wie ich mich wehren sollte, ich war am Ende«, sagt sie. »Ich habe das Kabel am Regal befestigt und zu Gott gebetet, er möge entscheiden, ob Ralf es anfasst oder nicht. Ich war ein Kind. Ich hatte Angst, furchtbare Angst, von euch wieder wegzumüssen.«

Ihr Adoptivvater nickt stumm, denkt nach, steht auf und kehrt mit einem Karton in der Hand zurück, der mit schwarzem Seidenpapier beklebt und einem goldfarbenen Gummiband verschlossen ist. Er schiebt die Kaffeetasse beiseite, atmet hörbar ein und aus und öffnet dann mit einem leisen Stöhnen den Karton. Er zieht einen Kinderschal heraus, ein Paar Handschuhe und schließlich einen Packen Fotos, der ebenfalls mit einem Gummiband zusammengehalten ist. Er sieht sich die Fotos an, zieht eines heraus und zeigt es Lina.

»Die Fotos hat die Polizei gemacht. Da, das Regal mit dem Kabel daran.«

Lina betrachtet das Foto. Sie hat den Schuppen viel größer in Erinnerung.

»Ich war das«, sagt sie.

Ihr Vater schüttelt den Kopf und sagt: »Sieh mal genau hin.«

Lina versteht nicht, was er meint.

»Das Regal ist aus Holz. Holz leitet keinen Strom.«

»Aber …«

»Daran ist Ralf nicht gestorben. Als ich auf der Suche nach ihm die Türklinke von dem Schuppen runtergedrückt habe, bekam ich einen elektrischen Schlag. Verstehst du? Das Kabel war an der Türklinke befestigt. Die Polizei ist davon ausgegangen, dass er es selbst dort angebracht hat, um nicht gestört zu werden. Es war wohl gegen dich gerichtet. Er wollte nicht, dass du in seinen Schuppen kommst.«

Lina starrt verwirrt auf das Foto. Türklinke?, denkt sie. Wieso die Türklinke?

»Es war ein Mechanismus, der sich beim Schließen der Tür aktivierte. Er muss vergessen haben, ihn auszuschalten, als er rauswollte. Er hat ja gern rumgebastelt, obwohl wir ihm den Umgang mit Strom und Feuer strikt verboten hatten.«

»Ich wollte ihn umbringen!«, sagt Lina.

»Hast du aber nicht. Es war ein Unfall.«

Vor Linas Augen tanzen schwarze Kreise, dann sprühen Funken, in ihrem Kopf rauscht es. Sie darf jetzt nicht umkippen. Vor sich sieht sie auf einmal Ralfs hämisch lachendes Gesicht. »Ich gewinne immer. Du kannst mich nicht besiegen«, scheint er ihr zu sagen.

»Lina?«, hört sie wie aus weiter Ferne die Stimme ihres Adoptivvaters. »Willst du dich ein wenig auf die Couch legen?«

Sie schüttelt den Kopf und massiert sich die Schläfen. Vor ihrem inneren Auge nimmt plötzlich ein Zimmer Formen an. Ein Kinderzimmer. Auf einem himmelblauen Teppich liegen blutige Kindersachen. Ein Unterhemd, ein zerrissenes und mit Blutspritzern besprenkeltes rosa Kleidchen. Eine Dose mit weißer Creme, in der sich Blutstropfen sammeln.

»Du musst es mir sagen, Papa«, sagt Lina leise. »Was geschah vorher? Wo war ich? Bei wem bin ich aufgewachsen?«

Eins, zwei drei, ich hau die Hand entzwei. Mit dem Hackebeil, zack, zack, zack, und schon ist's vorbei.

Es sind die feurigen Kreise auf meinem Rücken, die mir das vorsagen. Sie sagen: Wach auf, du Prinzessin. Du musst dein Reich verteidigen. Die Feinde rütteln schon am Tor zur Burg.

Sie schwimmen durch den Graben. Sie kommen mit Pech und Schwefel, und die Ängstlichen sind auf der Flucht.

Eine Prinzessinnenpflicht hast du. Die darf man nicht auf die leichte Schulter nehmen. Erstich deine Feinde, spieß sie auf, verbrenne sie. Haben sie erst die Burg gestürmt, ist dein Leben keinen Pfifferling mehr wert.

Dummer Junge. Du musst die Hand des stählernen Ritters drücken. Türklinke auf, Türklinke zu. Und schon bist du besiegt.

26

Lina verlässt das Haus ihrer Adoptiveltern. Sie taumelt mehr, als sie geht. Zugleich fühlt sie sich unendlich viel leichter, als hätte sie plötzlich mehr Platz in sich.

Ich habe ihn nicht getötet, denkt sie. Ich war es nicht. Ich war es nicht. Ich habe es gewollt, aber es war ein Unfall. Ralf ist mir selbst nach seinem Tod noch auf der Seele herumgetanzt. Aber nein, ich war es nicht. Ralf, jetzt musst du auch in meinem Kopf sterben. Endlich verschwinden.

Da sieht sie plötzlich die Frau. Sie steht am Ende der Straße und wartet. Sie ist es. Antje Kernel.

Als sie Lina auf sich zukommen sieht, dreht sie sich auf dem Absatz um, beschleunigt ihre Schritte und biegt um die Ecke, verschwindet aus Linas Blickfeld.

Sie sucht, denkt Lina, vielleicht sucht sie dasselbe wie ich. Eine Erinnerung, ein kleines Stück Gewissheit.

»Ich weiß nichts Genaueres über deine Herkunft«, hatte ihr Adoptivvater versichert.

Sie hatten sie in einem Krankenhaus abgeholt. Das Jugendamt hatte Irene Heise als biologische Mutter in die Papiere eingetragen. So ganz konnte auch ihr Adoptivvater das nicht glauben, schließlich war die Frau eine Nonne. Aber sie hatten sich so gefreut, sie in ihrer Familie zu haben.

»Wir wollten keinen Staub aufwirbeln.«

Sie bekamen mit, dass Lina in den ersten Monaten häufig Albträume hatte. Darüber gesprochen hatten sie mit ihr nicht. Es kam vor, dass die Pflegeeltern nachts in ihr Zimmer gingen, um nachzusehen, ob alles in Ordnung war. Dann stand Lina am Fenster und starrte in die Nacht hinaus, als würde sie nach etwas Ausschau halten. Sie hatten Lina gefragt, ob sie auf etwas oder jemanden wartete, doch Lina hatte nur stumm Kreise mit dem Finger auf die Scheibe gemalt.

Lina hatte sich das genaue Datum geben lassen, an dem sie in die Familie Andersen gekommen war. 1988 war das.

»Ralf ist am Tag des Mauerfalls gestorben«, hatte ihr Vater nachdenklich gemeint. »Deshalb saßen wir vor dem Fernseher und haben nicht rechtzeitig nach ihm gesehen.«

Sie hat bis heute mit ihrer Schuld gelebt, mit der Gewissheit, Ralf getötet zu haben. Und nun löst sich das alles auf. Jetzt muss doch etwas mit ihr passieren. Sie ist frei, plötzlich frei von Schuld, frei von Ralf. Sie ist keine Mörderin, sie hat mit einer Lüge gelebt. Ein Unfall. Doch trotz der spürbaren Erleichterung fühlt Lina sich nicht befreit. Irgendetwas anderes, etwas nicht Greifbares wirft noch immer seine Schatten bis in die Gegenwart.

Sie muss an diese Papiere herankommen, die Astrid in der Behörde aufgetrieben hat. Seit zwei Tagen versucht Lina, mit Pia und Christina zu sprechen. Beim ersten Anruf hatte Pia noch abgehoben. Doch noch bevor Lina ihr Anliegen hätte unterbreiten können, war Pia ihr ins Wort gefallen und hatte unwirsch gesagt, Lina solle sie in Ruhe lassen, sie habe nichts mit alldem zu tun. Dann hatte sie aufgelegt. Lina hatte Pias Stimme angehört, dass sie Angst hatte. Angst zu sprechen? Angst, das nächste Mordopfer zu sein? Danach hatte Lina nur noch Pias Mailbox erreicht. Ihre Anrufe bei Christina waren bisher vergeblich, die hatte nicht einmal ihre Mailbox eingestellt.

Ihr knurrt der Magen, weil sie den ganzen Tag noch nichts gegessen hat, und sie beschließt, im Thai-Imbiss eine Kleinigkeit zu sich zu nehmen. Sie bestellt eine Portion Hühnchen mit Pilzen und Reis und setzt sich an einen freien Tisch.

Am Nebentisch versucht eine junge Frau, ihrem Kind das Essen mit Stäbchen beizubringen. Ein Hüne in blauer Arbeitskluft, die Hände in den Taschen, kommt herein, baut sich vor dem Tresen auf und geht die Liste der Gerichte durch. »Große Portion?«, fragt die Thailänderin und lacht den Mann verschmitzt an. Der nickt zustimmend, wobei sein wuchtiges Kinn wippt, und sagt: »Die 32, ich nehme die 32.« »Dreitausendzweihundert!«, ruft die Thailänderin dem Koch zu. »Megaportion, für großen Hunger!«, fügt sie dann noch hinzu.

Lina versinkt wieder ins Grübeln. Ihr kommt es so vor, als hätte sie heute ihrem Vater zum ersten Mal direkt und ohne jede Scheu ins Gesicht gesehen. Sie glaubt ihm, dass er keine Ahnung hat, woher sie kommt. Er hat ihr nichts vorgespielt, sondern ihr glaubhaft versichert, dass er ihr gern helfen würde. Es sei wohl richtig, dass ein Mensch seine Wurzeln kenne, hatte er zugegeben, doch es sei ihnen beim Amt gesagt worden, dass ihnen das Pflegekind jederzeit wieder weggenommen werden könnte und dass sie alles so belassen sollten. »Manchmal ist es besser, wenn die Vergangenheit im Dunkeln bleibt«, habe der Leiter des

Jugendamtes mit Verschwörermiene gesagt, und daran hätten sie sich gehalten. Ihr Adoptivvater hatte sich ein paar Tränen aus den Augen gewischt und gesagt: »Aber vielleicht muss man erst wissen, bevor man vergessen kann.«

Trauriger alter Mann, denkt Lina. Du hättest eine ganz andere Tochter verdient.

Lina würzt ihr Essen mit eingelegten Peperoni und sieht durchs Fenster nach draußen auf die Straße. Fließender Verkehr. Gut so.

Was war aus ihrer guten alten Strategie des Nicht-Auffallens geworden? Sie hatte ihr bisher ganz gut durchs Leben geholfen. Jetzt hetzt sie durch die Stadt und versucht, das scheinbar unergründliche Puzzle ihrer Vergangenheit zusammenzusetzen. Ein komplettes Ganzes daraus zu machen. Ihr Leben. Und auch wenn es schlimm gewesen sein mag, so ist es doch ihr Leben.

Eines ihrer Handys klingelt. Che meldet sich.

»Vicky. Ausflug«, sagt er.

»Das chinesische Jahresrätsel«, antwortet Lina, die kurz erwägt, Che vom Besuch bei ihrem Vater zu erzählen, die Idee jedoch wieder verwirft.

»Noch interessiert? Oder kann ich mich wieder an das Verkaufen von Villen machen?«

»Mehr denn je …«, sagt Lina.

Völlig unvorbereitet wird sie von einem Gedanken getroffen, als würde ein Blitz einschlagen. Wie war Ralf eigentlich auf die Idee gekommen, das Kabel an der Schuppentür zu befestigen? Ralf hatte nie mit Strom herumexperimentiert. Wenn überhaupt, so war das ihr Steckenpferd gewesen.

»Lina?«, fragt Che.

»… bin wieder da«, sagt Lina. »Schieß los.«

»Ich habe mir diesen Woody-Allen-Film noch einmal angesehen …«

»… und bist auf eine weitere verschlüsselte Botschaft gestoßen«, sagt Lina ironisch.

»Unsinn. Diese beiden Filmheldinnen, Vicky und Cristina, machen einen Ausflug nach Oviedo.«

»Kenne ich nicht.«

»Liegt in Asturien, Spanien, Atlantikküste, ganz im Norden. Sehr grün, sehr schön, uraltes Städtchen.«

»Das sind doch reine Spekulationen«, wehrt Lina ab und beißt in einen frittierten Krabbenchip, der krachend in ihrem Mund zerbirst.

Che ignoriert ihren Einwand und sagt: »Ich habe ein wenig im örtlichen Telefonbuch von Oviedo herumgesucht. Rate, wer da drinsteht.«

»Der Prinz von Asturien«, sagt Lina.

»Fast. Ein Antiquitätengeschäft.«

»Nun mach es nicht so spannend.«

»Das Geschäft wird betrieben von einem gewissen S. Carlheim.«

»…«

»Lina? Hast du mich gehört?«

»Aber …«

»Dein Psychotherapeut hat sich nach Spanien abgesetzt, einen kleinen Laden aufgemacht und schreibt wahrscheinlich jetzt seine Memoiren. Wenn man das als Psychotherapeut überhaupt darf.«

»Unsinn.«

»Das mit dem Geschäft stimmt.«

»Bist du absolut sicher?«

»Es befindet sich in der Calle de San Vicente.«

»Vielleicht hat Astrid ja die Unterlagen über mich dort versteckt.«

»Nicht nur das«, sagt Che. »Vielleicht hat sie ihn sogar gebeten, einen Blick darauf zu werfen. Wäre ja nicht auszuschließen.«

»Aber warum? Wieso waren ihr Unterlagen wichtig, die *meine* Kindheit betreffen? Was steht darin, verdammt?«, ruft Lina aufgebracht, verschluckt sich und hustet die Krümel aus der Luftröhre. Die Thailänderin eilt herbei und reicht ihr eine Serviette. Mit einer dankbaren Geste bedeutet Lina ihr, dass alles in Ordnung ist.

»Keine Ahnung«, sagt Che Ling. »Aber ganz bestimmt wollte sie mit den Unterlagen ihre Unschuld am Tod von Carolin beweisen. Deine Vergangenheit muss da irgendeine Rolle spielen.«

»Was ist mit Paul Ender?«

»Bleibt spurlos verschwunden. Auch sein langjähriger Geschäftspartner und früherer Freund hat nicht die geringste Ahnung, wo er sich aufhalten könnte.«

»Keine Familie, keine Facebook-Einträge, keine laufenden Versicherungen?«

»Wie sollte ich an Versicherungsdaten kommen?«, fragt Che. »Nein, nichts, sein Facebook-Account ruht, er wurde seit Wochen nicht genutzt.«

»Da verschwindet jemand, und kein Mensch, wirklich niemand, fragt mal nach?«

27

Lina hat einen Fensterplatz im Flieger bekommen. Sie stöpselt sich die Kopfhörer ihres Handys ins Ohr, schaltet es auf Flugmodus und hört Mumford & Sons, »Roll away your stone«.

Wie passend. Den Stein wegrollen. Ein guter Tipp, wenn man sich im Gebirge verirrt hat. Verirrt zwischen all den Erinnerungstrümmern, in der Dunkelheit, umgeben von tiefen dunklen Felsspalten.

Während der Therapie hatte sie lediglich ein paar Anhöhen geschafft, von wo aus sie nichts anderes sah als neue Berggipfel, die wiederum die Sicht versperrten. Aber mit ihnen wuchs die Hoffnung, von ganz oben irgendwann einen unverstellten Blick zu haben. Wenn sie den Aufstieg schaffte.

Lina überlässt sich wieder ihren Erinnerungen an die Gruppentherapie.

Pia war nach Astrids perfider Provokation, die Lehrerin könnte ein sexuelles Interesse an den Kindern haben, zuerst vollkommen durchgedreht. Irgendwann später hatte sie eingeräumt, einige ihrer Schülerinnen attraktiv zu finden. Astrid hatte nicht lockergelassen und sie nach ihren sexuellen Vorlieben gefragt. Ob sie sich schon mal vorgestellt hätte, wie es wäre, wenn eines der Mädchen sie verführte. Irgendwann hatte sie zugegeben, schon daran gedacht zu haben.

»Aber das ist doch nur Fantasie!«

Sie hatte Severin Carlheim hilfesuchend angesehen, doch da der nicht reagierte, war sie aus dem Zimmer gestürmt.

Beim nächsten Termin saß sie wieder auf ihrem Stuhl und verlor kein weiteres Wort über diesen Vorfall. Auch Astrid sprach sie nie wieder darauf an.

Dass es auch pädophile Frauen gibt, weiß Lina. Sie hatte es zunächst nicht glauben wollen, als sie in der Polizeischule zum ersten Mal davon hörte. Frauen etwa, die ihre Söhne zu Ersatzehemännern machen. Mit allen ehelichen Pflichten. Meistens gehe es um Macht, um Dominanz, hatte es in der Schule geheißen.

Isabel führte in der dritten Therapiesitzung ein Thema ein, das bisher weitgehend ausgespart worden war: Beziehungsprobleme.

Isabel litt neben Halluzinationen unter einem narzisstischen Beziehungsmuster, dem sie immer wieder verfiel. Die Beziehungen, die sie hinter sich hätte, seien im totalen Chaos geendet. Und das sei zweifellos ihre Schuld gewesen.

»Wenn ich mich verliebe, dann voll und ganz. Bis zur Selbstaufgabe. Ich mache alles, was für ihn schön, attraktiv, großartig ist, und tue nichts anderes mehr. Lebe für die vollkommene Einheit.«

»Aber das muss doch nichts Schlechtes sein«, sagte Carolin. »Klingt nach perfekter Liebe.«

»Ist aber der perfekte Mist. Ich bekomme Angst«, erwiderte Isabel. »Das geht alles eine Zeit lang gut, und dann habe ich das Gefühl, verschlungen zu werden. Ich verliere mich vollkommen.«

Severin Carlheim hörte aufmerksam zu, und als er merkte, dass Lina ihn ansah, machte er sich pflichtbewusst ein paar Notizen.

»Zuerst will ich dasselbe fühlen und erleben wie er. Ich sehe ihn an und sehe dabei mich selbst. Und ich bin schön, attraktiv und strahlend. Ich fang dann aber bald an zu klammern und werde zu einem verängstigten kleinen Mädchen. Ich weiß, das hört sich blöd an, aber ich mache mich klein und sage: Bitte, bitte liebe mich. Ich denke dauernd an ihn, bin eifersüchtig und will die perfekte Frau an seiner Seite sein. Und dann …«

Isabel zupfte ein Taschentuch aus der vor ihr liegenden Packung.

»Es tut mir leid«, sagt sie, »aber es läuft immer gleich ab. Wenn alles scheinbar perfekt ist, dann frage ich mich: Was ist mit dir, Isabel? Wo bist du? Und ich denke, ich habe überhaupt kein Recht auf Liebe und was das überhaupt für ein Typ ist, der *mich* lieben kann. Der muss ein Vollidiot sein oder ein Betrüger.«

»Und dann trennst du dich?«, fragte Astrid.

»Oh nein. So kommen mir die Typen nicht davon. Ich werde wütend und bin aggressiv, ich streite mit ihnen und will allein sein und frage mich, was ich von *dem* will. Jemand, der mich liebt, kann nichts taugen, der muss ein Trottel sein. Ich ziehe mich dann zurück, gehe nicht mehr ans Telefon. Und wenn er zu oft anruft, dann … Irgendwann geben sie auf, aber manchmal gibt es auch eine zweite Runde oder eine dritte, dann fängt alles wieder von vorne an.«

»Wir müssen herausfinden, wer wir eigentlich sind und woher wir kommen«, sagte Lina und hätte sich am liebsten sofort auf die Zunge gebissen, weil sie darüber doch gar nicht reden wollte. Zum Glück reagierte Isabel nicht auf ihre Bemerkung.

»Ich glaube, ich weiß nicht, welche dieser Frauen ich wirklich bin. Die tolle Isabel, die alles hinkriegt und checkt, oder das arme Würstchen, das eigentlich gar nichts kann, nichts wert ist?«

»Männer!«, beeilte sich Lina zu sagen, um von ihrer vorherigen Bemerkung abzulenken. Schnell fuhr sie fort: »Ich bin nicht nur Polizistin, ich hab auch privat ein Blaulicht auf dem Kopf. Und das sagt: Kommt her, ihr Verrückten und Stalker, ihr Spinner und prügelnden Helden, hier bin ich. Probiert es mal mit mir. Traut euch! Wenn ihr fies genug seid, seid ihr interessant für mich.«

In Erwartung einer spannenden Geschichte richteten sich alle Blicke auf Lina. Doch sie schwieg zunächst. Erst auf Drängen von Christina, die wohl fand, dass Lina zu wenig von sich preisgab, erzählte sie von Sven. Sie nannte ihn *den* Mann, erzählte von Liebe und Liebesentzug, von Zukunftsversprechungen und von absoluter Kontrolle über ihr Leben, von Eifersucht und Prügeln. Von Streit und Versöhnungen, vom Hungern und von Fressorgien und dem Wunsch, all diese Extreme ein für alle Mal hinter sich zu lassen.

Sie lieferte gerade so viel Stoff, dass fürs Erste keinerlei weitere Nachfragen kamen. Auch mit der Verkündung von Tatsachen fällt man nicht weiter auf, stellte sie fest.

Lina sieht durch das kleine Fenster den unter ihr liegenden Wolkenteppich. Es fasziniert sie jedes Mal wieder, über den Wolken zu fliegen, der überwältigende Eindruck von Grenzenlosigkeit und Freiheit … und all das da unten ist so weit entfernt.

Drei Stunden später setzt die Maschine zur Landung auf Mallorca an. Aus dem kleinen Inselflughafen ist ein gigantischer Knotenpunkt geworden, über den man die Flugpassagiere in alle Winkel Spaniens weitertransportiert.

Lina fährt auf endlosen Rolltreppen und Laufbändern durch den Terminal und sucht das Gate, an dem der Anschlussflug zum Aeropuerto Asturias abgefertigt wird. Sie beobachtet das Kommen und Gehen, Menschen, die warten, stehen, andere, die durch die Hallen hetzen. Angetrunkene Touristen, die dem Ausgang entgegenwanken und sich mit den einschlägigen Ballermannhits auf ihren Mallorcaurlaub einstimmen, Geschäftsleute auf dem Weg nach Madrid, die letzte Anweisungen für ihre zweistündige Nichterreichbarkeit am Handy durchgeben. An einem Gate stehen vorwiegend sportlich wirkende Leute, die mit zusammengeklappten Mountainbikes vermutlich eher in die Gebirgsregionen reisen.

Lina stellt sich vor ihrem Schalter an. Dem Aussehen der Mitreisenden nach dürfte Oviedo eher eine Destination für Freizeitsportler und Bildungsreisende sein.

Lina verbringt diesen Flug vor sich hindämmernd. Am Flughafen nimmt sie den Bus nach Oviedo bis zum Busbahnhof, von dort steigt sie in ein Taxi. Als sie dem Fahrer in gebrochenem Spanisch die Adresse nennt, sieht der sie freundlich an und zeigt auf ein Hotel genau gegenüber vom Busbahnhof.

Sie hat Sven nicht darüber informiert, dass sie nach Oviedo reist. Ihre drei Ersatzhandys hat sie dabei, das vierte, ihr Haupthandy, steckt zu Hause eingeschaltet im Akku. Für findige Kollegen, die sich mit der GPS-Ortung beschäftigen, ist sie also in ihrer Hamburger Wohnung und lässt die Dinge auf sich zukommen.

Ein Portier drückt ihr den Zimmerschlüssel in die Hand, zeigt ihr den Fahrstuhl und wünscht ihr einen angenehmen Aufenthalt. »Wenn Sie Informationen oder Tipps haben möchten, sprechen Sie mich jederzeit an«, sagt er in akzentfreiem Deutsch.

Das Zimmer hat ein Fenster zur Straße, ist blitzsauber

und so groß, dass hier auch zwei Leute gut Platz hätten. Sie muss daran denken, dass Sven ihr einen gemeinsamen Urlaub in Aussicht gestellt hatte. Es hatte nicht geklappt, und das war ihr ganz recht gewesen. Sie verstaut ihre paar Kleidungsstücke im Schrank und hängt ihre Jacke über einen Bügel.

Sie schaut aus dem Fenster. Die Straße unten ist stark befahren, am Busbahnhof gegenüber jedoch herrscht im Moment nur wenig Betrieb. Auf dem Tisch im Zimmer liegt ein Stadtplan, den Lina vor sich ausbreitet. Die Calle de San Vicente liegt direkt neben der Kathedrale von Oviedo, nicht allzu weit entfernt von ihrem Hotel. Alles zu Fuß machbar. Sie zieht sich den Lidstrich nach und macht sich auf den Weg.

Nahezu alle Häuserfassaden sind liebevoll restauriert, nirgendwo liegt Müll herum. Auf den meisten Balkons stehen Grünpflanzen, und in den Blumenkästen blühen bunte Frühlingsblumen.

Unter Sonnenschirmen sitzen Einheimische und Touristen beim Bier oder Cortado. Für einen Psychotherapeuten ein passabler Alterssitz, denkt Lina, sauber, malerisch, ohne aufgeregte Massen von Menschen und weit weg von all den Abgründen, in die er während seiner Arbeit in Hamburg gesehen hat.

Lina geht durch eine Markthalle, die sich mit türkisen Fensterstürzen an die uralten Mauern eines mittelalterlichen Stadthauses schmiegt. Kandelaber ragen in die Straßen, und die vorgebauten Erker sehen aus wie eckige Häusernasen.

Sie beobachtet den Ober in einem Café, der seinen rechten Arm nach oben ausfährt, so weit es geht. In der Hand hält er eine Flasche landestypischen Apfelwein. Seinen linken Arm streckt er gleichzeitig ganz tief nach unten. In dieser Position lässt er den »Sidra« ins Glas strömen. Zielpunkt des Strahls ist der obere Glasrand. Der Apfelwein schäumt auf und landet zum Teil auf dem Pflaster. Lina hat davon gelesen, dass durch diese Art einzuschenken ein großer Teil der Gerbsäure herausgespült wird und auch dass der Wein erst durch den Strahl sein Aroma erhält.

Carlheims Antiquitätengeschäft fügt sich mit zwei Fenstern zwischen einen Laden mit Geschenkartikeln und ein Büro, das Immobilienangebote ausgehängt hat.

Schon an den Auslagen des Antiquitätengeschäfts erkennt Lina, dass sie hier richtig ist. Afrikanische Masken, Speere, asiatische Vasen, mittelalterliche Gemälde, Barockstühle und -tische, Wandteppiche, Geschirr aus der Region. Die Auswahl wirkt wild gemischt, was vermutlich die Kunden auf ein besonders günstiges Angebot hoffen lassen und ins Geschäft locken soll. Schließlich sieht es so aus, als würde der Besitzer sich nicht so genau auskennen.

Soweit Lina durch die Scheibe sehen kann, ist es drinnen recht gemütlich. Sie tritt ein. Ein junger Mann kommt auf sie zu und fragt sie auf Englisch, ob sie einen besonderen Wunsch hat oder ob sie sich einfach mal umsehen will. Sie nickt und sieht über seine Schulter hinweg Severin Carlheim aus einem der hinteren Räume kommen. Seine Hose ist mit goldenen Flecken übersät, und er wischt sich die Hände mit einem Lappen ab.

»Lina«, sagt er. Er klingt, als sei es das Allernormalste, dass sie hier auftaucht. Er streckt ihr seine Hand entgegen. »Ich habe Sie schon erwartet.«

Lina verschlägt es die Sprache. Sie gibt ihm die Hand und sieht sich nach einer Sitzgelegenheit um.

»Empiresessel, wahrscheinlich aus einer Rumpelkammer von Versailles. Setzen Sie sich ruhig, Lina, das Ding hält sicher noch ein paar Jahrhunderte durch. Ich hol uns einen Cortado.«

Severin Carlheim sieht um zehn Jahre jünger aus. Die scharfen Gesichtsfalten sind verschwunden, der weiße Bart gestutzt. Um die Augen zeigen sich sonnengebräunte Lachfältchen, und seine Augen strahlen.

»Wie geht es Ihnen? Was macht die Arbeit bei der Polizei?«

»Eigentlich ganz gut«, sagt Lina und sieht sich im Laden um. »Dass Sie Antiquitäten mögen, wusste ich. Aber seit wann handeln Sie damit?«

»Ein netter Zeitvertreib für einen alten Seelenklempner wie mich. Man kann den Problemen mit Poliermitteln, Farbe und Entwurmungskuren beikommen. Feine Sache.«

Er zeigt ihr seine mit Goldfarbe besprenkelten Hände und sagt: »Ich versuche mich gerade an einem Rahmen. Leider eine wirkliche Pleite, er sieht unmöglich aus.«

Ein Touristenpaar betritt den Laden. Beide sehen wie hypnotisiert auf einen Wandteppich und tuscheln aufgeregt miteinander.

»Ich will Sie nicht stören«, sagt Lina.

»Oh, keineswegs, um die kümmert sich Enrique. Die meisten wollen nicht kaufen oder verkaufen, sondern in Erfahrung bringen, was die Sachen wert sind, die sie zu Hause auf dem Dachboden gefunden haben.«

Severin Carlheim zwinkert ihr zu.

»Ich mache ihnen dann gern Hoffnung. Sie wollen es ja ohnehin nicht verkaufen, sondern sind glücklich, wenn sie einen Schatz in ihrem Besitz wissen, den sie ihren Freunden vorführen können.«

»Und davon kann man leben?«, fragt Lina und deutet in eine Ecke, in der verschiedene Lampen stehen.

»Das muss ich nicht. Es macht mir einfach Spaß. Außerdem beschäftige ich mich damit, womit sich alternde Psychotherapeuten üblicherweise beschäftigen.«

»Und das wäre?«

»Ich schreibe ein Buch ...«

Nach einer Pause vollendet er den Satz: »... und werde damit wohl nie fertig.«

»Also ... Astrid war hier?«, kommt Lina nun unumwunden zur Sache.

Severin Carlheim nickt.

»Ja, sie ist zu mir gekommen, um meine Meinung bei einer persönlichen Frage einzuholen.«

»Stimmt es, dass es dabei auch um mich geht?«

»Ja ... also, im Wesentlichen ja.«

»Und das wäre?«

»Ich kann ... ich darf mich nicht dazu äußern.«

»Warum nicht?«

»Ich musste es ihr versprechen. Es tut mir leid, Lina, aber das fällt immer noch unter die Schweigepflicht.«

»Über was dürfen Sie denn überhaupt reden?«

»Sie hat mir erzählt, dass man ihr etwas anhängen will. Carolins Tod ... Es tut mir so leid!«

»War Carolin Ihrer Meinung nach suizidgefährdet?«

Severin Carlheim trinkt einen Schluck Kaffee und sagt: »Darüber darf ich mit Ihnen nicht reden.«

»Nun«, sagt Lina, »ist es denkbar ... ich meine, würde es Sie überraschen ...«

»Astrid hat mir erzählt, dass Carolin ermordet wurde.«

»Ja«, sagt Lina. »Aber angenommen, Sie hätten von ihrem Selbstmord gehört, hätte Sie das überrascht?«

Severin Carlheim lächelt sie an. »Die Polizistin.«

Aus den Augenwinkeln meint Lina eine Gestalt vor der Eingangstür zu erkennen, die sich rasch zur Seite bewegt. Als sie sich zur Tür umdreht, ist niemand mehr dort. Gespenster, denkt Lina, man entkommt ihnen nicht, sie reisen mit.

»Nun?«

»Carolin hatte einen Selbstmordversuch hinter sich, als sie zu mir in die Behandlung kam, aber das unterliegt eigentlich auch …«

»… der Schweigepflicht, ich verstehe. Sie dürfen mir die Papiere oder Unterlagen also nicht aushändigen?«

»Nur im Falle ihres Todes«, sagt Carlheim. »Aber ich bin verlässlich, was diese Dinge angeht.«

»Sie wissen es nicht?«, fragt Lina.

»Was weiß ich nicht?«

»Auch Astrid wurde ermordet.«

Severin Carlheim springt erschrocken auf und wirft dabei seine Kaffeetasse um. Die braune Flüssigkeit läuft über ein Spitzendeckchen und tropft vom Tisch auf den Boden.

»Mein Gott«, sagt Carlheim. »Dann hat sie Recht behalten.«

»Inwiefern? Was meinen Sie?«

»Sie hat von Teufeln und Monstern gesprochen. Die würden nie Ruhe geben. Eine so junge Frau!«

»Auch Carolin wurde von Monstern verfolgt«, sagt Lina. »Das muss mit der Therapie zusammenhängen.«

»Nein, sicher nicht«, erwidert Carlheim. Er setzt sich wieder hin. Deutlich sieht Lina, dass seine Hände zittern.

»Astrid wollte sicher, dass Sie mir die Unterlagen geben.«

Severin Carlheim fährt sich mit der Hand durch seine weißen Haare. Sein Ausdruck verrät angestrengtes Nachdenken.

»Nein«, sagt er schließlich. »Astrid bat mich, das selbst zu entscheiden, falls ihr etwas passieren sollte. Das ist etwas anderes.«

»Was spricht dagegen? Ich bin in der Lage, mich meiner Vergangenheit zu stellen. Im Grunde geht das nur mich etwas an. Ich bin nicht mehr in Behandlung.«

»Es geht um eine wirklich ernste, eine sehr ernste Angelegenheit. Und es geht um neue Ungewissheiten.«

»Ein Psychotherapeut, der sich vor Ungewissheiten fürchtet«, sagt Lina wütend und springt auf.

»Lina, diese Papiere werfen noch mehr Fragen auf, noch mehr Zweifel, sie schaffen keine Klarheit. Es würde Ihnen nicht weiterhelfen, wenn Sie sie durchsehen.«

»Das will ich lieber selbst entscheiden. Und ich denke, dass auch neue Fragen mir weiterhelfen können. Es geht hier um meine Geschichte!«

»Ich möchte, dass Sie es sich bis morgen überlegen«, sagt Severin Carlheim. »In Ruhe überlegen, ob Sie sich das wirklich antun müssen.«

»Sie sind Therapeut. Sie wissen, dass es unmöglich ist, ein Leben lang die Augen vor dem zu verschließen, was passiert ist. Es holt mich ein. In meinem Träumen, in verschlüsselten Bildern. In schrecklichen Bildern. Ich will endlich die Geschichte erfahren, die dazugehört.«

Carlheim schweigt einen Augenblick.

Dann sagt er: »Es ist eine schwere Entscheidung für mich. Ich denke, wir werden es so machen: Überlegen Sie sich gut, ob Sie weiterleben können, ohne sich mit den Details aus Ihrer Vergangenheit zu konfrontieren. Sehen

Sie sich Oviedo an, es ist eine wunderschöne Stadt. Gehen Sie spazieren. Genießen Sie die Sonne. Kommen Sie übermorgen wieder, und ich werde Ihnen die Papiere geben, wenn Sie sie dann immer noch haben wollen.«

Lina ist einverstanden. Für einen Tag kann sie noch ihr altes Leben führen. Es sich ansehen. Sich davon verabschieden. Doch die Situation ist bedrohlich und unheimlich. Zwei Frauen wurden umgebracht, und ihr ehemaliger Therapeut warnt sie vor etwas, was ihr vor langer Zeit widerfahren sein muss.

Lina erhebt sich von dem Empiresessel, der über eine erstaunlich gute Polsterung verfügt, und reicht Carlheim die Hand.

»Wir sehen uns übermorgen. Und ich werde jede Entscheidung akzeptieren, Lina. Versprochen.«

28

Als Lina am nächsten Morgen aufwacht, stellt sie fest, dass sie lange nicht mehr so tief und traumlos geschlafen hat. Die Geräusche von der Straße in der Nacht, vorbeirauschende Autos und vereinzelte Motorräder, hatten beruhigend auf sie gewirkt.

Vor dem Einschlafen hatte sie kurz an Sven gedacht, der sie hoffentlich in ihrer Hamburger Wohnung wähnt.

Endlich hält sie einen Faden in der Hand, der verspricht, nicht abzureißen oder sie vor eine weitere verschlossene Tür zu führen.

Was sie allerdings irritiert, ist Severin Carlheims zögerliche Haltung.

In den Einzelgesprächen und der Gruppentherapie ist

es stets darum gegangen, sich Ängste und Schutzmechanismen anzusehen. Schutzwälle, die über die Jahre ein Eigenleben entwickelten, das Leben einengten, den Blick verdüsterten und Perspektiven verstellten.

Warum beharrt er dann jetzt so darauf, sie solle es sich reiflich überlegen, ob sie sich die Papiere wirklich ansehen will? Ist es besser, man erinnert sich von allein, ohne die im Dunkeln liegenden Geschehnisse anhand alter amtlicher Unterlagen präsentiert zu bekommen? Wie auch immer, wenn sie diesmal ausnahmsweise Glück hat, kann sie ihre Kindheit und alles, was ihr damals passiert ist, wie ein anderes Leben betrachten, das mit ihr, so wie sie heute ist, gar nichts mehr zu tun hat. Wie staubiger Sperrmüll, den man kopfschüttelnd ansieht und dann wegwirft.

Lina duscht und geht in den spärlich besetzten Frühstücksraum. Sie bedient sich am opulenten Buffet und bedauert es, dass sie nicht noch einen kleinen Urlaub anhängen kann. Laut Reiseführer sind die nicht weit entfernten Badeorte am Atlantik vielversprechend. Außer Spaniern, die vor der Hitze im Süden geflohen sind, würde sie dort kaum Touristen treffen. Dem Klang der fremden Sprache lauschen, dabei auf andere Gedanken kommen, das wäre jetzt genau das Richtige.

Lina blättert in einem Prospekt, der die Sehenswürdigkeiten Oviedos auflistet, und macht sich auf den Weg. Zu Fuß und auch mit den städtischen Bussen kommt sie problemlos an die Orte, die sie sich darin angestrichen hat.

Sie besucht die Kathedrale von Oviedo in der Nähe von Carlheims Geschäft, löst ein Ticket für die Cámara Santa, die Heilige Kammer, in der die wichtigste spanische Reliquiensammlung untergebracht ist. Interessiert besichtigt sie die harmonisch ausgeleuchteten Vitrinen mit der Heiligen Truhe, dem Engels- und dem Siegeskreuz.

Eine weitere Station ist die präromanische Kirche San Miguel de Lillo, danach macht sie Pause in einer Sideria und probiert dort das asturische Bohnengericht Fabada. Dazu wird ihr ein Sidra aus der Region serviert, und sie bedauert es sehr, dass sie ihn nicht annehmen kann, weil sie Apfelwein nicht verträgt.

Lina kann sich gar nicht erinnern, wann sie zuletzt einen so unbeschwerten Tag verbracht hat. Sie denkt an den Faden, der auf sie wartet und an dem sie nur noch ziehen muss, um endlich zu verstehen.

Gut zwei Stunden verbringt sie im Zentrum für moderne Kunst, bevor sie sich auf den Rückweg zum Hotel macht. Sie trinkt in der Hotelbar zu viel Sherry und geht dann noch einmal hinaus, um in einer Tapas-Bar Schinken zu essen und Rotwein zu trinken. Das gehört zu einem Aufenthalt in Spanien einfach dazu, findet Lina.

Mitten in der Nacht wird sie durch das Heulen einer Polizeisirene geweckt. Die Stadt ist lebendig, denkt sie, dreht sich auf die andere Seite und schläft wieder ein. Etwas später weckt sie erneut ein Geräusch, ein rhythmisches Hämmern, das jedoch nicht von der Straße kommt. Es wird immer lauter und lauter, und dann zieht jemand an ihren Füßen. Sie schreckt im Bett hoch. Am Fußende stehen zwei uniformierte Polizisten neben dem verständnislos dreinschauenden Portier.

»Señora? Vamos, por favor«, sagt einer der Polizisten, während der andere sich neugierig im Zimmer umschaut. Der Portier räuspert sich, sieht den Polizisten an, der vor ihrem Bett steht, und sagt: »Sie möchten sich bitte anziehen und mitkommen.«

Der Schwarze Ritter kommt ins Zimmer und zeigt mir die Kiste mit meiner Puppe.

»Das ist doch der Tod«, sage ich, und er sagt: »Das ist eine Lüge.«

Er zieht eine Säge hinter dem Rücken hervor und beginnt, den Karton zu zerschneiden. Die Fetzen fliegen auf den Boden, und er kommt ins Schwitzen.

»Das ist ein Trick«, sagt er, »keine Angst, deiner Puppe wird nichts passieren.«

Ich darf nicht weinen. Sagt der Weiße Drache. Ich sage: »Bitte nicht. Es tut ihr weh.«

Er lacht und sägt, macht eine kurze Pause und sagt: »Na, soll ich weitermachen?«

»Nein, bitte nicht.«

Er schiebt die Säge ganz langsam nach vorn und wieder zurück und wird plötzlich schneller und schneller, und dann ist der Karton entzwei, und die beiden Hälften meiner Puppe purzeln heraus auf den Fußboden.

»Es war wohl doch kein Trick«, sagt der Zauberer. »Aber jetzt ist sie tot, wirklich tot. Möchtest du denn auch tot sein? Manchmal funktioniert mein Trick und manchmal nicht. Wollen wir es ausprobieren?«

»Ich will es nicht. Ich will leben, Zauberer.«

»Das ist eine gute Idee.«

»Und wird meine Puppe jetzt wieder gesund?«

»Nein, die ist tot, ein für alle Mal, und niemand auf der Welt kann das ändern.«

»Man spielt nicht mit dem Tod. Das ist doch traurig,

Mäuschen, das tut man nicht«, sagt die Rote. Sie steht plötzlich in der Tür und nimmt dem Zauberer die Säge weg.

»Wir spielen mit etwas anderem, mein Püppchen, nicht wahr«, sagt der Zauberer. »Soll ich dir zeigen, wie ich meinen Finger in dir verschwinden lasse?«

29

Ihre Zunge ist geschwollen. Lina hat den Geschmack von Schinken und Wein im Mund und außerdem leichtes Sodbrennen.

Schlaftrunken steht sie auf, während die Polizisten auf dem Flur warten. Vorher haben sie sich davon überzeugt, dass das Fenster zu hoch ist, um hinauszuklettern oder zu springen. Der eine von ihnen hatte misstrauisch die drei auf dem Tisch liegenden Handys begutachtet.

Sven, denkt Lina, du verfluchtes Arschloch. Doch auch wenn sie sich an der Rezeption mit ihrem Namen eingetragen und ihren Ausweis vorgelegt hat, kann es tatsächlich so schnell gehen, jemanden zur Fahndung auszuschreiben und ihn so kurz danach zu finden?

Lina kämmt sich die Haare und sieht im Spiegel ihre geschwollenen und geröteten Augen. Sie hätte die beiden letzten Gläser mit dem Cardenal Mendoza weglassen sollen. Als sie aus dem Zimmer kommt, nehmen die Polizisten sie in die Mitte und eskortieren sie durch den Flur zum Fahrstuhl. Immerhin keine Handschellen, stellt Lina fest.

Lina richtet sich auf stundenlanges Warten in einer Polizeizelle ein. Und auf einen Anruf von Sven, dem Arschloch, der es sich nicht nehmen lassen wird, ihr seine Macht durch ein paar mahnende Sprüche im väterlichen Tonfall zu demonstrieren.

Der Polizeiwagen fährt mitten in die Altstadt und hält vor den flatternden Bändern an, die den Platz vor Carl Severins Antiquitätenladen absperren.

»Was ist passiert?«, fragt sie den Polizisten, der neben ihr auf der Rückbank sitzt. Der schüttelt nur stumm den Kopf und wartet, bis sein Kollege die Tür geöffnet hat. Lina wird von dem Kollegen in Empfang genommen.

»Wir können uns auf Deutsch unterhalten«, sagt der Polizist mit spanischem Akzent und erklärt, dass er im Rheinland aufgewachsen sei. Dann zeigt er ihr seinen Dienstausweis.

»Was ist denn hier passiert?«, fragt Lina, als sie mehrere Männer in weißen Overalls in Carlheims Geschäft sieht.

»Kommen Sie«, sagt der Polizist und führt sie zur Eingangstür.

Plötzlich sieht sie Severin Carlheim neben der Barockcouch auf dem Boden in einer riesigen Blutlache liegen.

»Das ist …«

Der Polizist nickt.

»Ja, das ist Señor Severin Carlheim. Der Tresor wurde aufgebrochen, sehen Sie?«

Er zeigt auf die Wand, an der ein Bild lehnt. Die Tür des darüber im Mauerwerk eingelassenen Tresors ist geöffnet.

»Wir gehen von einem Raubüberfall aus«, sagt der Polizist. »Der Täter überrascht Carlheim, kurz bevor der sein Geschäft schließen will, und zwingt ihn, den Tresor zu öffnen. Dann geht irgendetwas schief. Wissen Sie, was in dem Tresor war?«

»Woher sollte ich das wissen?«

»Nun ja, Sie haben ihm Ihre Hoteladresse aufgeschrieben, und Enrique sagt, dass Sie eine Bekannte aus Deutschland sind.«

Er zeigt hinaus auf einen Polizeiwagen, in dem Carlheims Mitarbeiter Enrique wie ein Häufchen Elend sitzt, seine Arme um die angezogenen Knie geschlungen.

»Er war mein Psychotherapeut. Er hat früher in Deutschland praktiziert. In Hamburg.«

»Sie wissen nicht, was sich in dem Tresor befunden haben könnte? Schmuckstücke? Blattgold? So etwas?«

Verflucht, die Unterlagen aus dem Jugendamt!, denkt Lina. Wer wusste, dass sie nach Oviedo geflogen ist, um Carlheim aufzusuchen? Niemand, außer Che.

Che?

»Nun?«, sagt der Polizist.

»Ich wusste ja noch nicht einmal, dass es hier überhaupt einen Tresor gibt.«

»Es tut mir leid, dass wir Sie mitten in der Nacht aus dem Bett geholt haben, aber wir müssen natürlich allen Spuren sofort nachgehen.«

»Ich verstehe«, sagt Lina. »Ich bin selbst Polizistin.«

Der Polizist zieht seine Augenbrauen in die Höhe und sagt: »Ach so?«

»Bei der Streifenpolizei, in Uniform, Sie verstehen?«

»Und Ihnen ist wirklich nichts aufgefallen? Hat er sich vielleicht bedroht gefühlt, hatte er Ärger, irgendetwas, das uns weiterhelfen könnte?«

Lina schüttelt energisch den Kopf, während sie fieberhaft überlegt, wem gegenüber sie die Reise noch erwähnt haben könnte. Ein Mann im Overall tritt auf sie zu und hält einen schweren Kerzenständer in die Höhe. Er zeigt auf den Sockel und sagt leise etwas zu dem spanisch-rheinländischen Kollegen. Der zieht eine Brille hervor und besieht sich die Stelle genauer. »El asesinato de armas«, sagt er und wendet sich Lina wieder zu. »Wie lange sind Sie noch in Oviedo?«

»Ich wollte morgen zurückfliegen.«

»Könnten Sie einen Tag länger bleiben? Vielleicht haben wir noch Fragen.«

Er notiert sich Linas Adresse in Hamburg und bittet dann einen uniformierten Kollegen, sie zurück ins Hotel zu bringen.

Linas Knie und Hände zittern, ihr Herz rast, und sie glaubt, keine Luft mehr zu bekommen. Mit letzter Kraft schafft sie es in ihr Zimmer, nachdem sie Minuten gebraucht hat, um die Chipkarte durch den Schlitz an der Tür zu ziehen. Sie pflückt ein Fläschchen Wodka aus der Minibar und trinkt es in einem Zug leer.

Was ist mit ihrer Vergangenheit, dass ihretwegen immer mehr Menschen umgebracht werden? Sie hat das Flugticket online gebucht. Sollte jemand ihren PC mit einem Trojaner verseucht haben? Wer auch immer dahintersteckt, er muss sie beobachtet haben. Was jetzt? Was soll sie mit dem erneut gerissenen Faden anfangen?

Sie nimmt noch ein Fläschchen aus der Minibar, diesmal Brandy, und trinkt es aus, ohne abzusetzen. Sie spürt die Wirkung sofort.

Das geht so nicht, sagt sie sich, du musst jetzt klar bleiben. Was hindert den Täter eigentlich daran, sie aufzusuchen? Es müsste doch einfacher sein, gleich sie umzubringen. Nur – warum?

Lina legt sich angekleidet aufs Bett und fällt in einen Dämmerschlaf, aus dem sie immer wieder hochschreckt. Sie träumt davon, dass sie in einem abstürzenden Flugzeug sitzt, dessen Dach abgerissen ist und das durch die Straßenschlucht einer Großstadt rast. Dann sieht sie in die schreckgeweiteten Augen eines Mädchens, das ein mit Kerosin durchtränktes T-Shirt trägt. In den Händen hält es eine Barbiepuppe, die genauso aussieht wie Linas Puppe, die sie damals für Ralf verkauft und später zurückgekauft hatte. Dann sitzt sie plötzlich in einer Hecke fest und reißt sich beim Versuch hindurchzukriechen überall die Haut auf. Vor ihr steht ein mumienähnliches Wesen, das bis auf die Augen über und über mit einer Creme bedeckt ist und ihr zuwinkt.

Heftiges Klopfen an der Tür reißt Lina aus ihren verworrenen Träumen. Schweißgebadet tastet sie nach ihrer Armbanduhr. Kurz vor neun. Die Kollegen von der spanischen Polizei sind früh dran.

Sie schält sich aus dem Bett, schiebt den Stuhl, dessen Lehne sie unter die Klinke geklemmt hat, beiseite und öffnet die Tür.

Sie braucht ein paar Sekunden, bis sie ihn erkennt.

»Du?«, sagt sie und taumelt erschrocken zurück.

30

Zu Beginn der Gruppentherapie lebte Carolin Scharnhövt noch mit ihrem Freund zusammen. Sie vergötterte ihn. Ihr größtes Problem war, dass sie nicht glauben konnte, dass er bei ihr bleiben würde.

»Was kann ich ihm denn schon bieten?«

Lina fiel auf, dass Carolin errötete, wenn die anderen ihr zuhörten. Oft brach sie unvermittelt ab und suchte einen Weg, sich nicht in den Mittelpunkt zu stellen.

»Du hast einen Beruf. Du verdienst deinen Lebensunterhalt. Ist das nichts?«, fragte Astrid. Ihre Stimme legte an Schärfe zu, wenn sie den Eindruck hatte, dass Frauen sich unter ihrem Wert verkauften, wie sie es nannte.

»Du hast gesagt, du bist Grafikdesignerin. Was machst du genau?«, fragte Pia.

Carolin war sichtlich erleichtert, dass Astrid zunächst die Möglichkeit genommen war, weiter nachzubohren.

»Werbezeugs. Flyer gestalten, Anzeigen. Was so reinkommt.«

»Nichts Künstlerisches?«, fragte Stefanie.

»Na ja, ich illustriere so nebenher immer wieder mal Kinderbücher.«

Stefanie war deutlich der Neid anzusehen.

»Ich glaube, du lässt dich von deinem Typen kleinmachen«, sagte Astrid. »Was macht er denn, der große Held?«

»Er ist Modellbauer«, sagte Carolin und sah zu Boden. »Er ist ein guter Mann.«

»Der abends spät nach Hause kommt, weil er seiner Kollegin noch eine Einführung geben muss.«

»So ist er nicht«, sagte Carolin, die mit den Tränen kämpfte.

»Und was ist mit deinen Verlassenheitsängsten?«, fragte Astrid. »Was mit den Selbstmordgedanken?«

»Das hat mit mir zu tun, nicht mit ihm«, sagte Carolin. »Ich fange an herumzudenken, und dann steigere ich mich da hinein. Es sind die Bilder. Die sind in meinem Kopf. Ich bin das. Ich allein.«

»Hat er's denn zugegeben?«, fragte Stefanie. »Ich meine, dass er fremdgegangen ist?«

»Das eine Mal war eine Ausnahme. Er ist nicht so.«

»Und deshalb hast du wohl auch an deinen Pulsadern herumgeschnitten. Rück doch mal raus damit«, sagte Astrid angriffslustig.

Carolin warf ihr einen giftigen Blick zu. Offenbar hatte Carolin nur Astrid und Carlheim ihren Selbstmordversuch anvertraut. Niemand sonst in der Therapiegruppe wusste davon. Lina merkte, dass Carolin kurz davor war, aufzuspringen und die Sitzung zu verlassen. Doch dann sackte sie in sich zusammen und ließ den Kopf hängen.

»Es ist so viel in meinem Kopf. Ich muss da aufräumen.«

»Ja, und ziemlich viel Mist«, sagte Astrid.

Stefanie wippte nervös mit ihrem Stuhl vor und zurück.

»Jede erzählt hier das, was sie erzählen will«, sagte sie zu Astrid.

»Na, toll«, erwiderte Astrid. »Und damit sollen wir weiterkommen? Hey, Carolin, wie wär's damit, mal die Augen aufzumachen. Aufwachen!«

»Na klar, du gehst die Dinge ja immer direkt an«, fuhr Stefanie Astrid an.

»Was soll das heißen?« Astrid funkelte Stefanie zornig an. »Also? Was willst du uns damit sagen?«

»Dass jede ihr eigenes Tempo hat. Man braucht nicht in den Problemen der anderen herumzupopeln.«

Carolin war es spürbar unangenehm, dass sie hier zum Gegenstand eines Streits wurde. Lina hingegen war das nicht ganz unrecht. Sie überlegte sich ein paar schlagfertige Sätze, mit denen sie Astrid – oder wer auch immer sie angreifen würde – im Zaum halten konnte. Sie sah Severin Carlheim an, der wie gewohnt ausdruckslos zuhörte, wenn genug Bewegung in der Gruppe war. Seine Rolle beschränkte sich darauf, Anfangsfragen an eine der Gruppenteilnehmerinnen zu stellen.

»Wir wollen doch nicht in den Wunden herumstochern«, sagte Paul, dem die angespannte Situation ebenfalls unangenehm war.

»Doch, genau das wollen wir«, erwiderte Astrid. »Mit spitzen Fingernägeln rein in die Wunden, sonst bringt das hier doch gar nichts. Wir können doch nicht monatelang drumherum reden. Los Carolin, erzähl mal, wie der Typ auf deiner Geburtstagsfeier eine Freundin von dir knallhart angebaggert hat. Und vergiss nicht zu erzählen, was du gemacht hast.«

»Was meinst du?«, sagte Carolin.

»Also dein Held macht eine Freundin von dir plump an …« Sie sah Carolin erwartungsvoll an. »Na?«

Carolin machte ein ratloses Gesicht, weil sie offensichtlich nicht wusste, worauf Astrid hinauswollte.

»Du bist in die Küche gegangen und hast die Suppe umgerührt. Na los, red schon. Oder willst du etwa, dass das jetzt so weitergeht?«

Isabel, die bis zu diesem Punkt der Auseinandersetzung geschwiegen hatte, wandte sich nun an Astrid.

»Ich warne dich. Solltest du jetzt auch rausposaunen, was ich dir im Vertrauen erzählt habe, dann … nimm dich in Acht!«

31

Lina steht im Hotelzimmer und glaubt immer noch zu träumen.

»Wie kommst du …«

Paul Ender sieht sich nervös im Flur um und sagt: »Lina, bitte lass mich rein.«

Lina lässt ihn ins Zimmer, schließt die Tür und sagt: »Warte einen Augenblick.« Sie verschwindet im Bad, um sich die Haare zurechtzudrücken. Die Badezimmertür steht einen Spalt breit offen. Lina nutzt die Gelegenheit, Paul, der auf dem einzigen Stuhl im Zimmer Platz genommen hat, etwas genauer zu betrachten. Wie Carlheim wirkt auch er um Jahre verjüngt, was an dem kurzen getönten Haar, seiner Bräune und der jugendlichen Kleidung liegen kann. Seine Gesichtszüge sind glatt und die Augenbrauen gezupft. Aber trotz seines guten Aussehens wirkt er keineswegs entspannt, sondern fahrig und verunsichert.

»Ich habe nichts mehr zu trinken da«, sagt Lina. Sie setzt sich auf die Kante von ihrem Bett.

»Macht nichts, danke trotzdem, ich trinke sowieso nicht mehr«, sagt Paul und fügt hinzu, dass er Lina lieber unter anderen Umständen wiedergesehen hätte.

»Was in aller Welt machst du hier in Oviedo?«, fragt Lina.

»Ich … Es ist … Ihr wart alle immer so intensiv mit euch und euren Problemen beschäftigt …«

»Was meinst du? In der Therapie?«

»Ja, das meine ich …« Paul nickt. Verlegen lächelnd sagt er dann:

»Ich … habe mich in Severin verliebt. Niemand von euch hat etwas davon mitbekommen.«

Überrascht schaut Lina ihn an. Stimmt, das hatte sie nicht bemerkt.

»Nun, ich denke, fast alle Patienten verlieben sich in ihren Therapeuten«, sagt sie und greift nach der Wasserflasche neben dem Bett. Sie vermutet, dass es Paul war, den sie vor Carlheims Antiquitätengeschäft vorbeihuschen gesehen hatte.

»Ja, ich weiß, ich weiß«, beteuert Paul. »Aber bei uns war es anders und … auch Severin hat sich … Aber es ging natürlich nicht. Therapeut und Patient. Das ist ausgeschlossen.«

»Und dann seid ihr zusammen nach Spanien gegangen?«

»Ich bin etwas später nachgezogen. Es war schon immer Severins Lebenstraum für die Jahre nach seiner aktiven Zeit als Psychotherapeut, in Spanien ein Geschäft mit Antiquitäten aufzumachen.«

»Du hast Recht, eine Liebesgeschichte innerhalb einer Gruppentherapie, und keinem fällt sie auf«, sagt Lina. »Wirft schon ein bezeichnendes Licht auf uns Egozentrikerinnen.«

»Das spielt jetzt überhaupt keine Rolle mehr. Ich bin wegen etwas ganz anderem hier.«

»Ich auch«, sagt Lina. »Ich bin auf der Suche nach den Unterlagen vom Jugendamt, die Astrid bei ihm deponiert hat. Weißt du was darüber?«

»Ich glaube, dass jemand genau hinter diesen Papieren her war. Severin hat ein großes Geheimnis daraus gemacht. Außerdem war doch sonst nichts zu holen aus dem Tresor, gar nichts, bis auf ein paar wertlose Schmuckstücke und seine Ausweispapiere.«

»Du glaubst also auch nicht an einen normalen Raubüberfall?«, fragt Lina.

»Unsinn, nein. Wer vermutet denn heutzutage noch, dass ein Ladenbesitzer sein Geld im Geschäft lässt? Die Menschen hier leben doch auch nicht auf dem Mond, die bringen ihr Geld doch zur Bank. Oder haben Kreditkarten.«

»Die Unterlagen sind also verschwunden?«

»Ja, sicher«, sagt Paul und beginnt auf einmal verzweifelt zu weinen. Lina steht auf, geht zu ihm hin und nimmt ihn in den Arm. Er schluchzt hemmungslos, sein ganzer Körper zittert. Lina hält ihn fest, und nach einer Weile lässt das Zittern nach. Dann zieht er ein Taschentuch aus der Hosentasche und schnäuzt sich kräftig.

»Deshalb musste Severin sterben, irgendwelche idiotischen Papiere, ich kann es einfach nicht fassen. Da hilft er den Menschen, und zum Dank dafür ...«

Lina setzt sich wieder aufs Bett und trinkt einen Schluck Wasser.

»Hat er dir etwas über den Inhalt der Papiere erzählt?«

»Nein. Er wirkte aber bedrückt deshalb. Es muss um irgendetwas wirklich Schlimmes gehen. Astrid hat nicht nur ein Mal betont, dass es sich um ihre Lebensversicherung handelt.«

»Weißt du, was da drinsteht?«

Paul schüttelt den Kopf.

»Aber du weißt, dass es auch um mich, um meine Kindheit geht?«

»Ja, aber mehr hat Severin nicht gesagt. Ich schwöre es dir.«

»Und jetzt hast du Angst?«, fragt Lina.

»Kannst du das nicht verstehen, Lina? Wer hinter den Unterlagen her ist und von meiner Existenz weiß, wird annehmen, dass ich den Inhalt kenne. Hast du denn überhaupt keine Ahnung, worum es geht?«

»Nein.«

Lina berichtet von der Ermordung Carolins, von Astrids schrecklichem Ende und dass man auch ihr eine Pistole an den Kopf gehalten habe. Zwar nur eine Schreckschusspistole, aber immerhin.

»Aber du musst doch eine Ahnung haben, in welche

Richtung das geht. Du könntest es mit Hypnose versuchen«, sagt Paul.

»Carlheim hat mir abgeraten. Wenn sich das Unterbewusstsein verbarrikadiert habe, helfe es nur, sich heranzutasten, Schritt für Schritt die Angst vor dem Unbekannten zu verlieren.«

»Und das hat er dir in einem Einzelgespräch …«

Lina schreckt auf. Himmel, nein! Sie hatte Carlheim im Beisein der anderen Frauen gefragt, ob eine Hypnose helfen könnte. Astrid hatte es mit einem »Schade« kommentiert, als Carlheim Lina davon abriet. Astrid. Immer wieder Astrid.

»Wieso hat Astrid die Unterlagen überhaupt bei Carlheim hinterlegt? Weißt du, ob die beiden engeren Kontakt miteinander hatten?«

Lina erkennt sofort, dass sie ins Schwarze getroffen hat. Paul Ender bewegt seinen Oberkörper so, als wollte er jemanden oder etwas abwehren.

»Nun, Carlheim und Astrid … Also, ich kann mir nicht vorstellen, dass das etwas damit zu tun hat.«

»Was genau meinst du damit?«

Paul stöhnt auf, es ist ihm offensichtlich unangenehm, über dieses Thema zu sprechen.

»Was ist?«, fragt Lina.

»Weißt du, was ein Agent Provocateur ist?«

»Ein was?«, fragt Lina, die selbstverständlich weiß, was damit gemeint ist.

»Es gab mal die Strategie der Polizei, in die Szene linker Demonstranten Agenten einzuschleusen, verdeckte Ermittler, die zu Gewalttaten aufriefen, Steine oder Farbbeutel warfen und so.«

»Und?«

»Die lieferten dann den perfekten Vorwand für die Polizei einzugreifen. Mit massiver Gewalt.«

»Alles gut und schön«, sagt Lina. »Aber was hat das jetzt mit der Therapie, was mit meiner Kindheit zu tun?«

»Severin hat an einem Buch gesessen.«

»Er hat zu mir gesagt, das würden alle Therapeuten im Ruhestand tun.«

Paul knetet nervös seine Hände.

»Der Arbeitstitel seines Buches lautet ›Der Agent Provocateur in der Psychotherapie‹.«

Lina atmet hörbar aus.

»Deshalb hat er sich immer aus allem rausgehalten? Weil es jemanden gab, der die anderen provozierte?«, fragt Lina.

»Ja. Provozieren, damit die anderen aus sich herauskommen«, sagt Paul. »Es geht darum, den therapeutischen Prozess zu beschleunigen und zu intensivieren, indem nicht der behandelnde Therapeut daherkommt und provokante Fragen stellt, die man ja einfacher abwehren kann, sondern jemand aus der Gruppe selbst übernimmt das.«

»Lass mich raten. Astrid war von Carlheim instruiert, einzelne Frauen ab und zu auf die Palme zu bringen.«

Paul nickt. »So hat er es mir erklärt. Das sei ein neuer Ansatz, weil in Gruppentherapien immer wieder schnell um den heißen Brei herumgeredet werde. Er hat mir versichert, dass er sofort eingegriffen hätte, wenn eine Situation aus dem Ruder gelaufen wäre.«

»Astrid als Spionin«, sagt Lina. »Deshalb diese ständigen spitzen und polarisierenden Bemerkungen und die vielen Sprüche, die einfach nur daneben waren.«

»Severin hat sie wohl irgendwann zurückgepfiffen, aber die Angelegenheit hatte sich verselbstständigt. Astrid war ja auch nicht ohne Grund in der Therapie. Sie hat ihre

Rolle dazu benutzt, von ihren eigenen Problemen abzulenken.«

»Unglaublich!«, sagt Lina. »Vielleicht war die Rolle, die sie gespielt hat …«

Paul Ender hebt abwehrend die Hände und unterbricht sie: »Sie hat Severin geschworen, dass es bei diesen Unterlagen um etwas ganz anderes ging.«

»Aber um was? Himmel, es geht darin um mich! Was steht da drin?«

»Ich habe eine Scheißangst«, sagt Paul.

»Gibt es keine Kopie? Kein anderes Versteck?«

Paul schüttelt den Kopf. Unvermittelt fasst er in die Innentasche seines Jacketts und zieht eine CD heraus.

»Aber es gibt das hier«, sagte er. »Severin hat sie mir gegeben und gesagt, ich solle sie mir einmal ansehen.«

»Ist sie auch von Astrid?«, fragt Lina.

»Und ob. Sie hat ihm die CD zusammen mit einem Umschlag gegeben. Ein wenig neugierig war Severin schon. Er wollte sicher wissen, auf was genau er sich da einlässt.«

»Und?«, fragt Lina. »Was ist drauf?«

»Ich habe nicht die geringste Ahnung«, sagt Paul. »Die Daten sind verschlüsselt. Nimm sie, ich will wirklich nichts damit zu tun haben.«

Er steht auf und legt die CD auf den Tisch.

»Ich muss jetzt irgendwo untertauchen, mich verstecken.«

»Ja, das wird im Moment das Beste sein«, sagt Lina und schreibt ihm ihre drei Handynummern auf.

32

Das Gebäude der Guardia Civil ist ein schmuckloser Bau mit heller Fassade. Trotz der vielen Fenster, vor denen Rollmarkisen heruntergelassen sind, wirkt das Gebäude verlassen.

Kommissar Gonzales, der Lina mittags in ihrem Hotelzimmer abgeholt hat, erklärt ihr auf Deutsch, dass zwar die Policia Nacional für den Mordfall zuständig sei, dass man ihre Zeugenaussage jedoch bei der Guardia aufnehmen werde.

Lina gibt wahrheitsgemäß zu Protokoll, dass sie Señor Severin besucht habe, um ihm Fragen in einer persönlichen Angelegenheit zu stellen.

Um was für Fragen es gegangen sei, will der Polizist wissen.

»Ich habe große Schwierigkeiten, mich an meine Kindheit zu erinnern«, sagt sie. Wieder die Wahrheit. Kommissar Gonzales jedoch runzelt die Stirn.

Lina sagt, dass sie keine besondere Veränderung an Carlheim bemerkt habe. Auch in dem Geschäft sei ihr niemand aufgefallen. Sie habe nicht die leiseste Ahnung, wer einen nicht sonderlich vermögenden Antiquitätenhändler und Psychotherapeuten überfallen und brutal erschlagen würde. Ja, sie sei zur Tatzeit im Hotelzimmer gewesen, der Portier könne sicher bestätigen, wann sie auf ihr Zimmer gegangen sei.

»Ich hörte, Sie sind vom Dienst beurlaubt?«, fragt der spanische Kommissar unvermittelt.

Also hat er bereits mit Sven korrespondiert, denkt Lina, natürlich!

»Es geht um Schusswaffengebrauch, der bei uns routinemäßig untersucht wird.«

»Und da wird man in Deutschland beurlaubt? Haben Sie jemanden erschossen?« Der Kommissar kneift die Augen zusammen.

»Es war eine heikle Situation, ich wurde bedroht und habe an die Decke geschossen.«

Schon wieder die Wahrheit. Jedenfalls fast.

Der Kommissar nickt und teilt ihr dann mit, dass eine Abschrift der Tonaufzeichnung gemacht werde. Als sie die Kommandantur verlässt, lässt das Brennen in ihrer Jacke nach, die im Innenfutter versteckte CD scheint leichter zu werden. Auf keinen Fall wird sie die CD im Hotelzimmer liegen lassen. Sie muss sie unter allen Umständen behalten und ansehen, denn es ist jetzt das Einzige, was sie in der Hand hat.

Lina spaziert durch Oviedo. Vor den Auslagen der Geschäfte bleibt sie immer wieder stehen, um sicherzugehen, dass ihr niemand folgt. Einmal geht sie in ein Kaufhaus und verschwindet für eine knappe Viertelstunde auf der Kundentoilette. Als sie herauskommt, sieht sie lediglich herumstehende Verkäufer und zwei stöbernde Kundinnen. Niemand folgt ihr, als sie die Rolltreppe abwärtsfährt und das Kaufhaus wieder verlässt. Sie geht nun zielstrebig zu dem Internetcafé, das sie bei ihrem ersten Stadtbummel entdeckt hatte. An der Kasse sitzt ein etwa dreißigjähriger Mann, seinem Aussehen nach vermutlich maghrebinischer Herkunft. Sie zeigt ihm die CD und versucht zu erklären, dass sie verschlüsselt ist. Er lächelt sie an, versteht sie jedoch nicht. Lina geht an seine Computertastatur, sieht ihn fragend an, und er nickt freundlich.

Daraufhin ruft sie den Übersetzungsservice von Google auf. Wegen der spanischen Tastatur braucht sie einen Moment länger, um das Wort »verschlüsselt« einzugeben. Sie drückt Enter, und der spanische Begriff »codificado« erscheint.

Der Mann sieht sie erschrocken an und wedelt dann abwehrend mit den Händen. »No, no«, sagt er, und Lina sieht ihm deutlich an, dass er die CD nicht einmal anfassen würde.

Lina tippt eine »300« in den Computer und setzt ein Eurozeichen dahinter. Der Mann bleibt skeptisch, obwohl er jetzt nicht mehr so energisch wirkt.

Lina setzt sich an einen der freien Plätze und öffnet ihre E-Mails. Neben dem üblichen Werbemüll und den Spams findet sie eine Nachricht von Che Ling.

»Kommst du weiter?«, fragt er darin knapp.

»Severin Carlheim ermordet«, antwortet sie ebenso knapp. Kein Wort über Paul Ender, erst recht nichts über den Datenträger. Sie legt die CD ein. Auf dem Bildschirm erscheint die Aufforderung, das Passwort einzugeben. Sie probiert es mit »Lina«, »Lina-Andersen«, dann mit ihrem Geburtsdatum, dem Namen des Therapeuten, den Vornamen der Gruppenteilnehmerinnen. Doch alle Versuche bleiben ohne Erfolg.

Plötzlich steht ein Junge im Teenageralter neben ihr und blickt ungeniert auf den Monitor.

»Willst du es versuchen?«, fragt Lina ihn.

Der Junge ruft ein leeres Textdokument auf und schreibt »500 Euro« hinein.

Lina versucht es mit »300« und sieht, wie es im Kopf des Jungen arbeitet. Schließlich nickt er und gibt Lina ein Zeichen, Platz zu machen. Aus seiner Jacke zaubert er einen Stick hervor, den er anstöpselt, um ein Programm herunterzuladen.

»Krypdecod«, liest Lina. Dann kann sie mitverfolgen, wie Zahlenkolonnen über den Bildschirm rasen. Nach etwa zehn Minuten, in denen der Junge seinen Blick starr auf den Bildschirm gerichtet hält und nicht davon abwendet, blinkt in einem Kästchen am unteren Rand ein Buchstabe auf: »S«. Der Junge ist offenbar unzufrieden und tippt mit dem Zeigefinger auf den Bildschirm. Er murmelt etwas vor sich hin, zieht ein Smartphone aus der Tasche, ruft eine Internetseite auf und liest einen Text. Immer wieder sieht er auf die über den Bildschirm rasenden Zahlen.

Der Cafébetreiber bringt Lina unaufgefordert einen Kaffee und stellt dem Jungen eine Cola hin. Ohne dass der den Kopf hebt oder sich gar bedankt, nimmt er einen Schluck und vergleicht weiter Zahlen. Der Mann malt mit dem Zeigefinger in der Luft ein paar Kreise um seinen Kopf, sieht auf den Jungen und sagt lachend: »Verruckt!«

Er geht wieder hinter seinen Ladentisch und widmet sich einem soeben eintretenden Kunden.

Lina zieht einen leeren Stuhl heran und setzt sich. Wie soll es jetzt weitergehen? Gibt der- oder diejenige Ruhe, wer auch immer hinter den Unterlagen her war, jetzt, nachdem er sie in seinen Besitz gebracht hat? Nicht sehr wahrscheinlich. Für den großen Unbekannten besteht schließlich immer noch die Gefahr, dass Lina sich erinnert. Beinhaltet die CD eine Kopie der Unterlagen? Das bleibt abzuwarten. Sie beobachtet den Eingang, als erwarte sie, dass dort jeden Moment ein Vermummter hereinstürmt und ein Blutbad anrichtet.

Der Junge am Computer nimmt einen Schluck aus seiner

Colaflasche und kaut an einem Schokoriegel herum, den er aus seiner Jacke gefischt hat.

Sie muss an Paul Ender denken, der sicher Jahre brauchen wird, um über diesen Verlust hinwegzukommen. »Ich habe einfach kein Glück«, hatte er zum Abschied verzweifelt gesagt. Lina hatte ihn an der Tür noch einmal gefragt, ob er eine Vermutung, einen Verdacht habe. »Ich kann mir nicht vorstellen, dass es mit der Therapie zu tun hat«, hatte er gemeint. »Es muss etwas anderes sein.« Und dann hatte er hinzugefügt, er habe Lina damals darum beneidet, dass sie sich nicht an ihre Kindheit erinnern konnte. »Ich hätte lieber vieles von dem vergessen, was ich erlebt habe.«

Draußen fährt langsam ein Polizeiwagen vorbei. Lina kann zwei Polizisten im Wagen erkennen, die sich angeregt unterhalten, und selbst auf diese Entfernung ist ihnen anzusehen, dass es sich um etwas Lustiges handeln muss. Jedenfalls schenken sie dem Internetcafé keine Aufmerksamkeit.

Lina fällt Agatha Christies Kriminalroman »Zehn kleine Negerlein« ein, in dem zehn Menschen von einem mysteriösen Gastgeber auf eine Insel eingeladen und dann einer nach dem anderen ermordet werden. Hat es sich jemand zur Aufgabe gemacht, alle Teilnehmer der Therapiegruppe nacheinander auszulöschen?

Der junge Computerfreak gibt plötzlich ein lautes Stöhnen von sich. Lina schaut auf den Bildschirm und erschrickt. Man sieht das Schlafzimmer der Wohnung von Kostja Behrmann, in der Carolin Scharnhövt zuletzt gewohnt hat. Im Bett liegt Astrid und hat Sex mit einem Mann, den Lina nicht kennt.

»Hola«, sagt der Junge und sieht Lina mit einem lüsternen Grinsen direkt in die Augen. Lina findet, dass er zu jung ist für so was und dass sie ihn eigentlich wegschicken sollte. Andererseits hat der sich vermutlich schon ganz andere Sachen im Internet angesehen.

»Verdadera acrobacia«, sagt er und verdreht mit Kennermiene die Augen.

Dann ein Schnitt. Stellungswechsel von Astrid, die plötzlich auf einem anderen Mann sitzt. Der Junge erhebt sich und geht zum Tresen. Offenbar lässt er eine süffisante Bemerkung fallen, die den nordafrikanischen Cafébetreiber zu einem breiten Grinsen in Linas Richtung veranlasst.

Lina verfolgt weiter die Filmsequenzen. Immer wieder gibt es Schnitte, neue Männer tauchen auf, neue Stellungen werden präsentiert. Um Himmels willen, was soll das?, denkt Lina.

Sie sieht sich die CD bis zum Ende an und winkt dann den Jungen zu sich.

»How to open?«, fragt sie, »öffnen, opening word?«

Der Junge sieht sie an und streckt ihr seine geöffnete Hand entgegen. Der Besitzer des Internetcafés beobachtet die Szene, und Lina vermutet, dass er später eine ordentliche Provision einstreichen wird. Sie zählt dem Jungen die Scheine in die Hand und sagt: »Gracias.«

Der Junge setzt sich wieder vor den Computer, holt die CD heraus und tippt ein paar Tasten an. »Keyword«, sagt er dann und deutet auf eine Buchstabenfolge am unteren Seitenrand.

Die Buchstaben blinken auf, und Lina muss ganz nah an den Bildschirm herangehen. Sie liest: »Sven_Emmert«.

33

Sven Emmert. Ein Landgasthof an der Elbe. Lina sieht selbst nach so langer Zeit immer noch die weißen Tischdecken vor sich.

Es roch nach altem Holz, Kirschen und Heu. Vor ihr standen zwei Rotweingläser, eines davon voll. Etwas Besonderes hatte sich Sven Emmert zu ihrem Geburtstag gewünscht. So lief das mit ihm: *Sie* hatte Geburtstag, und *er* wünschte sich etwas. Sie hatte also einen Tisch reserviert, um eine Geburtstagsdekoration gebeten und mit dem Küchenchef das Menü besprochen. Alles perfekt. Blick auf einen Seitenarm der Elbe, blühende Obstbäume, Landidylle pur. Verliebte Paare an den Nebentischen, Vivaldi als Hintergrundmusik und Rosenblätter auf der weißen Tischdecke.

Nach zweieinhalbstündigem Warten, einer Flasche Rotwein und drei Cognacs war sie schließlich gegangen. Er hatte weder angerufen noch eine SMS geschickt. Sie war ohne Umwege auf die Reeperbahn gefahren und hatte im »Silbersack« ein paar Runden geschmissen. Für ein paar an der Bar sitzende Trinker, ein verliebtes Pärchen und eine sehr junge Frau, die ihren Rucksack neben die Musikbox gestellt hatte und hier wohl aus Kostengründen die Nacht verbringen wollte.

Als Sven am nächsten Tag anrief, hatte sie ihn gefragt, was denn los gewesen sei.

»Probleme zu Hause, du verstehst?«, sagte er beiläufig. Das war alles.

Nein, sie verstand nicht!

»Fang jetzt bloß nicht an herumzuzicken. Es geht eben nicht immer alles nach deiner Nase.«

Drei Tage zuvor wollte er noch mit seiner Frau reden und ihr mitteilen, dass er sie verlassen würde. Zwei Wochen lang hatte sie jedes Treffen abgelehnt. Hatte bei seinem Auftauchen jedes Mal den Unterrichtsraum in der Eutiner Polizeischule verlassen.

Und dann tauchte er plötzlich wieder bei ihr auf. Mit Blumen und Kinokarten und Unschuldsmiene.

»In Wirklichkeit gehören wir doch zusammen, Lina. Wir kommen nie mehr voneinander los.«

Genauso wenig, wie sie von Ralf losgekommen war. Trotz seines Todes. Ralf und Sven. Gibt es da einen Zusammenhang? Ist sie eine Wiederholungstäterin, die sich mit Sven eingelassen hatte, um sich selbst zu bestrafen? War das am Ende Ralfs Rache?

34

Sie ist in Hamburg gelandet und passiert die Zollbeamten, die heute zu zehnt vor der Schranke zur Ankunftshalle stehen. Die Türen schwingen auf, und Lina rollt ihren Koffer in das Terminal. Che Ling sitzt im Wartebereich und tippt etwas in sein Handy. Müde sieht er aus und ungewöhnlich blass. Im Grunde versteht sie es nicht, dass da jemand ist, auf den sie sich aus einem unerfindlichen Grund verlassen kann. Jemand, der ihr nicht an die Wäsche will und sich trotzdem ernsthafte Sorgen um sie macht. Als er Lina sieht, schenkt er ihr ein freundliches chinesisches Lächeln und steckt sein Handy weg.

»Jetzt verrätst du mir hoffentlich, warum ich dich hier abholen soll.«

»Ich sehe dein Gesicht so gern.«

»Und wie wär's mit einem Foto? Irgendwo in der Abflughalle habe ich einen Fotoautomaten gesehen.«

»Nein, danke«, sagt Lina. »Es ist nur ... Ich war mir nicht sicher, ob ich hier eventuell von Sven abgefangen werde.«

»Und du glaubst, ich könnte das verhindern? Hältst du mich für den schlitzäugigen Batman?«

Lina sieht sich die Ausrichtung der Überwachungskameras an und schiebt Che in eine Ecke, die nicht eingesehen werden kann. Sie zieht die CD aus ihrer Jacke hervor und steckt sie ihm zu, während sie die Sicht mit ihrem Rücken versperrt.

»Die Unterlagen?«

»Ein Film. Wir müssen ihn uns unbedingt genauer ansehen. Ich muss wissen, was das für Männer sind.«

»Männer?«

»Selbst produzierte Heimpornos. Mit Astrid als Hauptdarstellerin und jeder Menge Komparsen.«

»Riecht nach Erpressung, und damit will ich bitte schön ü-b-e-r-h-a-u-p-t nichts zu tun haben.«

»Hast du einen Computer?«, fragt Lina.

»Sicher.«

»Auch ein Programm, mit dem man einzelne Bilder und Szenen heranzoomen kann?«

»Das funktioniert mit einem Videobearbeitungsprogramm. So was kann man sich kostenlos runterladen.«

»Du hast übrigens Recht.«

»Womit?«

»Wahrscheinlich leide ich unter Verfolgungswahn. Allerdings wenn nicht, dann ...«

Mit dem Taxi fahren sie nach St. Georg.

»Ich weiß nicht, ob es eine gute Idee ist, ich meine das mit dem Damenbesuch«, sagt Che.

Damenbesuch. Lina verkneift sich eine Bemerkung und sieht auf die Alster. Segelboote und Fährbarkassen ziehen durchs Wasser.

Che Ling dirigiert den Fahrer am Atlantik-Hotel vorbei Richtung Steindamm und schließlich in die Koppel. Hier hat sie vor einiger Zeit eine Ausstellung im Künstlerhaus besucht. Archaische Figuren aus einer bizarren Welt, die von einer brasilianischen Künstlerin auf Papier gedruckt und auch als riesige Pappen im Raum verteilt worden waren. Als Betrachterin fühlte sie sich, als wäre sie plötzlich von einer fremden, bis dahin unsichtbaren Welt umgeben, mit mächtigen Wesen, die über ihr Schicksal entscheiden.

Vor einem üppig verzierten Backsteinportal bittet Che den Fahrer zu halten. Lina sieht sich verwundert um und entdeckt eine Tafel, die die Anlage hinter dem Portal als Stiftung eines Hamburger Kaufmanns ausweist, gestiftet zum Andenken an seine Frau. Darunter der Schriftzug »Seniorenresidenz«.

»Bist du doch älter, als ich dachte?«, fragt Lina.

Che schüttelt den Kopf und führt sie wortlos durch das Portal, durch das man auf einen großen Platz mit Bänken, Blumen, Büschen und alten Bäumen gelangt. Neben den alten Stiftsgebäuden mit Backsteinfassaden und kleinen Fenstern umsäumen moderne Gebäude das Areal. Che führt sie zu einem der älteren Gebäude und steigt mit ihr in einen überraschend modernen Aufzug.

»Unter dem Dach«, sagt Che und deutet mit dem Daumen in die Höhe. Im vierten Stock hält der Fahrstuhl, und Che weist ihr den Weg zu seiner Wohnungstür.

»Du wohnst in einem Altersheim?«, fragt Lina, doch Che sagt noch immer nichts. Seinen eingezogenen Schultern sieht sie an, dass er unsicher ist.

Die beiden Zimmer sind mit Dachschrägen versehen, die Wände weiß gestrichen, kleine Fenster zum Innenhof. Die Einrichtung ist spartanisch, aber geschmackvoll. Weiße Regale, ein großer Arbeitstisch mit PC und Drucker, daneben Fernseher, Musikboxen und an der Wand eine Kalligrafie. Auf dem Hocker darunter eine Blume und durch die offene Zimmertür sieht Lina in das winzige Schlafzimmer, das fast vollständig von einem Bett ausgefüllt wird.

Sie setzen sich in die Küche, die neben Lebensmittelregal, Kühlschrank und Spüle gerade mal Platz für einen kleinen Tisch mit zwei Stühlen bietet.

»Warum ist Damenbesuch hier so eine Sache?«, fragt Lina.

»Die Damen im Haus können sehr eifersüchtig werden«, antwortet Che und erklärt ihr, dass man ihm die kleine Dachwohnung angeboten hatte, nachdem er hier einen Minijob angenommen hatte.

»Einen Minijob?«, fragt Lina.

»Den Damen zur Hand gehen, Botengänge machen, Pakete abholen, Begleitung beim Arztbesuch, Lebensmittel einkaufen, was eben so anfällt.«

»Dann scheint das Geschäft mit den verkauften Villen oder als Zuhälter doch nicht so gut zu laufen?«, fragt Lina.

Che Ling sieht sie an, steht auf und brüht einen Grüntee auf.

»Ich habe deinen Kolleginnen aus der Therapiegruppe mal auf den Zahn gefühlt«, sagt er dann. »Habe mich am Telefon als Versicherungsvertreter ausgegeben und behauptet, ich würde den Tod von Carolin Scharnhövt untersuchen. Weil es bei der Lebensversicherung um eine größere Summe gehe, die nicht ausgezahlt werde, wenn es sich doch um Selbstmord handelt.«

»Und?«

»Die sind nervös, richtig nervös. Bei dieser Christina und auch bei Pia war es eindeutig auch Angst.«

Lina nimmt einen Schluck Tee und spürt ein wärmendes Gefühl in der Magengegend. Sie berichtet ihm ausführlich, was in Oviedo passiert ist, von Carlheims Tod, von Paul Ender und der CD.

»Ach ja, was ist mit diesen Filmen?«, sagt Che.

»Nicht gerade knisternde Erotik«, meint Lina.

»Das ist also Astrid«, sagt Che.

»Ja. Aber achte auf den nächsten Typen«, sagt Lina.

Che stoppt den Film, Lina lässt ihn ein paar Sekunden vorlaufen.

»Jetzt vergrößere mal den Oberkörper des Mannes.«

»Sekunde«, sagt Che, setzt ein Kreuz auf den im Bett liegenden Mann, der im Begriff ist, sich zur Seite zu drehen, um Astrid von hinten zu beglücken, und zoomt ihn heran.

»Treffer!«, sagt Lina.

»Ein Leberfleck in Herzform«, sagt Che.

»Darf ich vorstellen? Kriminalhauptkommissar Sven Emmert.«

»Ich kenne nur sein Gesicht«, sagt Che.

Kein Zweifel. Sven war mit Astrid im Bett. Er hat die Frau gekannt, deren Ermordung er jetzt untersucht. Hat Astrid ihn erpresst? Ihm angedroht, die Affäre seiner Frau zu offenbaren? Doch das passt nicht zu Sven, der braucht keinen Mord, um sich ein derartiges Problem vom Hals zu schaffen. Er bevorzugt andere Mittel und Wege. Wenn es jedoch um etwas ganz anderes gehen sollte …

Fest steht, dass Sven gelogen hat, zumindest verschwiegen, dass er Astrid kannte. Und nicht nur das, er war auch in der Wohnung gewesen, bevor man Carolins Leiche dort gefunden hatte. War es möglich, dass er die an Lina adressierte Nachricht auf die Rückseite des Fotos geschrieben hat?

»Lina, du willst doch nicht allen Ernstes gegen die Mordkommission antreten?«, sagt Che. Sein ängstlicher Gesichtsausdruck ist kein bisschen gespielt.

»Bevor man mir einen Mord anhängt, trete ich gegen jeden an! Könnte der Film eine Fälschung sein?«, fragt Lina.

»Unwahrscheinlich. Dazu müsste man den Oberkörper von deinem Sven extra und passgenau gefilmt und hier reingeschnitten haben. Wenn überhaupt, macht man das mit Gesichtern von Fotos. Außerdem, ein Foto zu manipulieren ist eine Sache, aber einen Videofilm … Das halte ich für unwahrscheinlich.«

Che öffnet eine Flasche Rotwein, hält sich selbst aber weiter an den grünen Tee. Dann stoppt er den Film und sieht sich die Dateieigenschaften an.

»Viel zu kurz«, sagt er und öffnet einen Ordner, in dem normalerweise die Metadaten des Films stehen. Aufnahmezeit, Titel, Name des Urhebers, Suchstichworte …

»Da haben wir dich ja«, murmelt er und öffnet eine Bilddatei. Lina steht neben ihm und starrt auf den Bildschirm.

»Abfotografierte Akten! Langsam wird das hier zu einem Spionagethriller«, sagt er und öffnet eine weitere Bilddatei, die vier Behördennotizen mit dem Vermerk »Nur zur internen Verwendung« enthält. Alle Einträge verweisen auf Ermittlungsakten der Polizei.

»Nicht zu fassen. Da geht es um Ralfs Tod«, sagt Lina.

In wenigen Sätzen informiert sie Che, was damals passierte, und auch, dass sie jahrelang geglaubt hat, Ralf getötet zu haben.

Erörtert wird in den Notizen, ob Linas Pflegeeltern ihren Aufgaben gerecht werden können oder ob das Pflegekind woanders untergebracht werden sollte. Den Unterlagen zufolge haben die polizeilichen Untersuchungen ergeben, dass der Junge wahrscheinlich kein Opfer eines Unfalls war, sondern Fremdverschulden nicht ausgeschlossen werden konnte.

Lina liest die entscheidende Passage laut vor: »... hat Ralf Andersen die elektrische Vorrichtung an der Tür nicht aktivieren können. Dazu müsste er das Kabel mit der Türklinke verbunden und aktiviert haben, um anschließend durch das Fenster in den Schuppen gelangt zu sein. Polizeiliche Messungen haben ergeben, dass das Fenster des Schuppens zu klein dafür ist.«

Lina macht eine Pause und sagt: »Mein Vater hat mir etwas ganz anderes erzählt.«

Dann liest sie weiter: »Das Pflegekind Lina Andersen muss nach den Untersuchungen als Tatverdächtige ebenfalls ausgeschlossen werden, da sie während der fraglichen Zeit bei einer Freundin gespielt hat, und zwar in Gegenwart von Zeugen.«

»Fremdverschulden«, sagt Che. »Jemand hat diesen Ralf umgebracht und sich aus dem Staub gemacht.«

»Und warum hat mein Vater kein Wort davon gesagt?«

»Vielleicht weil er's nicht weiß. Man wird ihn vernommen haben, aber da man sich keinen Tatverdächtigen schnitzen konnte, hat man die Angelegenheit auf sich beruhen lassen.«

»Ich bin davon ausgegangen, dass Ralf mir eine Falle

stellen wollte, aber wenn er gar nicht durchs Fenster klettern konnte …«

»… dann muss jemand anders das saubere Kerlchen zur Strecke gebracht haben«, ergänzt Che ihren Satz.

»Wenn ich es nicht war, wer soll ihn denn dann umgebracht haben? Und warum kommt das jetzt plötzlich wieder hoch?«

»Keine Ahnung«, sagt Che.

»Gibt's noch mehr? Ich meine Daten, Ordner …«

»Nein, das war's. Möglicherweise war in Carlheims Tresor ja noch mehr Material.«

Lina verabschiedet sich von Che und sagt: »Das werde ich dir nie vergessen, dafür hast du was gut bei mir!«

Sie fährt den Fahrstuhl gemeinsam mit einer rüstigen Siebzigjährigen hinunter, die sie neugierig mustert.

Am Hauptbahnhof bemerkt Lina ein paar auffällig blasse Jungen, die in kleinen Gruppen vor dem Eingang stehen und versuchen, die Blicke der Männer auf sich zu lenken, die aus dem Bahnhofsgebäude kommen. Einer von ihnen verhandelt mit einem älteren Mann in Jeansjacke.

Sie fährt die Rolltreppe abwärts zur U-Bahn-Station. Am Bahnsteig herrscht großes Gedränge. Feierabendverkehr. Viele der Wartenden haben Einkaufstüten oder Aktentaschen in den Händen. Normaler Berufsalltag, denkt Lina und fragt sich, wie lange die Untersuchung des Schusswaffengebrauchs noch dauern wird.

Während der Fahrt bleibt Lina an der Tür stehen und betrachtet die müden Gesichter der Mitfahrenden. Die Luft ist abgestanden, Geruch nach Schweiß liegt in der Luft. Erleichtert atmet Lina auf, als sie an der Haltestelle Hoheluftbrücke aussteigt.

Sie bleibt einen Moment auf der Brücke stehen, die über den Isebekkanal führt, und sieht der Sonne zu, die in einem leuchtenden Orange untergeht. Dann schlägt sie den Weg zu ihrem Lieblingsplatz am Steg ein, als plötzlich ein harter Gegenstand in ihren Rücken gedrückt wird.

»Zu dem Pumpenhaus da drüben«, sagt eine Frauenstimme. »Ich werde schießen, glauben Sie mir.«

»Antje Kernel?«

Lina dreht sich nicht um, tut, was die Frau ihr sagt. Sie wartet ab, während die Frau umständlich in ihrer Handtasche nach dem Schlüssel sucht. Sie braucht mehrere Versuche, um die Tür aufzuschließen. Als es ihr endlich gelingt, reißt sie heftig an der über den Boden schabenden Metalltür.

Woher hat sie den Schlüssel?, fragt sich Lina, während sie unsanft in den muffig riechenden Raum geschubst wird.

»Ich will mich nur mit Ihnen unterhalten.«

»Mit vorgehaltener Pistole?«

»Ich weiß von den toten Frauen, mit denen Sie zu tun haben«, sagt Antje Kernel, »und ich will nicht die Nächste sein.«

»Sie glauben, dass ich …?«

»Ich glaube gar nichts mehr«, sagt sie. »Ich will nur wissen, ob es stimmt.«

»Was soll stimmen?«

»Dass Sie die Tochter von Irene Heise sind. Ist sie Ihre Mutter oder nicht?«

»Es ist nur ein Behördenpapier, auf dem ihr Name steht. Das wissen Sie doch.«

Ihre Stimmen klingen seltsam hallend in dem Raum mit

der hohen Decke. Viele Meter weiter unten befindet sich ein jetzt abgedecktes Becken, das Regenwasser auffängt, um eine Überflutung des Kanals zu verhindern.

»Wie kommt man an den Schlüssel?«, fragt Lina.

»Das ist nicht wichtig. Was wollen Sie von mir?«, fragt die Frau.

»Aber …«

»Mit wem arbeiten Sie zusammen?« Sie reißt Lina an der Schulter herum. »Raus mit der Sprache! Wer steckt noch dahinter?«

Die Augen der Frau sehen gebrochen aus. Wie kleine Spiegel mit einem Riss darin. Sie lässt von Lina ab, entfernt sich ein paar Schritte und sagt: »Was ist passiert, dass man mir meine Identität vorenthält?«

Dann geht sie wieder auf Lina zu, eine Hand in ihrer Jackentasche. Sie baut sich herausfordernd vor Lina auf. Ganz plötzlich beginnt sie zu weinen, Tränen laufen ihr übers Gesicht.

Sie nimmt ihre Hand aus der Tasche und hält ein Schlüsselbund in die Luft.

»Ich kann das nicht«, sagt Antje Kernel. »Ich wollte Ihnen einen Schreck einjagen, Sie zum Reden bringen.«

»Worüber, um Himmels willen?«

»Über etwas aus meiner Vergangenheit«, sagt Antje Kernel. »Etwas, das mir Angst macht.«

Noch eine, denkt Lina und beschließt, ihre eigenen offenen Fragen vorerst nicht zu erwähnen.

»Etwas, woran Sie sich aber nicht erinnern können?«

Antje Kernel nickt.

»Ich habe das Schloss geknackt und durch ein neues ersetzt. Eine Woche habe ich mich damit beschäftigt. Verstehen Sie? Eine Woche! Das ist doch krank.«

»Ich weiß nicht, wie ich Ihnen helfen kann«, sagt Lina. »Ich glaube, dass Irene Heise nur benutzt wurde, damit die Kinder überhaupt eine Identität bekamen.«

»Aber darüber muss es doch etwas Schriftliches geben! Sie sind doch Polizistin!«

Lina will etwas sagen, doch dann schüttelt sie nur ratlos den Kopf. Was könnte sie der Frau erzählen, das sie nicht noch mehr beunruhigt? Auf keinen Fall darf sie sie mit ihrer eigenen Geschichte noch mehr verängstigen. Wahrscheinlich ist sie jetzt schon so weit zu glauben, das Opfer einer Verschwörung zu sein.

»Sie sollten einen Rechtsanwalt aufsuchen«, sagt Lina.

Die Frau sieht sie an, als könnte sie nicht fassen, was Lina da vorgeschlagen hat.

»Einen Rechtsanwalt?«

Sie schüttelt ungläubig den Kopf.

Dann sagt sie unvermittelt: »Es tut mir leid«, und stürmt aus dem Pumpengebäude.

Lina sieht ihr irritiert nach. Dann wirft sie noch einen Blick durch den Raum. An den Wänden sind mit Schlössern versehene stählerne Kästen, hinter denen sich wahrscheinlich die elektrischen Anlagen befinden. Eine Ratte huscht nur einen Meter von ihr entfernt über den Betonboden. Kein Ort, an dem man länger bleiben sollte als unbedingt notwendig. Sie verlässt das Gebäude und drückt mit der Schulter die Tür zu.

Ob sie die Kollegen benachrichtigen sollte, damit die dafür sorgen, dass die Pumpstation wieder verschlossen wird? Schon allein wegen der Kinder, die tagsüber am Kanalufer spielen. Doch wie soll sie das erklären? Sie schaltet im Handy ihre Absenderkennung ab, ruft den Feuerwehrnotruf an und sagt, sie hätte spielende Kinder in einem Pumpengebäude entdeckt. Man werde sich darum kümmern. Wie denn ihr Name sei. Lina legt auf.

In ihrer Wohnung angekommen schließt sie die Tür von innen ab und verriegelt sie zusätzlich mit der altersschwachen Kette. Sie glaubt zwar nicht, dass Antje Kernel hier auftauchen wird, aber sicher ist sie sich nicht. Die Frau macht den Eindruck, kurz vor einem Nervenzusammenbruch zu stehen.

Wilde Träume lassen sie immer wieder schweißgebadet aufwachen. Einmal ist es der tote Ralf, der – über und über mit Erde bedeckt – vor ihr steht, der sich plötzlich vor ihren Augen in Sven verwandelt. Sven zieht ein blankes Kabel aus seinen silbergrauen Haaren. Ein anderes Mal sieht sie in Zeitlupe, wie Carolins Bauch zerrissen wird. Carolin entschuldigt sich bei ihr, geht zum offenen Fenster und springt hinaus.

Um neun Uhr reißt das Handy sie aus dem unruhigen Schlaf. Che Ling fragt sie, wie es nun weitergehen solle. Er habe Christina und Pia trotzt mehrmaliger Versuche telefonisch nicht erreichen können.

»Ich kümmere mich darum«, sagt Lina und bereitet sich einen starken Espresso zu. Erst mal wach werden. Später vielleicht mal bei Alex auf der Wache vorbeischauen.

Sie schiebt die CD in den Computer und sieht sich noch einmal die Videos an. Nicht ein einziges Mal sieht Astrid in die Kamera. Auch sonst lässt nichts darauf schließen, dass sie weiß, dass sie gefilmt wird.

Sex, Erpressung … all das hat nichts mit Lina und ihrer Kindheit zu tun. Wer ist noch hinter den Unterlagen her? Wer hat den Psychotherapeuten ermordet? Was war noch in Carlheims Safe?

Lina macht sich auf den Weg in die Innenstadt. Christina arbeitet in einer Boutique am Gänsemarkt. Zumindest damals, das hatte sie mal erwähnt. Lina geht an den Luxusgeschäften vorbei, die ihre Filialen hierherverlegt hatten.

Durch die Schaufenster der Boutiquen versucht sie Christina zu erkennen. Ist überhaupt anzunehmen, dass sie noch hier arbeitet? Oder hat sie sich wieder in ein Dorf zurückgezogen, in dem es keine Geschäfte gibt, die ihre Kaufsucht schüren?

Lina geht weiter in Richtung Rathaus. Vielleicht war »Boutique« eine von Christinas typischen Übertreibungen? Möglich, dass sie in einem der Kaufhäuser arbeitet, in denen Teenies ihr Geld verbraten. Möglich aber auch, dass Christina nur in einem der hinteren Räume beschäftigt ist oder zu einer anderen Tageszeit arbeitet.

Lina läuft noch einmal die Geschäfte auf dem Gänsemarkt ab und bleibt vor einem Modeladen stehen, in dessen Auslagen ausschließlich graue Blusen liegen. Da plötzlich erkennt sie Christina an einer Bewegung, die ihr vertraut ist. Als Christinas Blick zufällig auf Lina vor dem Schaufenster fällt, erstarrt sie. Lina winkt ihr zu, doch Christina reagiert nicht. Mit einer Verzögerung, die Lina wie eine halbe Ewigkeit vorkommt, schüttelt sie den Kopf. Dann wendet sie sich einer Kollegin zu, die Blusen aufhängt. Lina winkt ihr nochmals zu, und Christina braucht wieder sehr lange, bis sie sich mit der Kollegin abgesprochen hat und endlich zur Tür kommt. Die blonde junge Frau schaut ihr neugierig nach und sortiert dann wieder weiter Blusen in ein Regal.

Vor der Tür fingert Christina eine Zigarette aus einer Schachtel, die sie zusammen mit einem Feuerzeug in der Linken hält, und zündet sie an. Sie macht einen gierigen

Zug und bläst den Rauch seitwärts weg. Lina bemerkt ihre blutroten Fingernägel und einen rosafarbenen, riesigen Plastikring.

»Was willst du hier?«, sagt sie.

»Antworten«, sagt Lina.

»Es ist doch schon genug Schreckliches passiert. Kannst du nicht einfach aus meinem Leben verschwinden?«

»Das würde ich liebend gern!«, sagt Lina. »Aber vorher brauche ich wie gesagt ein paar Antworten.«

»Die habe ich nicht für dich«, sagt Christina und zieht erneut heftig an der Zigarette. »Was geht mich all das an?«

»Das ist ja schon mal ein Anfang«, sagt Lina. »Was meinst du denn mit all das?«

Christina scheint einen Augenblick zu überlegen, dann schüttelt sie den Kopf. »Vergiss es. Und lass mich in Ruhe.«

»Was ist passiert? Warum mussten Carolin und Astrid sterben?«

»Astrid!«, wiederholt Christina verächtlich. Sie nimmt einen weiteren Zug und wirft die halb gerauchte Zigarette auf die Straße. Dann zertritt sie die Glut, als würde sie ein Insekt zertreten, vor dem sie sich ekelt.

»Ich muss jetzt«, sagt sie und wendet sich von Lina ab.

»Ich habe ein Video gefunden, eine Art Heimporno«, sagt Lina und bedauert, dass sie Christina in diesem Moment nicht direkt in die Augen sehen kann. Trotzdem meint sie wahrzunehmen, dass Christina für den Bruchteil einer Sekunde zusammenschreckt und dann eine Spur zu heftig die Tür der Boutique aufreißt.

Lina hatte nicht wirklich damit gerechnet, dass Christina mit ihr reden würde. Aber zumindest kann sie davon ausgehen, dass sie den anderen Frauen von dieser Begegnung berichten wird. Lina sieht auf die Uhr. Wenn sie sich beeilt, kann sie auch ihren zweiten Besuch noch schaffen. Will man eine Kette zerreißen, muss man mit dem schwächsten Glied beginnen. Noch besser, es gleich an zwei Schwachstellen zu versuchen.

Sie fährt mit dem Bus in Richtung Berliner Tor, wechselt bei der U-Bahn-Station die Linie und findet die Schule sofort, weil die Haltestelle nach ihr benannt ist.

Pia. Auch sie wird sich nicht so einfach verstecken können. Eine Sekretärin erklärt ihr den Weg zum Lehrerzimmer. Sie möge bitte dort warten, falls Frau Landt gerade Unterricht habe. Ob sie denn wisse, dass sie Besuch bekomme?

Lina behauptet, sie sei angemeldet, und geht die steinerne Treppe hinauf in den ersten Stock. Ein ätzender Geruch nach Reinigungsmitteln steigt ihr in die Nase.

Bilder ihrer eigenen Schulzeit kommen hoch. Wieder spürt sie die seltsame Angst, etwas vergessen, verpasst, übersehen zu haben. Dabei hatte sie damals keine großen Probleme. Zwei Lehrerinnen hatten sie tatkräftig unterstützt, mit ihr gesprochen, sie aufgefordert, zu ihnen zu kommen, wenn sie einmal Schwierigkeiten haben sollte.

»Lina, wenn du hier rauswillst, dann geh durch den Haupteingang.«

»Geh durch den Haupteingang.« Lina hatte den Sinn dieser Worte zunächst nicht verstanden. Erst später wurde ihr klar, dass die Lehrerinnen sie für fähig hielten, aufs Gymnasium zu gehen. Wer die nötige Leistung erbrachte, den ließ man in Ruhe. Also hatte sie Leistung gebracht. Hatte keine Fehler mehr in ihre Arbeiten geschrieben, nicht mehr stundenlang aus dem Fenster gesehen, hatte sich am Unterricht beteiligt. Es klappte, das Lernen fiel ihr immer leichter, ihre Noten wurden immer besser. Sie hatte nicht gewollt, dass es auffiel und sie als vermeintliche Streberin im Rampenlicht stand. Sie hatte sich immer hinter der Klassenbesten gehalten.

Die Gänge sind fast leer, nur ein Lehrer und zwei Schüler begegnen ihr auf dem Flur. Die beiden Schüler rennen zum Ausgang. Flucht, denkt Lina. Aber weiter kommt ihr, wenn ihr ganz normal geht. Wenn ihr nicht auffallt. Und nie zu gehen aufhört.

Sie findet das Lehrerzimmer sofort und klopft an die Tür. Ein jüngerer Mann öffnet die Tür.

»Ja?«, sagt er.

»Ich bin mit Pia Landt verabredet.«

Der Mann gibt die Tür frei und bittet sie einzutreten. Tische, die wie Inseln im Raum verstreut sind, davor ungemütliche Stühle. Zwei Lehrerinnen und ein Lehrer sehen kurz zu ihr auf, vertiefen sich dann wieder in ihre Hefte. Nur ein sehr junger Lehrer lächelt ihr zu und schließt dann die Augen. Lina sieht, wie sich sein Brustkorb regelmäßig hebt und senkt. Yogaübungen im Lehrerzimmer.

»Da sitzt Frau Landt normalerweise. Setzen Sie sich doch. Möchten Sie einen Kaffee?«, sagt der jugendlich aussehende Lehrer.

Lina sagt »Bitte« und setzt sich auf den Stuhl. Das Lehrerzimmer ist in freundlichen Farben gehalten. An der Wand befinden sich mehrere Computerplätze nebeneinander.

»Wird noch zehn Minuten dauern, bis die Stunde zu Ende ist«, sagt der Lehrer, der ihr die Tür geöffnet hat und ihr nun eine Tasse Kaffee und ein Kännchen mit Milch auf den Tisch stellt. Er verschüttet ein wenig Kaffee und lächelt sie verlegen an. »Tut mir leid, aber ich bin etwas tollpatschig. Möchten Sie auch Zucker?«

Lina verneint, bedankt sich und überlegt, wie sie das Gespräch mit Pia beginnen soll. Sie beschließt, erst einmal abzuwarten. Zumindest kann Pia hier keinen großen Auftritt vom Zaun brechen, denkt sie. Nicht unter den Augen ihrer Kollegen. Und rausschmeißen, ohne aufzufallen, kann sie mich auch nicht.

Von draußen dringt Vogelzwitschern in den Raum. Dazu das Rauschen von Musik aus einem Kopfhörer, den sich ein Lehrer am Nebentisch ins Ohr gestöpselt hat. Er korrigiert Klausuren und trommelt zum Rhythmus der Musik auf den Tisch.

Der Schulgong erinnert sie an das Kaufhaus, in das sie als Kind häufig ging, wenn ihr langweilig war. Damals wurden noch durch Lautsprecher Verkäufer zum Telefon gerufen, oder es wurde auf den Ladenschluss um 18 Uhr aufmerksam gemacht.

Pia kommt mit mehreren anderen Lehrerinnen ins Zimmer und bleibt abrupt stehen, als sie Lina erkennt. Panisch sieht sie sich im Raum um. Dann geht sie auf Lina zu, legt ihre Ledermappe auf den Tisch und sagt: »Kommst du bitte mit? Wir haben dahinten ein Besprechungszimmer.«

Die Wände des Nebenraums sind mit schlechten Kopien impressionistischer Künstler zugekleistert. In der Mitte ein Tisch mit Deckchen und einer Vase, in der ein Strauß Trockenblumen vor sich hinstaubt.

»Was willst du?«, fragt Pia und sieht sie misstrauisch an.

»Mit dir reden.«

»Ich weiß nichts über Astrids Tod. Das kannst du mir glauben.«

»Ich habe Carlheim getroffen«, sagt Lina.

Über Pias Gesicht huscht ein kaum wahrnehmbares Lächeln, doch sofort rückt sie ihre schwarze Brille zurecht und setzt eine versteinerte Miene auf.

»Und wie geht es dem großen Sigmund Freud?«

»Nicht so gut«, sagt Lina.

»Tut mir …«

»Er wurde ermordet.«

Das Entsetzen in Pias Gesicht ist echt. Sie senkt den Blick und sagt: »Um Gottes willen! Das muss aufhören!«

»Ich habe Videofilme gefunden«, sagt Lina. »Es sind Sexvideos. Astrid mit verschiedenen Männern.«

Pia nickt nachdenklich, als wüsste sie genau, worum es sich handelt. Dann steht sie entschlossen auf und sagt: »Bitte warte hier einen Augenblick.« Sie verlässt den Raum.

Lina fragt sich, wer sich freiwillig in einen so engen Raum setzt, ohne Fenster und mit schlechten Kopien an den Wänden. Werden hier Schüler verhört? Lehrer vom Direktor abgemahnt?

Es dauert etwa zehn Minuten, bis Pia zurückkehrt. Sie hält ein Handy in der Hand und drückt es an Linas Ohr.

»Wir müssen uns treffen«, sagt eine Frauenstimme.

»Isabel!«

»Es ist alles anders! Es ist völlig anders, als du denkst, Lina!«

»Ach ja? Was denke ich denn?«

»Wir treffen uns heute Abend an den Landungsbrücken. 18 Uhr.«

»Und was soll das schon wieder?«

»Unsere Spielregeln«, sagt Isabel. »Entweder machen wir es so oder gar nicht.«

Lina ist einverstanden. Sie gibt Pia das Handy zurück,

verabschiedet sich und geht durch das Lehrerzimmer hinaus.

Wie wär's mit ein wenig Normalität?, denkt Lina.

Seitdem sie Carolins Leiche gefunden hat, ist sie eine Getriebene. Verrennt sich in Sackgassen, irrt durch Labyrinthe und spürt, dass irgendetwas ihr auflauert, etwas Unberechenbares.

»Es ist alles anders«, hat Isabel vorhin gesagt. Wollen sie ihr eine Beruhigungspille verabreichen? Irgendeine Geschichte auftischen? Es bleibt alles verworren.

Ob Carlheim in seinem Buch nicht nur Gruppentherapiemethoden vorstellen wollte, sondern seine Fallbeispiele mit unangenehmen Fakten angereichert hat? Musste er deshalb sterben?

Lina informiert Che Ling über das Treffen, das sie mit Isabel für den Abend verabredet hat.

»Das hört sich nicht gut an. Wir müssen dich absichern.«

»Das fällt auf«, sagt Lina.

»So ein daherschlendernder Chinese fällt nicht auf. Der gehört doch zur Touristen-Skyline.«

Lina fährt mit der Bahn zur Sternschanze. Die Cafés sind an diesem sonnigen Nachmittag wieder voll von überwiegend jugendlichen Besuchern. Latte-macchiato-Wetter. Auch wenn ein frischer Wind von der Elbe herüberweht.

Sie bestellt einen Galão und blinzelt in die Sonne. Wieder spielt sie mit dem Gedanken, in ein anderes Land zu ziehen. Vielleicht Portugal? Griechenland? Irgendeine überschaubare Beschäftigung annehmen mit möglichst wenig Verantwortung. Olivenernte? Sie sieht sich in der Hitze auf einer Plantage und weiß, dass diese Überlegungen unsinnig sind. Außerdem spricht sie weder Portugiesisch noch Griechisch. Sie überlegt, wie es mit der Arbeit auf einer kleinen Ziegenfarm wäre, als ihr Handy läutet.

»Isabel hier. Ich hab das vorhin vergessen zu sagen«, sagt sie. »Selbstverständlich wollen wir den Film. Und alle Kopien.«

Hinter der Tapete leben die Zwerge. Sie graben sich durch die Mauern und haben überall kleine Gucklöcher.

Der Weiße Drache sagt, wir dürfen sie nicht verärgern. Zwerge können gemein werden, und sie sehen alles. Wirklich alles. Wenn sie nicht gerade in den Mauern sind und arbeiten. Aber abends erkenne ich die huschenden kleinen Hügel, die sie auf der Tapete machen, wenn sie nach Hause zu ihren Frauen kommen.

»Du wirst mich heute untersuchen«, sagt der Schwarze Ritter. »Und du wirst mit deiner Hand überall hinfühlen. Auch dahin, wo die Sonne nie reinscheint.«

Dann zeigt er auf die Dose mit der weißen Salbe und sagt: »Das kommt später, mein Spatz.«

Er lacht. Aber scheint die Sonne nicht überallhin? Außer in das Reich der Zwerge, die hinter der Tapete leben?

Der Weiße Drache sagt, ich soll mir vorstellen, es ist ein Rohr, das bis tief in den Boden reicht. Und dann nimmt er meine Hand und drückt meinen Finger in den Blumentopf.

»Siehst du? So einfach geht das.«

Es tut weh, aber der Weiße Drache sagt, dass er mir das Fliegen beibringt. Schon bald. Und dann kann ich durch den Himmel und die Träume fliegen. Über alle Gefahren und Abgründe hinweg. Selbst dahin, wohin der Schwarze Ritter nicht kommt. Kilometerhoch und kilometerweit. Er bringt es mir bei. Er hat es versprochen.

Man muss nur einen Satz sagen, und dann schwingt man sich auf. Selbst wenn der Schwarze Ritter vor dir steht. Ich soll durchhalten, schon bald ist es so weit. Die Rote sagt, ich soll nicht tuscheln. Aber sonst hört mich der Weiße Drache doch gar nicht.

Der Weiße Drache hat mein Hemdchen genommen und die Blutflecken in ein Glas Wasser getaucht.

»Lernt man so fliegen?«, habe ich gefragt.

»Dummchen«, sagt der Weiße Drache. »Dazu gehört noch viel mehr, und ich werde es dir beibringen.«

Dann hat er das Wasser getrunken und gesagt, dass wir für immer verbunden sind.

»Dein Blut ist in meinem Bauch und in meinem Kopf. Für immer.«

35

Gelbes Licht durchflutet den Hafen. Fähren bringen Menschen an das andere Ufer zum Musicalzelt. Ein vollgeladener Containerfrachter wird von einem Schlepper aus dem Hafen gezogen, hinter ihm noch ein Schlepper, der durch ein schlaff herunterhängendes Tau mit dem Frachter verbunden ist. Das Schiff verlässt langsam den Hafen. Lina kann am Heck den Namen lesen: »Green Acordia Panama«.

Kräne rasseln, weiter weg sind Getreideheber zu erkennen, die Weizen, Gerste und Roggen aus den Schiffsbäuchen pumpen.

Lina tastet nach der CD, die sie in die Innentasche ihrer Jacke gesteckt hat.

Sie überquert die Brücke, die von der U-Bahn-Station Landungsbrücken an die Anleger führt. Kioske und Andenkenshops sind gut besucht. In dicken Jacken sitzen die Leute an den Tischen und beobachten die Fähren, die in regelmäßigen Abständen am Anleger festmachen. Sie entlassen Menschengruppen auf den Pier und laden in Windeseile neue Fracht.

Am Zugang zur Brücke oben steht Isabel in schwarzem Anorak und blauen Jeans, über der Schulter eine Ledertasche. Es ist ablaufendes Wasser, deshalb muss Lina vom tief liegenden Ponton aus die Brücke hochgehen. Lina sieht sich um. Ist Che Ling in der Nähe? Es sind immerhin noch zehn Minuten bis zur vereinbarten Zeit.

»Lina«, sagt Isabel zur Begrüßung. »Das ist nicht meine Idee.« Sie zeigt auf eine Ecke des alten Gebäudes und sagt: »Ich muss dich abtasten.«

»Das ist nicht dein Ernst.«

»Du musst keine Angst vor mir haben. Hier sind jede Menge Menschen.«

»Ich habe keine Angst. Wieso abtasten? Glaubst du, ich laufe hier mit meiner Dienstpistole auf?«

»Die wäre mir egal«, sagt Isabel. »Du bist nicht verkabelt? Was wir dir zu sagen haben, geht niemand sonst etwas an.«

Sie führt Lina in ein vor den Landungsbrücken aufgebautes Baustellenzelt und tastet dort ihren Oberkörper ab.

»Wie im Krimi«, sagt Isabel und besteht darauf, einen Blick in Linas Handtasche zu werfen.

»Habe ich bestanden?«, fragt Lina sarkastisch, nachdem Isabel sie durchsucht hat.

Isabel ignoriert ihre Frage.

»Wir gehen rüber zur Cap San Diego. Dort warten die anderen.«

Das Museumsschiff ist an einem der Anleger fest vertäut.

»Du kannst mir glauben, da ist wirklich was aus dem Ruder gelaufen. Es war …« Isabel unterbricht sich.

Sie kommen an einem Maschinenteil vorbei, das ursprünglich in eines der großen Containerschiffe eingebaut werden sollte und nun wie ein Denkmal hier steht. Cap San Diego, denkt Lina. Weißer Schwan der Südsee wurde der Frachter genannt, der in den 1960er Jahren vor allem Bananen transportiert hat. Was allerdings ein Schwan in der Südsee zu suchen hatte, war für sie immer ein Rätsel geblieben.

Sie überqueren die schmale Brücke zum Schiff, Isabel bezahlt am Eingang die Tickets. Lina bemerkt, dass Isabel sich öfter misstrauisch umsieht. Sie selber hofft, dass Che irgendwo in der Nähe ist.

»Niemand von uns wird wegen Carolins Tod in den Knast gehen«, sagt Isabel. »Und du erfährst es auch nur, damit du endlich Ruhe gibst.«

Sie führt sie ins Schiffsinnere, in dem jetzt nur wenige Besucher Brücke, Frachträume und Messe besichtigen. Sie gehen am Maschinenraum vorbei in den Bereich, in dem die Kabinen der Schiffsbesatzung sind. Ein Band sperrt den Gang ab. Isabel hebt es an und bedeutet Lina, durchzuschlüpfen und weiterzugehen.

Plötzlich öffnet sich vor ihnen eine Kabinentür, und Pia stellt sich in den Gang. Sie nickt Isabel zu, die Lina in die Kabine schiebt. Zwei Kojen und ein Bullauge, das einen Blick auf das am anderen Elbufer gelegene Trockendock erlaubt. In der Mitte steht ein kleiner, im Boden verankerter Tisch, dahinter sind die Kojen mit Stauraum für die Matrosen.

Stefanie, Pia und Christina sitzen auf den Betten. Isabel zieht die Kabinentür hinter sich zu. Lina sieht die Frauen aufmerksam an. Den betretenen Gesichtern nach zu urteilen ist ihnen diese Zusammenkunft unangenehm.

»Zunächst mal das Wichtigste«, ergreift Pia das Wort, »niemand wird wegen eines Unfalls in den Knast gehen, hörst du?«

»Habe ich ihr schon gesagt«, sagt Isabel.

»Was für ein Unfall?«, fragt Lina.

Ohne Linas Frage zu beantworten, sagt Pia: »Wir wollen nur, dass du nicht weiter in der falschen Richtung suchst.«

»Und als Gegenleistung für die Wahrheit, die wir dir mitteilen werden, gibst du uns den Film«, sagt Christina. »Du hast ihn doch dabei, oder?«

Lina nickt und klopft auf ihre Jackentasche.

»Sehr gut«, sagt Isabel.

»Und hier sind wir sicher ungestört?«, fragt Lina und sieht Stefanie skeptisch an.

»Offiziell mache ich eine Sonderführung.«

Christina kramt eine Zigarettenschachtel aus ihrer Handtasche und sagt: »Astrid hat das ganze Drama erst in Gang gesetzt. Sie ...«

»Welches ganze Drama?«

»Du hast dir den Film ja wahrscheinlich angesehen«, erwidert Isabel. »Astrid hat sich ein böses Spielchen ausgedacht.«

Christina zischt: »Rumgefickt hat sie!«

Stefanie nimmt ihr wortlos die Zigarette aus der Hand und schüttelt den Kopf. »Wenn jeder umgebracht wird, der herumvögelt ...«

»Wir hatten vereinbart, dass sie so eine Art Treuetest mit unseren Typen macht«, sagt Pia an Lina gewandt. »Verstehst du? Sie sollte mit ihnen flirten, um herauszufinden, wie weit sie gehen. Aber was macht Astrid?«

»Moment«, sagt Lina. »Sie soll eure Männer auf Treue testen und nutzt die Gelegenheiten aus? Habe ich das richtig verstanden?«

Pia nickt.

»Zuerst war es einfach ein Spaß, weil sie behauptet hat, sie würde jeden rumkriegen.«

»Und deshalb habt ihr sie umgebracht?«

»Nein, um Gottes willen!«, sagt Stefanie. »Wir haben Astrid nicht umgebracht! Das musst du uns glauben. Es ist die Wahrheit. Wir haben mit ihrem Tod absolut nichts zu tun. Wegen so etwas bringt man doch niemanden um.«

»Aber Astrid und Carolin sind tot«, sagt Lina.

Christina rüttelt vergeblich an dem Bullauge, doch es lässt sich nicht öffnen.

Stefanie kauert sich zusammen und murmelt: »Carolin hat das nicht verkraftet. Sie hat die Kamera installiert, weil sie sichergehen wollte. Dann hat sie gesehen, wie Patrick Astrid vögelt. Und da war's aus.«

»Du willst sagen …«

»Carolin hat sich umgebracht. Aber im Grunde war Astrid mit ihrem Treuetest schuld daran.«

»Deshalb die aufgeschnittenen Pulsadern?«

»Genau«, sagt Isabel. »Wir wollten nicht, dass Astrid so einfach davonkommt. Also haben wir den Dildo präpariert, dieses Foto, auf dem du mit Carolin abgebildet bist, mit der gefälschten Nachricht an dich an die Wand gehängt und so getan, als sei Carolin umgebracht worden. Es sollte ein Denkzettel für Astrid sein. Sie sollte in Verdacht geraten, sie sollte sich auch mal ihrer Haut wehren müssen. Sie sollte spüren, wie es ist, wenn alle mit dem Finger auf sie zeigen.«

»Vor ihrem Tod war Carolin auch bei mir«, sagt Christina. »Ich habe mir Sorgen gemacht und sie deshalb besucht, und so habe ich sie gefunden. Sie hatte die Wohnungstür nur angelehnt.«

»Jedenfalls war uns gleich klar, was passiert ist«, sagt Isabel. »Warum sollte die Schuldige an Carolins Selbstmord einfach so davonkommen?«

»Ich verstehe. Deshalb die vielen Hinweise auf Astrid«, sagt Lina.

»Die Dildorechnung, die man gefunden hat, auf der Astrids Adresse steht, Astrids Handschrift auf dem Foto ...«

»Findest du denn, Astrid sollte einfach so davonkommen?«, fragt Pia. »Sie hat uns alle betrogen. Sie hat uns alle zum Narren gehalten und sich wahrscheinlich köstlich amüsiert. Und außerdem ist sie verantwortlich für Carolins Tod.«

»Diesen Denkzettel ...«

»Denkzettel?«, fragt Lina ungläubig. »Astrid wäre für einen Mord eingesperrt worden, den sie nicht begangen hat.«

»Wir hätten uns schon was Entlastendes ausgedacht«, sagt Christina. »Aber sie sollte einen ordentlichen Schreck bekommen.«

»Und wer hat Carolins Leiche mit dem Bettlaken abgedeckt?«

»Unsere Frau für die höhere Moral«, sagt Isabel und wirft Pia einen bösen Blick zu.

»Ein Komplott«, sagt Lina. »Vier Frauen, die einen Mord inszenieren, um sich an einer fünften zu rächen.«

»Ob du es uns nun glaubst oder nicht, wir haben Astrid nicht getötet«, sagt Christina.

»Der Film darf auf keinen Fall in die falschen Hände geraten«, fügt Pia hinzu. »Jetzt wo Astrid tot ist … wir würden sofort unter Mordverdacht geraten, weil wir ja ein Motiv haben.«

»Stimmt«, sagt Isabel. »Außerdem habe ich meinem Mann diesen Ausrutscher großzügig verziehen.« Sie hält demonstrativ ihren Finger mit dem Ehering in die Höhe.

»Auch eine Bestrafung«, sagt Lina. »Also, wer von euch hat Astrid getötet, oder war das auch so ein Gemeinschaftsprojekt?«

»Wir haben sie nicht getötet.«

»Ihr seid nicht gerade glaubwürdig«, sagt Lina.

»Aber wir waren zusammen an dem Abend, als sie umgebracht wurde«, erwidert Christina. »Wir waren …«

»Lass mich raten. Ihr habt euch in einem der Striplokale entspannt.«

»Astrid war es, die uns in diese Läden geschleppt hat«, sagt Christina.

Isabel räuspert sich und sagt dann: »Ob dir das nun gefällt oder nicht, Lina. Wir haben alle wasserdichte Alibis.«

»Und die wären?«, fragt Lina.

Wieder hebt Isabel ihren Ringfinger.

»Meine Hochzeit«, sagt Isabel. »Alle hier im Raum waren dabei, und darüber hinaus noch an die hundert andere Gäste. Keine von uns kann Astrid getötet haben.«

Pia rückt ihre Brille zurecht und sagt: »Wir wollten Astrid bestrafen, klar, aber doch nicht umbringen!«

»Astrid hat alte Behördenunterlagen ausfindig gemacht, die etwas mit meiner Kindheit zu tun haben«, sagt Lina.

»Weiß eine von euch etwas davon? Hat sie einer was darüber erzählt?«

Stefanie und Isabel schütteln den Kopf.

Christina sagt: »Keine Ahnung, sie hat nie etwas gesagt. Weder von irgendwelchen Schriftstücken noch dass sie sich für deine Vergangenheit interessierte. Es ging überhaupt nie um dich, du warst ja nicht mal bei unseren Abenden dabei.«

Lina nimmt die CD aus ihrer Jackentasche und legt sie auf den Tisch.

»Wir hatten nicht die leiseste Ahnung, dass Carolin das gefilmt hat. Ehrlich«, sagt Stefanie. »Sie hat die Kamera da versteckt und uns nichts gesagt.«

»Was ist mit dem Dildo, wer hat die Bombe gebaut?«, fragt Lina.

»Ich bin Chemielehrerin«, sagte Pia. »Wir wollten ja nur, dass es drastisch aussieht. Wir haben nicht damit gerechnet, dass die Explosion so stark ist.«

»Du baust einfach so eine Bombe …?«, fragt Lina.

»Bombe! Das ist ein wenig Schwarzpulver in einer Kapsel, die durch ein Kabel mit der Zündung verbunden wird, die dann heiß wird, wenn der Motor läuft.«

Pia beginnt zu weinen. »Es war eine Scheißidee, aber wir waren so wütend. Carolin muss Astrid mit den Filmaufnahmen konfrontiert haben«, sagt Isabel. »Sie hat sich sogar die Mühe gemacht, die Aufnahmen zu schneiden. Stell dir vor, sie schneidet am Computer einen Film zusammen, auf dem ihr Liebster mit einer anderen Frau Sex hat.«

»Warum seid ihr so sicher, dass Carolin sich wirklich das Leben nehmen wollte? Dass sie nicht doch im letzten Moment noch gefunden werden wollte?«

»Die tiefen Schnitte in den Pulsadern. Und außerdem hat sie einen Abschiedsbrief hinterlassen«, sagt Stefanie und zieht einen Briefbogen hervor, der in einer Plastikhülle steckt.

Lina liest laut: »Ich habe es versucht, immer und immer wieder. Aber ich ertrage das alles nicht. Es tut mir leid. Carolin.«

»Das ist der Beweis«, sagt Christina. »Sie hat sich umgebracht.«

Lina liest den Brief noch einmal aufmerksam und gibt ihn dann Christina zurück.

»Wir werden das mit dem Dildo niemals zugeben. Niemand von uns geht wegen Leichenschändung oder Vortäuschen einer Straftat ins Gefängnis.«

»Und was hat das alles eigentlich mit mir zu tun?«, fragt Lina.

»Nichts«, sagt Isabel. »Nur dass Astrid sich auch deinen Extypen vorgenommen hat, diesen Sven Emmert. Rein theoretisch hättest auch du ein Motiv gehabt, sie umzubringen. Hast du ein Alibi?«

»Ja, eine ganze Fähre voller Menschen.«

»Dann ist für dich ja alles in Ordnung«, sagt Isabel.

»Die ganze Geschichte hat nur einen gewaltigen Haken«, sagt Lina.

Die Frauen sehen sie verständnislos an.

»Welchen Haken denn?«, fragt Stefanie.

»Eigentlich sind es sogar mehrere Haken«, sagt Lina. »Erstens: Irgendwer hat Astrid umgebracht. Und irgendwer hat Severin Carlheim umgebracht.«

»Carlheim ist tot?«, fragt Christina und starrt sie ungläubig an.

»Ja. Bei einem Einbruch ermordet worden. Der Täter

war auf der Suche nach Papieren, die Astrid mit diesem Film in Spanien in Carlheims Tresor versteckt hat. In Absprache mit Carlheim natürlich.«

»Könnte das nicht auch einfach Zufall sein?«, fragt Stefanie.

»Seltsamer Zufall«, sagt Lina. »Und der wichtigste Haken ...«

»Komm, mach's nicht so spannend!«, sagt Isabel.

»Carolin war nicht tot, als ihr sie gefunden habt.«

»Was?!«, fragt Isabel.

»Ja. Laut Aussage der Rechtsmediziner hat sie noch gelebt. Erst die Explosion des Vibrators hat sie getötet.«

36

Alle Selbstgefälligkeit war plötzlich aus den Mienen der Frauen gewichen. Mit blankem Entsetzen hatten sie Lina angestarrt. Nur Pia hatte gesagt, dass es ein bedauerlicher Unfall sei und man trotzdem nicht zur Polizei gehen werde.

Lina geht in Gedanken versunken die Hafenpromenade entlang, als sie Che Ling die Treppe von den Parkräumen heraufsprinten sieht.

»Lina! Hey, ich war schon kurz davor, Emmert anzurufen! Wo hast du gesteckt?«

Er ist völlig außer Atem, sein Gesicht ganz rot vor Anstrengung, und auf der Stirn stehen Schweißperlen. Seine Hände zittern. »Mist!«, sagt er keuchend, ohne sie anzusehen, beugt sich vor und stützt sich mit den Händen auf seinen Oberschenkeln ab. »Wir hatten doch eine klare Abmachung!«

Lina versucht ihn zu beschwichtigen. Schließlich gelingt es ihr, ihn in ein portugiesisches Restaurant einzuladen.

»Wie wär's mit einem Schnaps?«, fragt sie, doch Che lehnt ab.

Lina bestellt eine Paella mit Meeresfrüchten, dazu einen Vinho Verde. Nachdenklich tunkt Che sein Weißbrot in Aioli, während Lina ihm von dem Treffen mit den Frauen erzählt.

»Du nimmst ihnen ihre Geschichte ab?«, fragt Che, »einfach so?«

»Eine Hochzeit mit vielen Gästen ist ein brauchbares Alibi. Und wie geschockt sie reagierten, als ich ihnen erzählt habe, dass Carolin erst durch die Explosion der Bombe in ihrem Körper getötet wurde.«

»Glaubhaft?«

»Sie hätten Carolin gefunden und keine Atemgeräusche mehr hören können. Pia und Christina sind fast zusammengebrochen, als ihnen klar wurde, dass sie Carolin getötet haben.«

»Gab es keine Erklärung zu diesen geheimnisvollen Unterlagen? Kein Hinweis darauf, was Astrid über deine Vergangenheit wissen wollte?«

»Nein, nichts«, sagt Lina. »Ich hatte den Eindruck, dass sie sich fürchteten, wann immer es um Astrids Tod ging. Außerdem muss der Täter die Unterlagen gesehen haben, warum sonst wurde Astrid ausgerechnet mit einem Stromkabel getötet? Das wäre viel zu umständlich. Es ist eine eindeutige Botschaft an mich. Es soll mich an Ralfs Tod erinnern.«

»Und ihre Reaktion auf die Nachricht vom Tod eures Psychotherapeuten?«

»Geschockt, würde ich sagen. Sie haben einfach Angst.«

»Du willst also sagen, dass wir wieder am Anfang stehen?«

Lina macht eine Pause und sagt: »Du hast keine Ahnung, was für ein Gefühl es ist, so sehr im Dunkeln zu tappen.«

»Kenne ich noch aus den Zeiten, als ich zu viel getrunken habe«, sagt Che und prostet Lina mit seinem Glas Wein zu. »Du wirst die Frauen nicht anzeigen?«

»Es würde nichts bringen, sondern Aussage gegen Aussage stehen. Die wirklich Tatverdächtige bin ich. Astrid hat sich meine Unterlagen angesehen, und wenn Sven erfährt, dass sie mich besucht hat, lande ich in U-Haft.«

»Aber wie geht es jetzt weiter?«, fragt Che.

Lina schiebt ihren Teller mit den Paella-Resten von sich und sagt: »Gar nicht. Lauter Sackgassen. Je mehr ich mich bewege, desto enger schnürt sich der Knoten um mich zusammen.«

Lina sieht zu dem Aquarium, in dem bunte Zierfische ihre Kreise ziehen. Einige halten sich in der Nähe der aufsteigenden Luftblasen auf, während ein besonders kleiner Fisch mit einem ungewöhnlich breiten Maul die Glasscheibe absaugt.

Che bemerkt ihren Blick und sagt: »Kommt jetzt eine chinesische Glückskeksweisheit?«

Lina nickt. »Das Leben ist wie im Aquarium. Eine Glasscheibe vorne und eine hinten, man kann hindurchsehen, sie aber nie durchbrechen.«

»Und was siehst du, wenn du an der Glasscheibe schwimmst?«

»Das unerreichbare, bunte Leben … Che, ich sollte schneller und mehr trinken.«

»Du wirst dich erinnern«, sagt Che. »Irgendwann bestimmt.«

»Warum wohl Sven nicht anruft?«, fragt Lina. »Entweder türmen sich da dicke Wolken auf, oder aber die Kollegen haben mich schon längst am unsichtbaren Haken.«

Lina verbringt den nächsten Tag damit, »normal« zu sein. Sie ruft bei der Internen an und fragt, wann sie ihren Dienst wieder antreten kann. Sie solle sich etwas gedulden, heißt es, nein, lang könne es nicht mehr dauern, meint der Beamte knapp. Kein Wort über Carolin, kein Wort über den toten Carlheim in Spanien, kein Wort über Astrid.

Sie macht einen Spaziergang zur Wache. Als Alex sie an der Tür sieht, macht er ein skeptisches Gesicht, als fürchte er, dass Lina erneut seine Pension aufs Spiel setzt. Sie trinken Kaffee miteinander. Alex erzählt von seiner Tochter, die sich dringend einen Computer wünscht, obwohl sie erst elf ist, und von dem langweiligen Eric, der als Linas Vertretung neben ihm im Wagen sitzt. Dann fragt er Lina mit Verschwörerstimme: »Alles in Ordnung mit dir?« Lina sagt, dass sie bald wieder neben ihm im Streifenwagen sitzen wird. Daran glaubt sie allerdings nicht.

Den Nachmittag verbringt Lina damit, sich Jeans und T-Shirts und Hemden zu kaufen, dann setzt sie sich in einen Billardsalon und sieht mit einem Bier in der Hand den Spielern zu.

Ein Jugendlicher fragt sie, ob sie nicht vielleicht eine Partie spielen möchte. Lina sagt zu, was für einen überraschten Ausdruck im Gesicht des Jugendlichen und für einen skeptischen Blickwechsel mit seinen beiden Freunden sorgt. Zwei gegen zwei. Lina wählt einen Queue und versenkt bereits mit dem Anstoß zwei Volle. Erstaunte Gesichter und ein Nicken ihres Partners, als sie eine weitere Volle in das Mittelloch spielt und mit Effet dafür sorgt, dass der weiße Spielball so zurückläuft, dass eine gute Position für einen weiteren Stoß liegen bleibt.

Billard zu spielen hatte ihr schon als junge Frau geholfen. Dieses Spiel ermöglichte ihr, in Kneipen zu gehen und während des Spiels ganz bei sich zu sein. Eine Spielerin wurde nicht vollgequatscht. Man spielte, trank sein Bier, und wenn man Lust hatte, verlor man ein paar Bemerkungen über die letzte Partie. Sie hasst Gerede an der Bar mit angetrunkenen Langweilern, die immer den gleichen Mist erzählen oder ihr mit angeblichen Heldentaten aus der Vergangenheit die Ohren abkauen. An den Billardtisch traut sich in der Regel keiner dieser verhinderten Familienväter, Künstler oder Übriggebliebenen, die am Tresen alles wollen, nur nicht aus der Welt ihrer zusammenfantasierten Vergangenheit gerissen werden.

Vielleicht sollte ich regelmäßig Billard spielen, denkt Lina, die mit ihrem Partner die erste Partie gewinnt und auch die zweite für ihr Team entscheiden kann. Seltsam, dass sie zum ersten Mal hier ist, obwohl sie ganz in der Nähe wohnt. Sollte sie aus dem Polizeidienst verabschiedet werden, weiß sie wenigstens, womit sie ihre Nachmittage und Abende verbringen wird.

Draußen rast ein Polizeiwagen mit Blaulicht vorbei, gefolgt von einem zweiten und einem dritten. Lina will sich eben ein neues Bier bestellen, als eines ihrer Handys klingelt. Der Melodie zufolge ist es ihre alte Nummer.

»Sven Emmert« steht auf dem Display.

Wird auch Zeit, denkt Lina und bedeutet ihren Mitspielern, dass sie jetzt telefonieren müsse und man ohne sie weiterspielen möge.

»Wo bist du?«, fragt Sven. Er klingt atemlos.

»Versuch's mit einer GPS-Ortung«, erwidert Lina.

»Red keinen Unsinn, es ist wichtig.«

»In der Nähe meiner Wohnung. Ich bereite mich auf meine Pensionierung vor.«

»Du musst in deine Wohnung kommen«, sagt er.

»Ich möchte …«

»Sofort«, sagt Sven und bricht das Gespräch ab.

Lina zahlt das Bier, winkt den Jugendlichen zu und macht sich auf den Weg.

Urlaub zu Ende, denkt sie und sieht schon von Weitem die rotierenden Blaulichter der Polizeifahrzeuge, die vor ihrem Hauseingang stehen. Nach Festnahme oder Vollstreckung eines Durchsuchungsbeschlusses sieht das nicht aus, denkt sie. Sie könnte jetzt einfach in die andere Richtung gehen, verwirft den Gedanken aber sofort.

Kollege Alex steht vor dem Hauseingang, nickt ihr grüßend zu und zieht dabei ein Gesicht, als müsste er ihr gleich Handschellen anlegen.

»Emmert ist da drin«, sagt er.

Zwei Kollegen versperren den Zugang für Schaulustige, die gebeten werden, auf die andere Straßenseite zu wechseln. Lina rechnet mit allem, nur nicht mit dem, was sie sieht, als sie in den Hausflur kommt.

Im funzeligen Licht stehen Sven Emmert, zwei Assistenten und vier Uniformierte um einen Rollstuhl. Eine Frau mit nach vorn gesacktem Oberkörper und ungepflegtem Haar sitzt in dem Stuhl. Während Lina an den Fahrrädern vorbei um den Rollstuhl herumgeht, verstummt das Gemurmel der Polizisten. Das Flurlicht erlischt, und einer der Beamten drückt auf den Schalter. Mit einem Klackern springen die Neonröhren wieder an. Vor ihr im Rollstuhl sitzt die tote Irene Heise. Ihre vermeintlich leibliche Mutter. In ihrer Brust steckt ein Messer, das Lina an dem gelb gemusterten Griff erkennt. Vor ein paar Stunden hat sie sich in ihrer Küche damit eine Scheibe Brot abgeschnitten.

»Kennst du diese Frau?«, fragt Sven.

Es gibt viele Leute, die sie in dem Altersheim gesehen haben. Die Ordensschwestern werden sich an sie erinnern, an ihre Bitte um die Adresse der anderen Tochter von Frau Heise. Sie darf sich jetzt nicht in Widersprüche verstricken. Lina merkt, wie sie nickt.

»Laut Unterlagen der Behörden ist sie meine leibliche Mutter. Das Messer stammt aus meiner Küche.«

Sven sieht sie völlig entgeistert an.

»Sammelst du Leichen, Lina? Was zum Teufel geht hier vor?«

37

Ein Wunder, dass ich nach der Vernehmung wieder nach Hause gehen durfte, denkt Lina, schenkt sich ein Glas Rioja ein und leert es mit einem Zug.

Die Polizei hat Einbruchsspuren an ihrer Tür und an dem veralteten Schloss festgestellt. Während der vier Stunden, die sie im Präsidium war, hat man die Küche auf Fingerabdrücke untersucht und auf Anweisung von Sven ein neues Schloss eingebaut.

Fragen über Fragen. Nein, auch sie kann sich keinen Reim darauf machen, warum zwei Frauen aus dem Kreis ihrer Therapiegruppe ebenso ermordet worden sind wie der Psychotherapeut Severin Carlheim. Nein, sie weiß nicht, wer Irene Heise getötet und in ihrem Hausflur in einem Rollstuhl zur Schau gestellt hat. Nein, sie glaubt nicht, dass die Frau ihre biologische Mutter war. Sie hat nur eingeräumt, Irene Heise aufgesucht und zu ihrer Adoption befragt zu haben.

Warum sich eins der anderen Mordopfer für ihre Vergangenheit interessiert hat, kann sie auch nicht beantworten. Von ihren Gesprächen mit Stefanie, Christina, Isabel und Pia erwähnt sie nichts. Natürlich würden sie ebenfalls eingehend befragt werden, und Lina ist sicher, dass sie ihre Schuld an Carolins Tod auf keinen Fall zugeben werden.

Liebend gern hätte sie Sven mit den Sexvideos auf der CD konfrontiert, die ihn und Astrid in Carolins Bett zeigen. Doch den Film darf sie nicht erwähnen. Erstens würde das ebenfalls unter den Straftatbestand der Unterdrückung von Beweismitteln fallen und zweitens den Eindruck erwecken, als wollte sie einen Ermittler unter Druck setzen.

»Mit bis zu einem Jahr bestraft wird nach Paragraph 295, Strafgesetzbuch, wer Beweismittel …« Ausgerechnet Sven hatte darüber eine Unterrichtsstunde auf der Polizeischule abgehalten.

Ebenso wenig hatte sie über die Informationen gesprochen, die sich außerdem auf der CD befanden.

Sie ist sicher, dass Sven ihr ohnehin nicht glaubt. Also bloß nicht in Widersprüche verstricken. Bis jetzt gibt es nichts anderes gegen sie als einen vagen Tatverdacht. Und ein Alibi, was den Zeitpunkt des Mordes an Astrid betrifft.

Man hält es allem Anschein nach für unwahrscheinlich, dass sie ihre vermeintlich biologische Mutter mit ihrem Küchenmesser ersticht, die Leiche in einen Rollstuhl setzt und dann in den Hausflur stellt. Noch gibt es keine Auskunft der Rechtsmediziner und Forensiker, doch alle Spuren sprechen dafür, dass der Täter Irene Heise in den Hauseingang geschoben und sie erst dort getötet hat.

Die Nachbarin, die die Frau gefunden hat, ist mit einem Schock ins Krankenhaus eingeliefert worden.

»Geh in ein Hotel«, hat Sven ihr zum Abschied geraten. Kein so dummer Gedanke. Wer am helllichten Tag eine alte Frau absticht, lässt sich offenbar nicht von einer verschlossenen Wohnungstür abhalten. Mit dem Mord an der alten Frau mit Linas Küchenmesser will jemand zweifellos Macht demonstrieren. Aber mit welcher Absicht?

Lina nimmt das Telefon, ruft Che an, legt auf und wählt erneut seine Nummer. Seine Mailbox springt an, und sie hinterlässt ihm eine knappe Nachricht vom Tod Irene Heises.

Sie schenkt sich Wein nach, versucht sich abzulenken, nicht mehr an die tote alte Frau zu denken, schaut aus dem Fenster auf den abendlichen Verkehr hinunter, der langsam abebbt, zappt sich dann eine Weile durchs Fernsehprogramm und bleibt schließlich bei einer Doku über Erdmännchen hängen. Dann läutet ihr Handy. Anonymer Anrufer.

Eine Roboterstimme meldet sich, von der sie nicht sagen kann, ob ein Mann oder eine Frau dahintersteckt.

»Ich bin bei dir«, sagt die Stimme.

Lina schweigt und lauscht in den Hörer.

»Du wirst dich erinnern, Lina. Verlass dich darauf. Du musst dich erinnern.«

Die Stimme schweigt kurz und beginnt dann leise zu singen: »Guten Abend, gute Nacht, mit Rosen bedacht, mit Messern besteckt, schlüpf unter die Deck!«

»Was soll das, verflucht?«, schreit Lina in den Hörer.

»Schlaf gut, Lina. Ich werde immer bei dir sein. Niemand darf dich quälen, auch Ralf nicht. Der böse Ralf ist tot. Achte auf dein Schwesterlein.«

Es summt. Dann bricht die Verbindung ab. Wie betäubt und mit einem pelzigen Geschmack auf der Zunge legt Lina den Hörer auf.

Sie springt mit einem Satz auf, reißt ihre Jeansjacke vom Haken und wirft die Handys in ihre Handtasche. Dann stürzt sie aus der Wohnung und winkt unten auf der Straße das erste vorbeifahrende Taxi heran. Zwanzig Minuten später steht sie vor dem Eingang zum Altenstift in der Koppel. Che reagiert nicht auf ihr Klingeln. Sie tritt einige Schritte zurück, sieht zu den Dachfenstern hoch und meint, ein schwaches Licht zu erkennen. Erneut ruft sie Che an, wieder springt nur der Anrufbeantworter an. Sein Handy ist ausgeschaltet.

Notfalls wird sie drüben beim Hauptbahnhof im Hotel Reichshof einchecken, wenn Che auch später nicht auftaucht. Sie überlegt, wohin sie in der Zwischenzeit gehen kann. Che hat ihr von der Bar im Reichshof erzählt, von den Abenden, an denen dort ein Pianist spielt und man in Plüschsesseln gute Cocktails genießen kann. Auf ihrem Weg wirft sie einen flüchtigen Blick in die Kneipe »Alter Ritter«, überquert dann die Straße zum Hotel Reichshof. Sich ungeschützt auf offener Straße zu bewegen, macht ihr jetzt Angst. Hier ist sie angreifbar. Was hat der Anrufer damit gemeint, dass sie auf ihr »Schwesterlein« aufpassen soll? Abfällig klang das. Ist Antje Kernel damit gemeint?

Weg von der Straße, an einen belebten Ort.

Als sie sich in ihrer Jeansjacke durch die Drehtür des Hotels quetscht, sehen zwei Portiers sie überrascht an.

»Ich muss … nein, wo finde ich denn bitte die Bar?«

Die Portiers zeigen ihr den Weg und wünschen einen schönen Aufenthalt. Sie könnte die beiden Männer in diesem Moment umarmen. Offene, freundliche Gesichter und keine weiteren Fragen.

Die Bar heißt nicht nur »Ricks Café«, sie sieht auch so aus. Schwere rote Sessel mit außergewöhnlich großen Sitzflächen, der Barkeeper im weißen Hemd mit grüner Weste, dazu ein Tresen, der gut in einen Schwarzweißfilm passen würde.

Das Piano ist verwaist, und nur wenige der bequemen Sessel sind besetzt, vornehmlich von Gästen deutlich fortgeschritteneren Alters. Im hinteren Teil entdeckt Lina den seitlich neben einem Sessel herunterhängenden Arm eines Mannes, der anscheinend in einem auf seinen Knien liegenden Buch blättert.

»Was darf ich Ihnen bringen?«, fragt der Barkeeper sie.

Lina bestellt sich einen Single Malt. Pelzigen Geschmack im Mund soll man mit einem moorigen Getränk behandeln, hat sie irgendwann mal gelesen.

Sie geht vor zu dem Sessel und lacht erleichtert auf. Vor ihr sitzt Che Ling mit einem Buch auf den Knien, das gut und gern das Ausmaß von zwei übereinandergelegten Bibeln hat. Er trägt ein weißes, leicht zerknittertes Hemd, eine Fliege und einen abgewetzten Smoking und starrt sie an, als wäre sie eine Erscheinung.

»Lina!«, sagt er und springt auf.

»Was um …«

»Es tut mir leid, aber …«

»Kostümball?«, fragt Lina.

Che bittet sie, Platz zu nehmen, und gesteht, dass er sich manchmal zurückziehen muss von der Welt. Er stochert in seinem Mojito und sagt: »Es klingt vielleicht albern. Hier sitzen und ein wenig lesen, das ist wie Urlaub in einer anderen Zeit …«

»Und dann liest du den Großen Gatsby?«, fragt Lina und zeigt auf das aufgeschlagene Buch.

»Das ist die Niederschrift von der Smaragdenen Felswand. Alte Chinesen. Man versteht es nicht.«

»Du liest ein Buch, das du nicht verstehst?«

»Jedenfalls nicht mit dem normalen Denken. Aber das Reizvolle daran ist, es zu versuchen.«

»Eine schöne Abendbeschäftigung.«

»Ich weiß, ich weiß«, sagt Che und blickt sie verlegen an. »Das Buch verändert mich. Irgendwie.«

Der Barkeeper balanciert auf einem silbernen Tablett den Whisky und eine Schale mit Nüssen an ihren Tisch. Er stellt das Glas auf eine rote Serviette, verneigt sich leicht und zieht sich wieder zurück.

»Deshalb schaltest du dein Handy aus und bist für niemanden mehr zu erreichen?«

»Entschuldige«, sagt Che. »Ich hätte dran denken sollen, dass du mich erreichen können musst. Aber wenn ich in diesen Klamotten unterwegs bin ...«

»Das Outfit passt nicht zu so etwas Modernem wie einem Handy? Ich verstehe.«

»Was gibt es bei dir Neues? Warum bist du hierhergekommen?«

Lina erzählt von der Leiche in ihrem Treppenhaus und von dem Anruf mit der Roboterstimme. Sie gibt den Wortlaut wieder und wiederholt das Kinderlied, das die Stimme ihr vorgesungen hat.

»Mit Messern besteckt?«, fragt Che. Er legt sein Buch, das dem abgegriffenen Einband nach in häufigem Gebrauch ist, auf den Tisch. »Hört sich nach Hass an. Verhöhnt das Opfer, dich und auch das Schwesterlein. Gut möglich, dass Antje Kernel gemeint ist.«

»Sie glaubt doch auch, Opfer einer großen Verschwörung zu sein.«

»Immerhin hat sie dich in ihrer Gewalt gehabt«, erwidert Che.

»Aus reiner Verzweiflung.«

»Nehmen wir mal an, jemand hat es auf Antje Kernel abgesehen.«

»Aber was hat sie damit zu tun? Von Amts wegen wurde auch ihr einfach eine Mutter bescheinigt.«

Auf einmal erklingt Musik. Lina dreht sich um, und der Pianist im schwarzen Anzug nickt ihr freundlich zu, während er einen Swing spielt. Als sie sich Che wieder zuwendet, fragt er: »Sollen wir gehen?«

»Nein!«, sagt Lina. »Das geht in Ordnung, gleich wird Fred Astaire ein wenig steppen und neben uns die Titanic untergehen, wenn Humphrey Bogart uns nicht rettet … oder so.« Linas Handy zeigt den Eingang einer Nachricht an. Sie zieht es aus der Tasche, entschuldigt sich für die Störung der »guten Stimmung« und öffnet die Nachricht.

»Lina, lass die Polizei da raus!«, steht dort, und ein Video ist angehängt.

Sie startet den Film und zerrt plötzlich an Ches Schulter. Der Film zeigt Antje Kernel, die an ein Heizungsrohr gefesselt ist. Ihre Augen sind angstgeweitet, sie versucht trotz eines Knebels zu schreien. Ihre Arme und Hände sind zusätzlich mit Kabelbinder gefesselt. Entsetzt sieht sie auf eine Hand, die in einem Lederhandschuh steckt und langsam näher kommt. Der Zeigefinger taucht in eine Dose mit weißer Creme, wird dann wieder herausgezogen. Der Finger streicht über Antje Kernels Gesicht, auf dem jetzt Blutspritzer erkennbar werden. Antje Kernel schlägt mit den Beinen aus, zuckt in Todesangst mit dem Kopf hin und her. In dem Moment bricht der Film ab.

38

Ein Mann betritt Linas Zimmer. Er riecht nach Leder und Benzin. Auf der Stirn hat er ein tätowiertes Spinnennetz, an den Schuhspitzen stählerne Dornen. Er setzt sich auf den Fußboden und streicht sich die strähnigen Haare aus dem Gesicht.

»Na, mein kleines Mädchen?«, sagt der Mann mit den gelben, langen Zähnen. »Spielst du auch immer schön?«

Er zieht seinen Gürtel aus den Schlaufen der Hose und hat plötzlich ein Messer in der Hand. Vorsichtig schneidet er eine goldene Münze von dem Gürtel ab und reicht sie Lina. »Das gehört zu meinem Piratenschatz, meine Kleine. Hat dein Papa selbst in der Südsee gefunden.«

Lina betrachtet die Münze. Ein Adler schwingt sich darauf in die Höhe. Plötzlich hört sie das Keifen einer Frau: »So, du sagst deiner Tochter mal guten Tag. Na wunderbar ...«

»Schön drauf aufpassen«, sagt der Mann zu Lina. Dann steht er auf, öffnet das Fenster und fliegt davon.

»Lina ... Lina, du musst ...«

Lina merkt, dass sie wild mit den Armen rudert. Vor ihr steht Che und sagt: »Ruhig, ganz ruhig, Lina.« Sie sieht sich um und erkennt Ches Wohnung.

»Ich kann nicht mehr!«, sagt sie. Sie denkt an den Traum, der ihr auch jetzt noch sehr realistisch vorkommt.

Waren das Fetzen ihrer verschütteten Erinnerungen? Gibt es einen Vater, der sie wirklich besucht hat?

»Hier bist du sicher«, sagt Che und zeigt in seine Küche. »Dahinten steht die Espressomaschine und eine Packung Kaffee. Ich bin in zwei Stunden wieder da.«

Lina nickt und zieht sich die Decke über den Kopf. Sie dämmert ein wenig ein, sieht plötzlich viele Menschen, die miteinander tuscheln. Sie stehen hinter einem Absperrband mit dem Aufdruck »Polizei«. Dann hört sie, wie Che leise die Tür hinter sich zuzieht.

Eine halbe Stunde später sitzt sie vor einer dampfenden Tasse Kaffee und reibt sich die Augen. Sie muss eine Entscheidung treffen. Die ganze Nacht über hat sie eine weitere anonyme Nachricht erwartet. Irgendeine Forderung oder ein weiteres grauenvolles Video oder den Hinweis, dass sie die Frau retten kann. Nichts.

Immer mehr Menschen sterben. Sie muss jetzt mit der ganzen Wahrheit herausrücken. Ihr bleibt wohl keine andere Wahl, als Sven einzuschalten. Was aber ist mit Carolin, die von den anderen Frauen versehentlich umgebracht wurde? Wie kann ihre Geschichte gegenüber der Mordkommission plausibel klingen, wenn sie das auslässt?

Lina hat Christinas Drohung sehr genau im Ohr. Man werde sie »hinhängen«, wenn sie mit der Polizei rede. Sie hätten die Möglichkeit, belastendes Material gegen Lina aus dem Hut zu zaubern. Lina glaubt nicht, dass es leere Drohungen sind. Womöglich geht es um die in Spanien verschwundenen Unterlagen. Für die Polizei gibt es zweifellos einen roten Faden, der die Opfer miteinander verknüpft.

Lina geht Ches Bücherregal durch. Drei Regalreihen mit ZEN-Literatur, ein paar Romane und Kurzgeschichtenbände. Einige der Bucheinbände sind stark abgegriffen. Vielleicht hat Che den Nachlass einiger Bewohnerinnen des Stifts übernommen? Daneben stehen Architekturbücher und ein Fachbuch zur Immobilienbewertung.

Lina nimmt sich noch einen Becher Kaffee, lässt sich in den weißen Ledersessel in der Nähe des Fensters fallen und schaut durch das Dachfenster in den Himmel.

Ihr Handy signalisiert den Eingang einer SMS.

»Erinnere dich!«, lautet die Nachricht, und angehängt ist diesmal ein Foto.

»Oh Gott, nein!«, sagt Lina laut und öffnet mit zitternden Fingern den Anhang.

Antje Kernel liegt auf einem weißen Bettlaken. Ihre Augen sind geschlossen und die Hände an ein weißes Eisengitter gefesselt. Lina kann keine Lebenszeichen erkennen. Neben Antje Kernels Kopf stehen Puppen in geblümten Kleidern, daneben die Plastikfigur eines schwarzen Ritters und ein Topf mit weißer Creme. Dann fällt ihr auf, dass Antje Kerbels Haar plötzlich rot gefärbt ist. Sie klickt noch einmal auf das Video, das sie bereits bekommen hat. Kein Zweifel, Antje Kernels Haare wurden gefärbt. Rot. Das Rote. Das Rote, das unter der Tür hervorquillt. Die weiße Creme. Blutstropfen in weißer Creme.

Lina spürt ein dumpfes Gefühl in der Magengegend, aber es stellt sich kein Bild ein. Ihr Herz rast, und sie bekommt keine Luft mehr. Sie reißt das Dachfenster auf und atmet tief durch. Sie zwingt sich, ruhiger zu werden, sieht hinüber zur Alster, auf der ein paar Segelboote ihre Bahnen ziehen.

Sie muss zur Mordkommission. Sie muss sich absichern für den Fall, dass die Frauen der Therapiegruppe etwas gegen sie in der Hand haben. Es hilft nichts, sie muss zurück in ihre Wohnung. Sie muss die Original-CD von dort weg irgendwo in Sicherheit bringen. Das ist allemal besser, als herumzusitzen in ständiger Erwartung auf das nächste grausige Video. Besser, etwas tun zu können.

Sie zieht sich an und verlässt eilig Che Lings Wohnung.

Bevor sie in ihre Wohnung geht, beobachtet sie von der gegenüberliegenden Straßenseite aus zehn Minuten lang den Hauseingang, kann aber nichts Verdächtiges entdecken. Eine Nachbarin kommt ihr entgegen und sieht sie erschrocken an. Lina begrüßt sie freundlich, doch die Frau ignoriert sie und zieht mit nach vorn gerichtetem Blick ihren Einkaufswagen an Lina vorbei. Vermutlich würden von jetzt an die meisten ihrer Nachbarn im Haus ähnlich reagieren. Lina überquert die Fahrbahn, dann die Busspur, lässt vier Wagen passieren und schlängelt sich durch die vor der Ampel stehende Wagenkolonne hindurch auf die andere Straßenseite. Die Thailänderin wirft Lina durchs Fenster ihrer Imbissbude einen besorgten Blick zu.

Lina betritt leise den Hausflur. Immer noch sind Reste vom Absperrband an der Balustrade befestigt. Lina lauscht, hört außer dem Geräusch einer schleudernden Waschmaschine nichts und springt immer mehrere Stufen nehmend die Treppe hoch. Vor ihrer Wohnungstür sieht sie sich noch einmal um und huscht dann hinein.

Die Flasche Mineralwasser steht noch auf dem Tisch, die Schale mit Apfelstücken … alles scheint so zu sein, wie sie es verlassen hat.

Mit den Fingern tastet sie nach der unter der Dunstabzugshaube versteckten CD. Sie reißt das Paketband ab, mit dem sie die CD dort befestigt hat, und zieht sie mit zwei Fingern aus dem Umschlag. Weder ein hieb- und stichfestes Alibi noch der Beweis ihrer Unschuld, aber dennoch eine Möglichkeit, die anderen Frauen so sehr zu belasten, dass die Polizei gegen sie ermitteln muss.

Lina sieht sich noch einmal um, verlässt die Wohnung und läuft schnell die Treppe hinunter. Plötzlich verliert sie im Laufen den Boden unter den Füßen. Ein Draht!, denkt Lina, während sie fällt, dann ist jemand über ihr und presst ihr ein weißes, scharf riechendes Tuch aufs Gesicht.

Ihr Oberkörper wird nach hinten gerissen und auf einen Stuhl gewuchtet, der nach hinten rollt. Sie spürt etwas Beißendes in ihrer Lunge. Dann wird es dunkel um sie. Und still. Und friedlich.

39

Lina spürt, dass etwas an ihrem Körper zerrt und sie wegstößt. Dann versinkt sie wieder in der Dunkelheit.

Vor ihr löst sich ein langsam größer werdender Lichtpunkt. Ein Fenster. Ihr Körper fliegt dem Fenster entgegen. Sie sieht eine grüne Landschaft, aus der rote Luftballons in einen blauen Himmel aufsteigen und zerplatzen.

Gas muss irgendwo ausströmen, ganz sicher Gas. Lina spürt ein heftiges Kratzen im Hals und hat Mühe, ihre Augen zu öffnen. Millimeter um Millimeter schiebt sie die Augenlider hoch, als sie plötzlich ein Lichtstrahl trifft. Sie dreht den Kopf etwas zur Seite, um sich zu schützen.

Sie sitzt auf einem Stuhl, ihre Hände sind auf dem Rücken gefesselt. Es riecht stickig, in der Luft hängt kalter Rauch, Schweiß und Parfum.

Lina öffnet die Augen und sieht vor sich eine Lamellentür. Sie schiebt den Kopf vor und erkennt ein Zimmer, das mithilfe von Stellwänden in einem großen Raum aufgebaut ist. Der Schrank, in dem sie sitzt, muss auf einem Podest stehen. Von oben sieht sie auf diese Inszenierung hinunter. Eine Puppenstube, denkt Lina, eine Puppenstube, mit der ich gespielt habe. Bett, Tisch, Stühle … Über der hinteren Wand befindet sich ein tischartiges Gestell, darüber eine rotierende Diskokugel, die bunte Lichtflecken auf die Gegenstände im Zimmer darunter wirft. Das Ganze wirkt wie ein bizarres Bühnenbild. Plötzlich wird die Bettdecke an einer Schnur hochgezogen, und Lina erkennt Antje Kernel darunter, gefesselt an die Metallstreben des Bettes. Es sieht makaber aus, wie das weiße Laken über der Frau schwebt.

Woher kenne ich dieses Zimmer?, denkt Lina. Sie versucht näher an die Lamellen heranzurücken. Neben dem Bett steht ein Nachttisch, auf dem zwei Puppen sitzen, daneben steht eine Lampe, auf deren Schirm wandernde Wolken zu sehen sind. Auf dem Boden liegt Spielzeug. Mehrere Figuren. Ein Ritter, ein Zauberer mit einem spitzen Hut. Ein Bauernhof mit Schafen, Schweinen, Kühen, Pferden und einer Katze. Die Köpfe der Tiere liegen abgetrennt neben ihren Körpern.

Lina sieht die rosafarbene Lampe und weiß plötzlich genau, dass man den Schalter immer zweimal drücken muss, damit das Licht angeht.

»Bist du wach?«, fragt die Stimme, die noch immer verzerrt, jetzt aber als weibliche Stimme zu erkennen ist. »Bist du ganz wach? Du musst dich erinnern«, sagt die Stimme weiter. »Siehst du unsere Welt? Du bist genau dort, wo du immer warst, wenn sie kamen. Du hast dich im Schrank versteckt.«

Lina kennt diesen Raum, doch die Farben sind verändert. Ihre Erinnerung verschwimmt immer noch in

Schwarzweißtönen. Schlurfende Schritte sind zu hören. Etwas Metallisches rattert an einem Geländer entlang.

»Hörst du ihn?«, fragt die Stimme. »Der Schwarze Ritter kommt, und wie immer wird er mit mir spielen. Er hat seinen Gürtel mit der Schnalle in der Hand. Und er wird damit wieder gegen die Schranktür schlagen und sich dann zu seiner kleinen Prinzessin herunterbeugen. Zu mir.«

Lina sieht, wie eine Männergestalt ein Mädchen auszieht, an ihrem Kleid riecht und die Kleidung auf das Bett wirft. Dann muss sie ihm helfen, die Hose zu öffnen. Der Mann zeigt ihr den Finger und steckt ihn ihr in den Mund.

Lina ist wie gelähmt, kann sich nicht rühren, nichts sagen. Sie sieht, was da in dem Bett passiert, sie weiß nicht, ob es wirklich geschieht, denn plötzlich ist da wieder nur Antje Kernel, die auf dem Bett liegend leise vor sich hinwimmert.

Plötzlich erklingt eine Melodie aus dem Kassettenrecorder, die sie von früher kennt, das Lied von der Biene Maja.

Lina sieht das kleine Mädchen in dem rosafarbenen Kleid, das seinen Schlüpfer auszieht und sich nach vorn beugt. Lina will schreien, aber sie bringt keinen Ton heraus. Sie zittert am ganzen Körper. Der Mann holt sein gewaltiges Glied aus der Hose, und Lina beginnt zu würgen. Das Mädchen verschluckt sich, hustet, würgt, beugt sich über den Schritt des Mannes.

Dann sieht sie wieder das nachgebildete Zimmer, Antje Kernel an das Bett gefesselt. Die abgestandene Luft. Kein Geräusch, das von außen hereindringt.

Etwas reißt Lina weg aus diesem Zimmer, das in einer ehemaligen Diskothek aufgebaut ist. In einen anderen Raum, der diesem hier gleicht. Ein Kinderzimmer, an das sie sich plötzlich wieder erinnert. Dann sieht sie wieder

Antje Kernel, die sich unter Schmerzen auf dem Bett windet und die Beine anzieht. Lina will das nicht sehen. Nicht Antje Kernel und nicht das kleine Mädchen, das den Mann befriedigt.

Sie versucht, ihren Atem unter Kontrolle zu bringen. Du musst still sein, hämmert es in ihren Kopf, jeder im Zimmer weiß, dass du hier bist, sie wollen, dass du es beobachtest. Du musst still sein, sie dürfen dich nicht aus dem Schrank ziehen. Sie müssen dich vergessen. *Du darfst nicht auffallen!*

Plötzlich schiebt sich eine Frau mit entblößtem Oberkörper in das Zimmer. Seitlich, dass Lina nur ihren Rücken sehen kann. Ein großes Tattoo zeigt zwei ineinander verschränkte Kreise. Selbst auf diese Entfernung entdeckt sie in den Kreisen Brandnarben, die aussehen, als würden sie von Zigarettenkippen stammen.

»Ich muss brennen, Lina«, zischt eine Frauenstimme. Lina kennt diese Stimme, aber das Gesicht dazu findet sie nicht.

»Erinnerst du dich an die Rote? An unsere liebe Mama mit den schönen roten Haaren?«, zischt die Stimme. »Die Geliebte des Schwarzen Ritters, der gleichzeitig ihr Sohn ist? Die Mutter, die es mit ihrem Sohn treibt? Mit ihren beiden Kindern. Sie kam manchmal dazu. Sie hat sich mit ihren großen Brüsten auf den Schwarzen Ritter gelegt und hat meine Beine gespreizt.«

Die Frauenstimme kichert.

»Und die Lanze. Die krumme Lanze. Weißt du noch?«

Lina bricht der Schweiß aus. Sie sieht die Frau vor sich, die ihrem Sohn und Geliebten durch die Haare streicht. Sie sieht ihre schweren Brüste, die weiße Haut, die ineinander verschränkten Körper, sie hört das Stöhnen.

»Es ist so gut, und ich brauche das«, sagt der Schwarze Ritter, und Lina hört den glasklaren Klang seiner Stimme.

Die Frau steht immer noch mit dem Rücken zur Lamellenwand.

»Sie haben es wieder und wieder getan, Lina, aber du warst ganz nah bei mir. Du hast mich beschützt. Ich wusste, solange du im Schrank bist und auf mich aufpasst, kann mir nichts passieren. Aber dann hast du mich verlassen, Lina. Nach all den Jahren bist du einfach weggegangen. Immer wieder habe ich im Schrank nachgesehen. Aber die Decke, auf der du immer gesessen hast, wenn sie in das Zimmer kamen, war leer.«

Lina sieht ein kleines Mädchen mit langen goldenen Haaren vor sich. Es ist ihre kleine Schwester. Mit traurigen braunen Augen und einem geschwollenen Gesicht. Sie steht da mit leicht abgespreizten Händen. Der Zeigefinger, der immer auf die Spielfiguren zeigt, wenn sie mit ihnen spricht.

»Ich habe gewartet, Lina. Tag für Tag. Aber nicht einmal der Weiße Drache darf mich verlassen. Ich hab's nicht glauben wollen, und ich habe dich gesucht. Aber du hast mit einem fremden Jungen in einem fremden Garten gespielt und mich vergessen. Du warst in einer fremden Familie. Lina, wir dürfen nicht getrennt werden. Ich stand hinter der kleinen Hecke am Ende des Gartens. Ich stand da und habe dich beobachtet. Du musst doch wissen, dass ich da bin, dachte ich. Du hast es gewusst. Aber du hast trotzdem mit diesem Ralf gespielt. Er hatte kein Recht auf dich. Er musste sterben.«

Lina will etwas sagen, aber sie bringt keinen Laut heraus. Ihre Kehle ist zugeschnürt.

»Es hat so wehgetan, Lina. Du hast mir das blutige Hemd

ausgezogen. Mir die Blutergüsse mit Wasser gekühlt. Erinnerst du dich? Mich eingecremt. Überall, wo es wehtat, überall.«

Lina rückt näher an die Lamellen heran. Das Gesicht zu der Frauenstimme taucht vor ihr auf.

»Isabel?«, flüstert sie.

Die Frau auf dem Stuhl wirbelt herum und klatscht aufgeregt in die Hände.

»Da bist du ja, Lina!«, sagt Isabel. »Meine Güte, du hast keine Ahnung, wie froh ich bin! Lina, hallo, Lina! Du bist jetzt wach. Du bist wieder in meiner Welt.«

Isabels Gesicht ist vollkommen weiß geschminkt. Ihr Mund ist blutrot. Sie springt von dem Stuhl auf und schnappt nach einer auf dem Boden liegenden Bluse.

»Entschuldige, es ist kalt«, sagt Isabel. »Du weißt doch, wie schnell ich friere.«

Antje Kernel stöhnt und zerrt an ihren Fesseln. Entsetzt starrt sie auf Isabel.

»Noch ein Schwesterlein, was? Und du, Lina, hast es in der Hand. Du darfst entscheiden, ob sie leben darf. Darf sie leben, Lina?«

Lina nickt. »Ja«, sagt sie leise, und dann lauter: »Ja! Ja!«

»Du hast da im Schrank gesessen, und ohne dich hätte ich es nicht geschafft, Lina. Ich bin dir dankbar, ganz ehrlich.«

»Isabel …«

»Damals hieß ich noch Nicole«, unterbricht Isabel sie.

Nicole!

»Wir haben alles neu bekommen. Neue Namen, neue Familien, du sogar einen Bruder. Ralf.«

»Und deshalb musste Astrid sterben?«

»Sie hat es gewusst, Lina. Sie hat unser Geheimnis gekannt. Die Papiere.«

»Aber musstest du sie deshalb umbringen? Warum?«

Isabel schiebt grob die Beine der wimmernden Antje Kernel beiseite und setzt sich auf das Bett.

»Weißt du, es passte mir überhaupt nicht, dass Astrid in deiner … dass sie in unserer Vergangenheit herumgewühlt hat.«

»Aber du hast mitgemacht bei diesem Spielchen, diesem Treuetest«, sagt Lina. »Damit hat alles begonnen.«

Isabel lacht hysterisch und verzieht ihren Mund in dem grellweiß geschminkten Gesicht.

»Der Treuetest! Mich interessiert es nicht, mit wem mein Mann ins Bett geht. Aber ich bin Astrid dankbar. Sie hat meine Hochzeit beschleunigt. So ein schlechtes Gewissen schließt die Tür zum Standesamt auf.«

»Warum musstest du sie dann töten?«

Isabel schlägt bei jedem Wort mit der Faust auf die Bettdecke: »Weil sie es wusste!«

»Es ist doch alles so lange her.«

Isabel greift unter das Bettgestell. Antje Kernel wimmert wieder heftiger. Isabel zieht ein Bündel Papiere hervor und hält es theatralisch in die Höhe.

»Hiermit fing alles an. Später kam der Treuetest.«

»Aber die Therapie …«

»Ach Lina, ich war immer bei dir. All die Jahre über, nicht erst wieder in der Therapiegruppe. Ich habe dich von der Schule abgeholt, dich in die Universität begleitet. Ich war im Gelände der Polizeischule, während du dich in einem der Räume von deinem Lover hast küssen lassen. Ich bin sehr wandlungsfähig, Lina. Das weißt du doch. Ich war immer in deiner Nähe. Ich wusste, was du tust, wo du dich befindest. Ich habe sie mir alle angesehen. Auch deine Wohnung. Stundenlang war ich in deiner Wohnung, während du Dienst hattest. Ich habe dich nicht verlassen. Hörst du? Ich verlasse doch meine große Schwester nicht.«

Lina zerrt an ihren Fesseln. Mehrfach um die Handgelenke geschlungenes Paketband. Nichts zu machen. »Was hat Antje Kernel damit zu tun?«, fragt sie.

Isabel gibt Antje Kernel einen Klaps auf den Hintern und sagt: »Nichts, mein Schwesterlein, nichts. Du wirst nur sterben, wenn unsere liebe Lina nicht mitspielt.«

Lina stößt mit aller Kraft den Kopf gegen die Lamellentür, die mit einem Knirschen aufspringt.

»Ah, haben wir uns erholt?«, fragt Isabel.

»Was heißt mitspielen?«

»Ich glaube, dass du sehr viel mehr weißt, als du vorgibst.«

»Was soll ich deiner Meinung nach wissen?«, fragt Lina, die mit ihrem Kopf die langsam wieder zufallende Lamellentür erneut aufstößt.

»Sie haben unsere Geschichte vergraben«, sagt Isabel. »Aber das Loch war einfach nicht tief genug. Verstehst du?«

»Niemand hätte sich für die alten Geschichten interessiert«, sagt Lina. »Was sollte Astrid denn damit anfangen?«

Isabel lacht übertrieben laut. »Da ist eine Frau, die mit ihrem Sohn vögelt. Sie und er zeugen ein Mädchen, das nur dazu da ist, wieder und wieder von ihren eigenen Eltern sexuell missbraucht und vergewaltigt zu werden. Oder war es etwa gar nicht das Inzestkind, das missbraucht wurde? Bleibt alles in der Familie, was? Das interessiert niemanden, was, Lina? Nein, es ist keine gute Geschichte. Sie sorgt für ein schlechtes Image.«

Isabel beginnt plötzlich zu schreien: »Image heißt V-o-r-s-t-e-l-l-u-n-g.«

»Aber du weißt doch alles!«, sagt Lina. »Lass die Frau gehen!«

»Geht nicht, nein, geht nicht«, sagt Isabel mit einem plötzlich koketten Unterton. »Außerdem weiß ich das Wichtigste noch nicht. Das ganz große Geheimnis liegt noch im Dunkeln. Du wirst es mir verraten. Und vielleicht, vielleicht lasse ich die Frau dann leben.«

»Was verraten?«, fragt Lina und wiederholt: »Was verraten?«

Erneut greift Isabel unter das Bett und zieht einen Tauchsieder hervor. Antje Kernel starrt sie voller Panik an, dann strampelt sie mit den Beinen, um sich zu befreien, gibt es aber nach wenigen Sekunden wieder auf. Auch das Zerren mit den Händen schneidet das Plastik der Kabelbinder immer tiefer in die Haut.

Lina will Zeit gewinnen.

»Das warst du mit der Schreckschusspistole, oder? Aber warum?«

»Kleine Erinnerungsstütze«, sagt Isabel. »So etwas kann manchmal das Gedächtnis ganz schön auf Touren bringen.«

Isabel verbindet den Tauchsieder mit einer an eine Steckdose angeschlossenen Verlängerungsschnur.

»Schön ist es, wenn sie so richtig glühen«, sagt Isabel.

»Warum hast du Severin Carlheim getötet? Der alte Mann…«

»Auch Astrids Schuld«, sagt Isabel. »Sie hat ihm die Papiere gegeben. Und ein wenig hat er es sich selbst zuzuschreiben, nicht wahr? Macht uns zu Versuchskaninchen und schickt Astrid vor, um uns zu ärgern. Agent Provocateur … so was tut man nicht. Carlheim hat Astrids Neugierde angestachelt. Ich bin dir nachgeflogen, war nicht mal so schwer, dir zu folgen. Ich bin geübt darin, weißt du? Ich weiß, dass du zum Beispiel Hotels an Hauptstraßen magst und gern an Flüssen sitzt.«

»Astrid hat also die Papiere ausgegraben, weil …«

»Was weiß ich, Lina. Sie hat gemerkt, dass man ihr den Tod von Carolin anhängen wollte. Sie musste etwas dagegen tun. Und da hat sie herausgefunden, dass in der Therapie noch etwas ganz anderes ablief. Das war mir gar nicht recht. All die Jahre habe ich dich im Auge behalten, und dann kommt diese Frau und zerrt mich ins Licht. Nicht schön. Gar nicht schön.«

»Durch die Papiere über unsere Kindheit hat sie dich ins Licht gezerrt?«, fragt Lina.

»Sie kommt ausgerechnet zu mir und fragt mich, ob ich weiß, wo deine Schwester sich befindet. Ist das nicht kurios? Sie kommt damit ausgerechnet zu mir.«

»War es Zufall, dass wir uns in der Therapie begegnet sind?«

»Ich bin dir doch immer gefolgt, Lina. Immer. Ich kann doch nicht zulassen, dass du noch einmal mein Leben zerstörst. Nicht noch einmal. Und ich kann nicht zulassen, dass du mich noch einmal verlässt.«

»Aber ich konnte mich an all das doch überhaupt nicht erinnern.«

»Ach, Linchen. Wie kann ich denn wissen, woran du dich doch wieder hast erinnern können? Was der alte Mann Carlheim weiß. Und wie geschwätzig er ist. Er wollte ein Buch schreiben, hast du das vergessen? Mit Fallbeispielen. Aber bei all den Details hätte man leicht auf mich kommen können. Ich war im Begriff zu heiraten. Ich werde mir das nicht kaputtmachen lassen. Und ich habe eine Tochter. Soll sie denn für alle Zeit mit diesem Makel leben?«

»Mit welchem Makel?«, fragt Lina. »Es gibt Tausende von Missbrauchsopfern. Was soll das …«

»Ach Linchen, du verstehst es immer noch nicht, oder?«

»Es ist kein Makel, wenn …«

»Der Schwarze Ritter, unser Bruder …«

»Was ist mit ihm?«

Isabel hält plötzlich einen Zeitungsausschnitt in die Höhe.

»Er war unser Bruder, der Geliebte seiner und unserer Mutter … und er ist dein oder mein Vater, verstehst du? Eine von uns ist ein Inzestkind. Gezeugt von Mutter und Sohn. Wenn ich es sein sollte, wurde ich von meinem eigenen Vater missbraucht, der zugleich mein Bruder ist. Verstehst du? Eine reizende Familiengeschichte. Die Tochter eines Inzestkindes zu sein … wie soll Annkatrin damit leben? Was soll der Sohn aus einer ordentlichen und wohlhabenden Familie dazu sagen? Wird er weiterhin mit seiner Frau das Ehebett teilen, wenn er weiß … Kein Makel! Lina, wach endlich auf!«

»Also bringst du die Menschen um, die wissen, wer du bist?«

»Falsch, Lina. Menschen, die wissen, wer wir sind. Und? Was ist jetzt?«

»Was meinst du?«, fragt Lina.

»Hast du dich erinnert, an alles erinnert? Wirklich an alles?«

Isabel senkt den Tauchsieder und legt ihn auf Antje Kernels Oberschenkel. Die Frau stößt die Beine von sich. Sie brüllt in ihren Knebel. Auch Lina schreit. Es riecht nach verbranntem Fleisch.

»Dir haben sie nichts getan, Lina. Bist du es? Bist du ihr Kind? Bist du das Kind dieser Perversen?«

Isabel nimmt das Bündel Papiere und wirft es in den Raum. »Hier steht nichts drin, hier steht es nicht!«, schreit sie. »Sie haben uns eine falsche Mutter verpasst und es sogar in den offiziellen Akten so stehen gelassen. Weißt du, warum?«

»Keine Ahnung!«, sagt Lina.

»Sie wollten uns schützen! Stell dir das mal vor. Sie wollten uns mit Lügen schützen! Weil es überall in den Zeitungen stand, nachdem die Polizei dieses perverse Liebesnest ausgehoben hat. Überall lautete die Schlagzeile gleich: Inzest.« Sie hält den Zeitungsausschnitt wieder in die Höhe und wedelt damit herum. »Deshalb haben sie uns eine neue Identität verpasst. Mit einer Ordensschwester als Mutter. Schön sauber. Du hättest das Strahlen im Gesicht dieser Irene Heise sehen sollen, als ich ihr angeboten habe, sie in ihrem Rollstuhl ein wenig durch die Gegend zu schieben und ihr etwas ganz Besonderes zu zeigen. ›Zum Muttertag‹ hab ich zu ihr gesagt. Sie fragte: ›Wieso Muttertag?‹ Und dann habe ich ihr das Messer in ihr verfluchtes Mutterherz gerammt.«

»Aber unsere neue Identität sollte uns doch schützen.«

»Es gibt keine neue Identität, wenn das alles in deinem Kopf ist. Wenn es jede und jede Nacht wiederkommt und vor dir steht. Dein Bruder, der dich vergewaltigt. Deine Schwester, die im Schrank hockt und zusieht, die die Wunden eincremt und das Blut von den Händen wäscht. Die Mutter, die mit ihrem Sohn … und du redest von Identität? Das reicht für zehn Identitäten!«

»Isabel, bitte lass die Frau gehen. Sie wird sterben.«

»Hier steht nicht, wer von uns beiden das Inzestkind ist,

Lina. Wer von uns beiden ist es? Ich muss es wissen, Lina! Ich wollte dich töten. Der Autounfall, von dem du in der Gruppentherapie gesprochen hast. Du weißt, was ich meine? Als du dich mit mir, der Fahrerin, plötzlich verbunden gefühlt hast. Ich saß am Steuer, Lina, aber ich konnte es nicht. Hätte ich dich überfahren, dann wäre Astrid nie auf die Idee gekommen, dass mit diesem Unfall etwas nicht stimmt. Vielleicht hätte sie nie begonnen nachzuforschen. Damit hat es angefangen. Weil du von dem Unfall erzählt hast. Gott, sie wäre uns nie begegnet. Also Lina? Welche von uns ist es?«

Lina überlegt fieberhaft, wie sie Isabel von der Frau auf dem Bett ablenken kann.

»Warum hast du Astrid mit einem Stromschlag getötet?«

»Ich wollte, dass du dich an Ralf erinnerst. Und an das Mädchen, das am Ende eures Gartens steht und auf dich wartet. An das Mädchen, das Ralf zu den Geschwisterengeln geschickt hat. Was ist, Lina? Welche von uns beiden ist es?«

Ruckartig hebt sie den glühenden Tauchsieder und presst ihn auf Antje Kernels Arm. Sie reagiert nicht mehr. Das ist gut, denkt Lina, Bewusstlosigkeit ist gut. Ihre Schreie werden Isabel nicht noch weiter anfeuern.

»Was ist mit den Monstern?«, schreit Lina. »Wieso sprachen Carolin und Astrid über Monster?«

Isabel kreischt auf. »Monster! Ich habe Carolin den Finger ihres Freundes gezeigt und gesagt, dass die Monster so etwas machen. Sie beißen Finger ab. Carolin muss es Astrid erzählt haben. Noch so ein Grund mehr für sie, sich für unsere Kindheit zu interessieren und Nachforschungen anzustellen. Dabei ging sie das alles nichts an. Verstehst du? Gar nichts!«

»Wir hätten reden …«

»Reden? Was soll ich denn tun, wenn du dich plötzlich erinnerst? Soll ich zu meinem Mann gehen und sagen, lass uns keine Kinder machen, die werden schwachsinnig, meine Gene taugen nichts? Meiner Tochter Annkatrin sagen: ›Hör mal, es ist zwar nicht so toll, aber mein Vater ist auch mein Bruder.‹ Stellst du dir das so vor, Lina?«

Lina erinnert sich an den Mann, der nach Leder und Benzin gerochen hat. Der sie besucht und ihr den Schatz aus der Südsee geschenkt hat. Nein, sie ist nicht das Inzestkind.

»Wirst du mich töten?«, fragt Lina leise. »Wirst du mich töten, wenn du's weißt?«

»Ich werde unsere Antje hier töten. Das ist mal sicher. Nein, Lina, ihr wirst du nicht die Brandwunden mit der weißen Creme einreiben.«

Zeit gewinnen, denkt Lina.

»Und Antje soll wegen ein paar alter Behördendokumente sterben?«

Isabel reißt die Schublade des Nachttischs auf und zieht eine Schachtel Zigaretten hervor. Sie fingert eine heraus, zündet sie an dem glühenden Tauchsieder an, nimmt einen tiefen Zug und bläst Antje Kernel den Rauch ins Gesicht.

»Astrid war schlau. Und sie musste ihre Nase überall hineinstecken. Sie hat herausgefunden, dass meine Krankengeschichte nicht stimmt, die ich in der Therapie vorgebracht habe. Sie war zu glatt. Meine Halluzinationen. Wie aus dem Lehrbuch. Eigentlich konnte nur Carlheim ihr das gesteckt haben. Und dann die schlechten Träume, von denen ich gesprochen habe … ich habe keine schlechten Träume, Lina. Ich habe blutige Träume. Gute, blutige Träume. Sie waschen den Dreck weg, verstehst du?«

Isabel bläst den Rauch ihrer Zigarette in die Luft und blickt auf den Tauchsieder.

»Hast du eigentlich eine Ahnung, wie lange so ein Gerät hält, bevor es durchbrennt?«

»Isabel, du lässt sie gehen. Hörst du? Wir werden das klären. Oder vergessen, für immer vergessen.«

Isabel gibt einen triumphierenden Aufschrei von sich. Mit einer ausladenden Geste deutet sie auf den Raum. »Ist es nicht schön geworden, unser Kinderzimmer? Ich habe mir so viel Mühe gemacht, und du sagst gar nichts dazu! Du hast keine Ahnung, wie viele Flohmärkte ich abgegrast und wie viele eBay-Seiten ich durchforstet habe. Alles nur für dich. Damit du dich erinnerst.«

»Was ist das hier?«

»Unsere Kindheit, Lina. Und du hast mich gerettet.«

»Ich meine das Ganze hier, dieser Raum.«

»Eine ehemalige Diskothek. Ein schöner Platz zum Spielen. Findest du nicht? Gehört meinem Mann. Es ist schön, reich zu sein. Noch schöner ist es, reich zu bleiben.«

Lina arbeitet weiter an ihren Fesseln, doch sie lassen sich keinen Millimeter lockern.

Isabel wirft ihre Zigarette auf den Boden und den Tauchsieder auf das Bett. Sofort steigt eine kleine Rauchwolke auf.

»Deine Frage«, sagt Lina. »In der Therapie hast du mich immer wieder nach meiner Kindheit gefragt. Warum?«

»Ich wollte wissen, ob du dich erinnerst. Ob sich der Nebel in dir lichtet.«

Isabel nimmt sich eine neue Zigarette. Plötzlich schreit sie: »So kommen wir nicht weiter! Nicht so!«

Sie steht auf, nimmt den Tauchsieder und nähert sich Lina. Sie hält das glühende Gerät ganz nah vor Linas Nase. Es riecht nach Metall und verbranntem Fleisch.

»Glaub mir, Lina, es schmerzt nur am Anfang.«

»Was ist mit der alten Frau? Mit Irene Heise. Unsere falsche Mutter. Warum …«

»Lina, die Polizistin. Sie war nicht sonderlich gesprächig, die Mutter Heise. Aber wer weiß, ob sie nicht irgendwann doch zur Plaudertasche geworden wäre? Wirklich wortkarg ist sie jetzt, hat ihren Frieden mit Gott gemacht, die Hände gefaltet und ist bei Ralf und den Engeln. Mütter sind da oben sicher auch Mangelware. Richtige Mütter, meine ich. Meinst du nicht, Lina?«

Isabels Hand mit dem Tauchsieder schnellt nach vorne und drückt das glühende Gerät gegen Linas Oberarm. Der Schmerz sticht ihr bis ins Hirn. Ohnmächtig werden, denkt sie.

Plötzlich hört sie das Splittern von Holz. Sie sieht uniformierte Männer mit Schusswaffen und spürt, nur wenige Zentimeter von ihrer Kehle entfernt, die glühende Hitze des Tauchsieders. Dann peitschen zwei Schüsse durch den Raum, und um Lina herum wird alles schwarz.

40

Was willst du in Lissabon?«, fragt Che.

»Es ist die äußerste Ecke von Europa«, sagt Lina und sieht auf ihren verbundenen Arm.

»Und das heißt?«

»Dass es mit einer langen Fahrt verbunden ist.«

»Dafür habe ich eigentlich keine Zeit«, sagt Che. »Meine Damen werden mir auf den Kopf steigen.«

»Unsinn«, sagt Lina. »Bewegung ist immer gut. Und ich brauche jemanden, der meinen Koffer trägt.«

»Ach so, ich soll den Kuli machen, was?«

»Außerdem hast du eine Belohnung verdient.«

»Das soll eine Belohnung sein?«, fragt Che.

»Immerhin hast du Isabels vermeintliches Alibi geknackt.«

Che nickt. »Darauf muss man erst mal kommen. Gibt die eigene Hochzeit als Alibi an, spielt ›Braut entführen‹, macht den Entführer besoffen und nutzt die Zeit, um Astrid umzubringen. Das alles, während die Gäste sich schon über die Hochzeitstorte hermachen. Wenn der Typ nicht damit rausgerückt wäre, dass er total besoffen in einem Hotelzimmer gelegen hat und es deshalb nichts war mit dem wasserdichten Alibi, dann hätten wir dich nie gefunden.«

»Du bist wirklich jemand, auf den man sich verlassen kann«, sagt Lina.

»Unsinn. Dass du noch lebst, hast du eigentlich nur Isabels Tochter Annkatrin zu verdanken«, sagt Che.

Che hatte ihr noch im Krankenwagen erzählt, dass Isabels Tochter sich an die leer stehende Diskothek erinnerte, die ihrem Vater gehörte und die als Spekulationsobjekt leer stand. Und dass Isabel dort eine »große Überraschung« für ihren Mann vorbereiten wollte, weshalb niemand den Raum betreten durfte.

»Ich werde sie besuchen«, sagt Lina. »Es gibt so einiges, über das wir reden müssen.«

»Ich kann mir nicht vorstellen, dass Isabel jemals wieder aus der Psychiatrie herauskommen wird«, sagt Che nach einer Pause.

»Glaube ich auch nicht. Das Verlegen in ein normales Gefängnis ist wohl eher unwahrscheinlich. Immerhin hat Antje Kernel die Folter überlebt.«

»Wir werden Ärger mit Emmert kriegen«, sagt Che. »Du musst doch irgendwelche Aussagen unterschreiben.«

»Das hat Zeit.«

»Ich weiß ja nicht, was zwischen euch war, aber der Mann hat sofort reagiert und das SEK alarmiert. Also zu mir …«

»Vergiss es«, sagt Lina. »Weißt du, dass es in Lissabon einen Fahrstuhl gibt, der von der Altstadt in die Neustadt hinauffährt?«

»Gebaut von Gustave Eiffel«, meint Che mit betont gelangweilter Stimme. »Glaubst du wirklich, es ist die richtige Zeit für Sightseeing?«

Lina bittet Che, ihre Reisetasche aus der Kofferablage herunterzuwuchten. Sie öffnet die Seitentasche und zieht einen gelben Zettel heraus, auf dem »Gutschein« steht. Darunter hatte sie zwei Hände gemalt.

»Mörderutensilien?«, fragt Che. »Willst du mir jetzt den Würger von Lissabon vorstellen?«

»Deshalb fahren wir nach Lissabon«, sagt Lina und wedelt mit dem Zettel. »Das ist ein Gutschein über handgefertigte Lederhandschuhe aus dem angeblich weichsten Leder, das man in Europa kaufen kann.«

»Handschuhe?«

»Der Handschuhladen ist berühmt!«

»Lina, muss ich mir Sorgen machen?«

»Die passen sicher perfekt zu deiner Aufmachung, wenn du auf Zeitreise in die Hotelbar verschwindest.«

»Sie werden mich rauswerfen«, sagt Che und sieht durch das Zugfenster auf ein verlassen wirkendes Dorf.

»Könntest du in so einem Zug leben?«, fragt Lina.

Statt zu antworten, zieht Che eine Schlafbrille aus der Innentasche seines Jacketts, schiebt sie über die Augen und stopft sich Ohropax in die Ohren.

Lina sieht auf das Display ihres Handys und schaltet es ganz aus.

Als der Zug in München hält, geht sie zur Tür und lässt das Handy in den schmalen Spalt zwischen Trittbrett und Bahnsteig auf die Gleise fallen. Dann geht sie zurück zu ihrem Sitzplatz, und während der Zug aus dem Bahnhof gleitet, malt sie sich mit einem Kugelschreiber zwei ineinander verschränkte Kreise auf den Handrücken.

Danksagung

Ich danke zuerst Ihnen, liebe Leserinnen und Leser, dafür, dass Sie dieses Buch in die Hand genommen, auf den Reader geladen oder es bereits gelesen haben. Ich habe mein Bestes gegeben, um Ihnen ein paar spannende Lesestunden zu bescheren. Und ich kann nur hoffen, dass es mir gelungen ist.

Auch wenn ein Roman sich meiner Überzeugung nach selbst schreibt und zusammen mit allen handelnden Personen den Autor »nur« benutzt, drangsaliert, fertigmacht und ihn zwingt, diese Geschichte freizulegen … ist dennoch Hilfe von außen notwendig, damit der Thrill sich durch die Adern des Lesepublikums pumpt.

Ganz besonders herzlich bedanken möchte ich mich deshalb bei

Alexander Liu für die Durchsicht des Skripts und die zahlreichen, wertvollen Anregungen, bei Rainer Gossmann, Mordbereitschaftsleiter beim LKA 41, für die vielen Informationen zur Polizeiarbeit und bei Prof. Dr. med. Klaus Püschel, dem Direktor des Instituts für Rechtsmedizin des Universitätsklinikums Eppendorf, für die sachkundigen Einblicke in seine Arbeit und die wertvollen Erkenntnisse, die ich daraus habe ziehen können.

Sehr, sehr herzlichen und lieben Dank an meine Agentinnen Bettina und Anja Keil, an Barbara Heinzius und Katrin Cinque vom Goldmann Verlag sowie an die Lektorin Karin Ballauff. Es war und ist eine großartige Zusammenarbeit, von der viele Autorinnen und Autoren nur träumen können.

Und dir, Anna: Danke! Dafür, dass du da bist. Ohne dich wäre das alles nicht möglich gewesen.